Nächster Halt: Sydney Harbour Bridge

Elaine Laurae Weolke

Nächster Halt: Sydney Harbour Bridge

- Roman -

Herstellung und Verlag:
BoD - Books on Demand, Norderstedt
ISBN 978-3-8482-3160-7
erste Auflage: 10/2017

FSC
www.fsc.org
MIX
Papier aus ver-
antwortungsvollen
Quellen
Paper from
responsible sources
FSC® C105338

Bibliografische Information der Deutschen Nationalbibliothek:
Die Deutsche Nationalbibliothek verzeichnet diese Publikation in
der Deutschen Nationalbibliografie; detaillierte bibliografische Daten
sind im Internet über http://dnb.dnb.de abrufbar.

© *2017 Elaine Laurae Weolke*

Über die Autorin: Elaine Laurae Weolke ist das Pseudonym einer
Autorin, die seit ihrer Jugend schreibt. Sie hat schon viele Länder
besucht.
Von der Autorin ist bereits das Buch „Blätterrauschen, weit weg" im
selben Verlag erschienen. Hier wird der Anfang der Ereignisse über
Audrey und Lionel erzählt. Das Buch kann als Paperback-Ausgabe
und als E-Book erworben werden.

Nächster Halt: Sydney Harbour Bridge
Autor: Elaine Laurae Weolke
Satz: Elaine Laurae Weolke
Foto: Elaine Laurae Weolke
Covergestaltung: Elaine Laurae Weolke
© 2017 by Elaine Laurae Weolke
Herstellung und Verlag: Books on Demand GmbH, Norderstedt

Prolog: Reisefieber

Das Reisefieber ergriff Audrey erst in der Nacht vor ihrem Abflug. Der schwarze Hartschalenkoffer stand fertig gepackt vor der Wohnzimmertür, die Brustbeutel mit Reiseschecks, Geld und dem Reisepass lagen griffbereit auf dem dunklen Buchentisch.

Sie schaltete den Kühlschrank aus, steckte alle Elektrogeräte aus den Steckdosen, entfernte Antennenkabel und wusch noch das letzte Geschirr ab. Ihre Wohnung würde sie erst in einem Monat wieder betreten, was für ein Gefühl! Ihr schien es, als fliehe sie auf einen anderen Planeten.

Übermorgen würde sie Lionel in ihre Arme schließen, in der Olympiastadt Sydney in Australien. Am anderen Ende der Welt – unfassbar.

Sie beide hatten sich durch eine Brieffreundschaft kennen gelernt, und nach wenigen Treffen war Liebe entstanden. Eine Liebe zwischen zwei Menschen auf zwei Kontinenten. Einfach war das nicht, denn es tat weh, den Partner monatelang nicht sehen zu können.

Bisher hatte Audrey Lionel immer in Deutschland und der Schweiz getroffen, aber diesmal würde sie sein Land, seinen Kontinent, besuchen.

Australien – dorthin wollte sie immer schon einmal reisen. Und nun stand ihr Jugendtraum kurz vor der Verwirklichung. Sie fühlte sich wie in einem Märchen an diesem Ostermontag im April 1995.

Im Zug nach Frankfurt zeigte Audrey lächelnd dem Schaffner ihr Flugticket. Der Preis dafür umfasste auch die An- und Abreise zum Flughafen – ein guter Zug der „Bahn AG", um die Umwelt zu schonen.

Mit großen Augen las der Schaffner die Ziele, die auf dem Flugticket standen:

Frankfurt – Hong Kong – Sydney – Hong Kong – Frankfurt.

„Am liebsten würde ich mit Ihnen tauschen", gestand er beeindruckt.

„Ich fliege selbst zum ersten Mal so weit weg!", sagte Audrey. „Eigentlich kann ich noch nicht richtig glauben, dass ich eine solch weite Reise antrete – bis nach Australien!"

Sorgfältig riss der Schaffner ein Blatt des Flugtickets ab. „Dieses Blatt ist für die Bahn bares Geld", erklärte er Audrey und reichte ihr das Ticket wieder, das sie eilig in ihrem Rucksack verstaute.

Audrey lächelte und las weiter in ihrem Buch. Noah Gordons Buch „Die Klinik" gefiel ihr nicht so gut wie sein berühmtes Buch „Der Medicus". Vielleicht würde sich die Handlung im Laufe des Buches noch steigern. Wenn Audrey nicht las, blickte sie aus dem Fenster. Regen überzog Deutschland, das Thermometer zeigte gerade mal acht Grad. Audrey freute sich, diesem ungemütlichen Wetter entfliehen zu können. Bis sie zurückkehrte – Mitte Mai – würde sicherlich bereits der Frühling mit Sonnenschein Einzug in Deutschland gehalten haben.

Am Flughafen in Frankfurt wurde Audreys Koffer am Schalter der „Cathay Pacific" bis Sydney eingecheckt. Sie war erleichtert, ihren Koffer abgegeben zu haben, und spazierte noch an den Schaufenstern der Läden am Flughafen vorbei. Sie sah edle Kleidung, Bücher in vielen Sprachen, Süßigkeiten und andere Lebensmittel.

Um 13:45 Uhr strömten Passagiere langsam in das wartende Flugzeug nach Hong Kong – nach einer Kontrolle des Handgepäcks, der Kleidung, die man auf dem Leibe trug, und des Reisepasses.

Audrey quetschte sich neben ein älteres Ehepaar aus Stockholm auf ihren Fensterplatz.

„Schade", dachte sie, als sie auf einen Tragflügel blickte. Wolken und Berge, grüne Landschaften und Meer würde sie wegen des Tragflügels auf diesem Flug nicht zu sehen bekommen. Aber sie nahm es gelassen. Wichtig war doch, dass sie gesund an ihrem Traumziel ankam.

Das schwedische Ehepaar war sehr freundlich. Man sprach englisch miteinander.

„Wir fliegen nach Hong Kong", erklärte die blonde, ungefähr 50-jährige Schwedin und rückte sich ihre Goldrandbrille zurecht. „Und wohin geht Ihre Reise?"

„Nach Sydney."

„Was – dorthin reisen Sie ganz alleine? Alle Achtung, Sie müssen wirklich mutig sein!" Die Dame blickte entsetzt.

Audrey war erstaunt. Was hatte man dieser Dame über Australien erzählt?

„Ich fliege alleine dorthin", versuchte Audrey, die Dame zu beruhigen. „In Sydney treffe ich Freunde, die mir das Land zeigen werden."

Die Schwedin war erleichtert. „Wie schön! Ja, dann sind Sie doch nicht alleine! Mein Mann und ich werden eine Woche in Hong Kong verbringen. Wir wollen einige Tagesausflüge unternehmen, zum Beispiel in die chinesische Provinz Kanton und nach Macao."

Audrey unterhielt sich gerne mit den Schweden. Sie waren bereits in vielen Ländern gewesen – in Amerika, in Europa und in einigen afrikanischen Staaten. Hong Kong war ihr erstes asiatisches Reiseziel.

Als das Flugzeug durch die Lüfte flog, servierten lächelnde asiatische Stewardessen Erdnüsse und wahlweise Weißwein oder Orangensaft. Audrey war fasziniert von der puppenhaften Schönheit dieser Chinesinnen. Irgendwo hatte sie gelesen, man solle während eines Fluges viel Wasser trinken, da der Körper austrockne. Deswegen hasteten die Stewardessen immer wieder mit Glaskrügen durch die Reihen. Die Glaskrüge waren gefüllt mit Wasser, das sie den Passagieren in Plastikbecher gossen.

Zwei Stunden nach Abflug wurde ein Mittagessen serviert. Man konnte zwischen einem Gericht mit Ente oder Fisch wählen. Audrey entschied sich für gedünsteten Fisch, der mit Salat aus Meeresfrüchten serviert wurde. Zum Nachtisch standen Erdbeerjogurt und ein Camenbert-Brötchen auf dem Tablett. Die Stewardessen servierten noch Kaffee.

Audrey bewunderte die Stewardessen. Egal, was man von ihnen wollte, sie blieben stets nett und höflich. Ihre rabenschwarzen Haare wallten ordentlich zusammengebunden über ihren Rücken. Einige wenige trugen auch schicke Kurzhaarfrisuren. Anmutig bewegte sich jede in ihrem roten Kostüm.

Ab 16 Uhr wurden Filme vorne auf der großen Leinwand gezeigt. Wer schlafen wollte, konnte es tun. In Hong Kong war man der deutschen Zeit um sechs Stunden voraus, also war es keine schlechte Idee zu schlafen. Audrey döste vor sich hin. So sehr sie sich bemühte – einschlafen konnte sie nicht.

Zwischen jedem Film wurde eine Weltkarte eingeblendet, ein kleines Zeichentrickflugzeug symbolisierte die Maschine und zeigte, wo sie sich gerade befand. Das Flugzeug nahm seinen Weg über die Türkei, Iran, Indien, Myanmar (Burma) und China nach Hong Kong.

3. Kapitel

Nach einem Flug von elf Stunden und 20 Minuten Dauer, zu wenig Schlaf und einem reichhaltigen Frühstück erreichte man Hong Kong. Der Pilot flog eine Schleife über diese große Stadt. Der Flughafen Kai Tak lag mitten in der Stadt (1995, als Audrey dort landete, war Hong Kong noch britische Kronkolonie, und man landete auf dem Flughafen Kai Tak. Unterdessen gibt es einen neuen Flughafen auf der Insel Lantao, die zu Hong Kong gehört. Im September 2005 wurde auf Lantao noch ein Disneyland-Park eröffnet. – Anmerkung der Autorin).

Audrey erblickte viele Wolkenkratzer. Dahinter erstreckte sich strahlend blauer Himmel wie ein schimmernder See. Die ganze Szenerie war beeindruckend. Hong Kong – Asien – eine komplett neue Welt. So erschien es Audrey jedenfalls. Um acht Uhr morgens nach Hong-Kong-Zeit fühlte sie sich keineswegs müde. In Deutschland war es erst zwei Uhr morgens.

Audrey stellte sich in eine Schlange vor einen Einreisebeamten – einen Chinesen in blauer Uniform, der mit ausdrucksloser Miene Stempel in Reisepässe drückte.

An der Information streckte eine freundlich lächelnde Chinesin Audrey einen Stadtplan entgegen. Und dann stand Audrey vor dem Flughafengebäude und blickte auf ein Meer von Wolkenkratzern, auf braune Hügel dahinter und auf viele geschäftige Chinesen in moderner, bunter Kleidung, die die Straßen hinauf- und hinunterströmten. Audrey fand, dass Chinesinnen wunderschöne Menschen waren – schöner als die meisten Europäerinnen.

So präsentierte sich Hong Kong – Handelsmetropole und bizarres Tor zu einer anderen Welt. Einer Welt, die Audrey bisher nur aus Büchern und vom Fernsehen kannte.

Wo sollte Audrey jetzt hingehen? Sie versuchte, sich anhand des Stadtplanes zu orientieren. Allerdings war darin der Flughafen nicht eingezeichnet. Audrey wusste nur, dass sie sich auf der Halbinsel Kowloon befand, einem Teil Hong Kongs. Wie konnte sie jetzt ins Zentrum gelangen?

Sie stapfte einfach drauflos, den Rucksack über der Schulter. Ab und zu schoss sie ein Foto von Wolkenkratzern, Bergen oder Chinesen. Sie fotografierte Ladenschilder in chinesischer Sprache und Friseure, die Leuten auf der Straße die Haare schnitten. Es war warm, vielleicht 25 Grad. Aber Audrey getraute sich nicht, ihre Sweatshirtjacke auszuziehen. Denn darunter verbarg sie ihren Brustbeutel mit Reiseschecks, Bargeld und den Reisepass. Also nahm sie es in Kauf, dass ihr schon bald der Schweiß von der Stirne tropfte, wie ein Rinnsal aus einem Salzsee.

Ständig hielt sie Ausschau nach einem Straßennamen, der auch auf ihrem Stadtplan vermerkt war. Aber vergeblich. Irgendwo kaufte sie Mineralwasser, das sie gierig hinunterstürzte. In einem schön angelegten Park setzte sie sich auf eine Bank und las in ihrem Buch. Aber sie saß nicht lange dort. Sie wollte weitere neue Eindrücke sammeln, sie wollte die Atmosphäre Asiens auskosten, denn sie wusste ja nicht, wann sie wieder nach Hong Kong kommen würde. Sie schlenderte an vielen Läden vorbei, vor denen bunte chinesische Leuchtreklamen prangten. Ein Anblick, der bei Nacht sicherlich noch aufregender war. Immer wieder staunte sie über die geschäftigen Chinesen, die wie ein Ameisenschwarm unermüdlich herumschwirrten. Vielleicht war das das wirtschaftliche Geheimnis Hong Kongs – der Grund, warum hier die Wirtschaft boomte, warum hier viel Geld verdient wurde.

Eigentlich konnte man sich in Hong Kong nicht verlaufen. Jedenfalls nicht, wenn man wieder zum Flughafen zurückkehren musste. Man brauchte doch nur nach den Flugzeugen Ausschau zu halten, die an den Hochhäusern wie Riesenhornissen vorbeizischten, eine Schleife drehten und schließlich sanft auf dem Flughafen „Kai Tak" landeten. Fasziniert beobachtete Audrey, wie einige Maschinen abhoben und landeten – oft sah es so aus, als stürzten sie bald in das Häusermeer. Zum Glück geschah das nie. Es handelte sich um eine gekonnte Landung, die in Hong Kong sehr abenteuerlich aussah.

Audrey rannte die Argyle-Street entlang in der Hoffnung, die Nathan-Road zu finden. Die Nathan-Road war eine berühmte Einkaufsstraße, die 3,5 Kilometer lang ist, gesäumt von einer Vielzahl von Läden mit einer großen Auswahl von Waren aller Art. Aber viele Läden und viele Menschen auf den Straßen erblickte Audrey auch anderswo.

Als Audrey die Nathan-Road nicht fand, machte sie sich auf den Weg zum Flughafen. Es war unterdessen halb sechs Uhr am Abend geworden. Audrey konnte sich vor Müdigkeit nicht mehr auf den Beinen halten. Erschöpft setzte sie sich auf einen der zahlreichen roten Sitze im Flughafengebäude und las in ihrem Reiseführer über Australien.

Nur mit Mühe hielt sie ihre Augen offen. Sie hörte die Ermahnungen, die durch die Lautsprecher hallten:

„Achtung – bitte lassen Sie Ihr Gepäck nie aus den Augen!"

Vor Dieben war man nicht sicher, auch nicht in Hong Kong, und so zwang sich Audrey nicht einzuschlafen. Wie sollte sie aber fast fünf Stunden bis zum Abflug nach Sydney überstehen, ohne vom Schlaf übermannt zu werden? Den Roman, den sie mitgenommen hatte, hatte sie längst ausgelesen.

Irgendwie brachte sie die nervende Warterei hinter sich, streifte durch Flughafenshops, zog sich auf der Toilette einen anderen Pullover an und vertiefte sich wieder in ihren Reiseführer.

Die Zeit schlich dahin, aber endlich konnte Audrey 50 Hong-Kong-Dollars Flughafensteuer entrichten, einen Ausreisestempel in ihren Reisepass pressen lassen und in das Flugzeug nach Sydney steigen. Zwei Stewardessen, die beinahe noch wie 16-jährige Schülerinnen aussahen, lotsten die Passagiere durch einen überdimensionalen Schlauch in die Maschine nach Sydney. Dort begrüßten weitere lächelnde Stewardessen die Ankommenden.

Audrey setzte sich auf einen bequemen Fensterplatz und schnallte sich an. Dunkel war es in Hong Kong, die Sicht wurde diesmal nicht durch eine Tragfläche gestört. Und sofort schlief Audrey ein.

Erstes Buch: Australien

1. Kapitel

Zweimal wurde Audrey aus ihren Träumen gerissen – durch eine Stewardess, die zuerst den bekannten Willkommenstrunk – Orangensaft mit Erdnüssen – servierte. Später, genau um Mitternacht (Hong-Kong-Zeit), wartete sie mit einem kompletten Menü auf.

Audrey verzehrte alles, obwohl sie nicht hungrig war. Aber das Essen schmeckte köstlich, und Energie konnte Audrey gut gebrauchen.

Nach einigen Stunden Schlaf und einem reichlichen Frühstück blätterte Audrey in einer Tageszeitung aus Hong Kong, die die Stewardessen verteilt hatten. Ab und zu warf sie einen Blick aus dem runden Fenster. Schon seit einiger Zeit flog das Flugzeug über Australien – die Landschaft zeigte unendliche Grünflächen, abgewechselt von vielen gelben Zonen, durch die sich Flüsse wie blaue Fäden schlängelten.

Faszinierend. Das war also Australien – jener sagenumwobene „Fünfte Kontinent". Australien, ein Land, von dem jeder schwärmte. Ein Land, von dem auch Audrey schon seit Kindertagen träumte.

Viele Plätze in dem geräumigen Flugzeug waren leer. Nach dem Frühstück hatte sich ein ungefähr 18-jähriger Australier neben Audrey niedergelassen. Mit ausladenden Handbewegungen schwärmte er von seiner Reise nach Hong Kong:

„Stellen Sie sich vor – es war das erste Mal, dass ich überhaupt ein anderes Land besuchte! Ich fand Hong Kong sehr beeindruckend – besonders, wenn man jahrelang auf einem riesigen Kontinent festsitzt wie wir Australier."

Audrey war erstaunt. Beneideten nicht viele Nord- und Mitteleuropäer die Australier in ihrem riesigen Land? Wer kam schon in Europa auf den Gedanken, dass die Australier sich so fühlten, als ob sie „jahrelang festsäßen"?

Audrey erzählte, es sei auch für sie das erste Mal, dass sie ihren Heimatkontinent Europa verlassen habe.

„Sollten Sie eines Tages planen, Europa zu besuchen", zwinkerte sie ihm zu, „dann sollten Sie sich höchstens fünf Länder während einer Reise vornehmen. Sonst werden Sie von Eindrücken überschwemmt!"

Er lächelte und geriet wieder ins Schwärmen: „Genauso dachte ich es mir auch. Europa bietet so vieles auf kleiner Fläche – andere Kulturen, andere Lebensweisen, andere Landschaften."

Verblüfft betrachtete Audrey diesen jungen Mann. Er pries Europa in den höchsten Tönen an. Eine dunkelblaue Baseballkappe thronte verwegen auf seinem dunklen Haar. Lionel besaß eine ähnliche Kappe, schoss es Audrey durch den Kopf.

Ob dieser Australier, der hier neben ihr im Flugzeug saß, auch noch so begeistert wäre von Europa, wenn er am eigenen Leib erführe, wie oft es dort regnete?

Audrey würde das nie erfahren. Sie plauderte noch ein wenig mit ihm, bevor sie sich beide den Nachrichten zuwandten, die auf einer großen Leinwand ausgestrahlt wurden.

Sydney nahte, und die Nachrichten wurden von einem Film abgelöst, der Audrey Angst machte.

„Do it for yourself – do it for Australia!", mahnte eine dunkle Stimme eindringlich, während man besonders deutlich darauf hinwies, welche Dinge nicht nach Australien mitgenommen – also eingeführt – werden durften.

Die Australier haben besonders große Angst vor Seuchen. Deshalb verbot man, Pflanzen und Tiere – egal, ob lebendig oder tot – mitzubringen. Alle Waren, die aus pflanzlichen oder tierischen Stoffen bestanden, sollten den australischen Zollbeamten gezeigt werden.

Während des Films liefen Stewardessen geschäftig durch die Bankreihen und versprühten ein Mittel gegen Krankheitskeime oder Ähnliches über den Köpfen der Passagiere. Es hieß, dieses Mittel sei total ungefährlich für die Gesundheit. Aber wer garantierte das?

Schon lange wird dieses Spray übrigens nicht mehr von den Stewardessen versprüht, sondern die Passagiere bekommen solch ein Spray während des Flugs über die Klimaanlage des Flugzeugs in den Raum gesprüht. Dadurch bekommen die Passagiere kaum oder gar nicht mit, dass sie mit einem Spray gegen Keime behandelt werden, bevor sie Australien erreichen. In Flügen nach einigen anderen Ländern wird übrigens auch solch ein Spray in Flugzeugen versprüht.

Ein Grund, warum das Spray schon lange durch eine Klimaanlage in den Raum des Flugzeugs kommt, ist, dass viele Passagiere, wenn sie die Stewardessen mit den Spraydosen sahen, ihren Kopf in den Armen versteckten. Sie wollten somit der Sprayflüssigkeit entgehen, weil sie Angst hatten oder skeptisch waren. Die Idee mit der Klimaanlage ist clever – aber so weit war man 1995 noch nicht.

Die australische Regierung verlangte, dass ein Spray gegen Keime in jedem ankommenden Flugzeug versprüht wurde. Als Beweis mussten stets die leeren Sprühflaschen am Flughafen vorgelegt werden.

„Wir befinden uns im Landeanflug auf Sydney!", ertönte die Stimme des Flugkapitäns. Die Passagiere wurden aufgefordert, sich anzuschnallen. Hastig trippelten die chinesischen Stewardessen durch die Reihen und überprüften mit geschulten Blicken die Sicherheitsgurte.

Fasziniert erblickte Audrey das Häusermeer Sydneys – viele Häuser, die gerade aus einem Stockwerk – dem Erdgeschoss – bestanden. Rote Backsteinbauten, von denen viele keinen Keller hatten. Bei 90 Prozent der australischen Häuser war das der Fall – so würde ihr Lionel später erklären. Weil der Boden in Australien zu feucht war, um Keller anzulegen.

Sydney schien sich unendlich zu erstrecken – großzügig angelegte Gärten mit vielen Schwimmbädern unterbrachen oft die Häuserreihen. Wie ein nicht enden wollender rotgrüner Teppich. Am Rande des Teppichs blitzten tiefblaue Wasserflächen wie Opale im Sonnenlicht: der Pazifilk. Boote lagen vor Anker – im riesigen Hafen Sydneys.

Sydney empfing die Reisenden mit sommerlichem Wetter – willkommen in Australien!

Im Flughafen folgt Audrey dem Menschenstrom zum „Immigration-Schalter", dem Schalter, den jeder Einreisende aufsuchen musste. Und zum ersten Mal wurde ihr wirklich bewusst, dass sie australischen Boden unter ihren Füßen hatte. Dieser hier war ausgelegt mit grauem, rutschfestem Linoleum.

Sie erhielt einen Stempel in ihren Pass und schritt weiter zur Gepäckausgabe. Ihr Koffer hatte die weite Reise unversehrt überstanden. Schließlich gelangte sie mit klopfendem Herzen vor zwei gut gelaunten Zollbeamten.

„Do it for yourself, do it for Australia!" – dieser Spruch spukte noch immer in Audreys Kopf herum. Deswegen zeigte sie den beiden Beamten mit klopfendem Herzen ein Päckchen Kaugummi und zwei hübsche Bilder in einem Holzrahmen. Diese Bilder wollte sie Lionels Eltern als Geschenk mitbringen.

Die beiden Zöllner reagierten amüsiert. „Sind Sie das erste Mal in Australien?", fragte einer von ihnen.

Audrey nickte.

„Wir wünschen Ihnen einen schönen Aufenthalt in unserem Land!", lächelte ihr der andere zu. „Ihre Bilder und den Kaugummi dürfen Sie problemlos mitnehmen!"

Audrey war erleichtert. Sie verstaute die Dinge wieder in ihrem Rucksack. Diese Australier waren wirklich nett! Sie verliehen ihrem Land einen herzlichen und lockeren Eindruck.

Fröhlichkeit und Freundlichkeit – diesen Eigenschaften sollte Audrey in „Down-Under" noch oft begegnen. Die Zollbeamten waren nur der Auftakt gewesen. Fröhlichkeit und Freundlichkeit waren typisch für Australien wie die Kängurus, Koalas und Eukalyptusbäume.

Audrey ging in die Eingangshalle. Jetzt fehlte nur noch Lionel. Aber er wusste nicht, dass die Cathay-Pacific-Maschine aus Hong Kong eine Stunde früher, als geplant, gelandet war.

In dem blitzblank geschrubbten Marmorfußboden spiegelten sich die mit schwarzem Leder überzogenen Sitzbänke ohne Lehne. Audrey nahm auf einem von ihnen Platz, stellte ihren Koffer und den Rucksack daneben und schmökerte in ihrem Reiseführer.

Sie wartete auf Lionel, während viele Leute in der Ankunftshalle hin und her schlenderten und Verwandte oder Freunde abholten.

Die Uhr zeigte acht Stunden später als in Deutschland. 9.50 Uhr in Sydney. In Deutschland war es 1.50 Uhr in der

Nacht, und viele Menschen schliefen und schöpften Kraft, um den nächsten Tag bestehen zu können.

Audrey fühlte sich erstaunlich fit.

2. Kapitel

Audrey wusste nicht, wie lange sie bereits lesend auf diesen Sitzen ausgeharrt hatte, als plötzlich Lionel auftauchte. Ernst sah er aus, sein Haar war von der Sonne ausgebleicht. Zuerst bemerkte er Audrey nicht. Stur sah er geradeaus. Seine Blicke hefteten sich auf die glänzenden Marmorfliesen. Er marschierte flott zur Ankunftsebene.

Audrey beobachtete ihn einige Minuten. Er war einer von zehn wartenden Personen. Sie beschloss, ihn nicht mehr länger „schmoren" zu lassen, schnappte ihren Rucksack und den schwarzen Samsonite-Koffer und schlich langsam an Lionel heran. Noch immer hing sein Blick wie gebannt am gleichen Fleck wie vor fünf Minuten. Hätte er auf die Anzeigetafeln geschaut, wäre ihm aufgefallen, dass die Maschine der „Cathay Pacific" aus Hong Kong bereits gelandet war.

Sanft tippte ihm Audrey auf die Schultern, berührte den Stoff seines weißen, gemusterten Baumwollhemdes. Er fuhr herum – verblüfft zuerst – und blickte ihr direkt in die Augen.

„Audrey – du bist schon gelandet? Was für eine Überraschung! Und ich warte hier…." Er freute sich sichtlich.

„Wir sind eine Stunde früher gelandet, als geplant. Ich wusste es selbst nicht, sonst hätte ich es dir natürlich geschrieben!" Sie wischte sich einige Schweißperlen aus der Stirn. Hier in Sydney war es warm. Und sie trug immer noch Klamotten für deutsches Aprilwetter!

„Gut siehst du aus!" Bewundernd wanderte sein Blick von ihrem grünen Pullover bis hin zu ihren Hosen. Er sah ihr kurz ins Gesicht. Hübsch war sie – wie immer. Keine Spur von „Jet-Lag".

Audrey fühlte sich noch erstaunlich gut. Trotz des Zeit-Unterschiedes. Aber sie sehnte sich nach einer Dusche. Der lange

Flug hatte seine Spuren hinterlassen. Sie roch verschwitzt trotz einer Ladung Parfüm, mit der sie sich vorher noch bestäubt hatte.

Langsam verließ sie mit Lionel das Flughafengebäude und schlenderte zu dem Parkplatz, der mit Autos in allen Farben übersät war. Hier standen Autos aller Automarken, die man auch auf Deutschlands Straßen zur Genüge fand.

Automatisch lief Audrey an die rechte Seite von Lionels kleinem schwarzem Datsun. Der Beifahrersitz in Autos in den meisten europäischen Ländern. Jedoch nicht in Australien.

„Halt!" Lionel hob seine Hand. „In Australien fahren wir auf der linken Straßenseite – also musst du links einsteigen!"

Audrey nickte und wechselte die Seite. Aufatmend nahm sie auf dem bequemen Beifahrersitz Platz und legte den Sicherheitsgurt an.

„Hast du mich vermisst?" Lionel küsste sie, bevor er anfuhr. Sie reagierte überrascht und beinahe erschrocken. Noch fühlte sie sich nass geschwitzt und unappetitlich von der langen Reise.

„Natürlich!", rief sie. „Ich sehne mich nur nach einer Dusche. Danach können wir gerne…"

„Okay!" Er verstand sie gut. Wie oft hatte er bereits die lange Reise nach Europa angetreten. Und er wusste aus eigener Erfahrung, wie sehr man sich nach einem Bad oder einer Dusche sehnte, wenn man endlich am Ziel war.

Vorsichtig ließ er den Motor an und bugsierte das Auto aus der Parklücke. Audreys Augen hingen an Häusern, Straßenschildern und Bäumen. Vieles war anders, aber dennoch wirkte die Landschaft irgendwie vertraut. Wie ein Stück England, ein Stück Europa. In sanftem Grün-Blau leuchteten die Blätter der riesigen Eukalyptusbäume. Vereinzelt standen Palmen vor den Häusern oder an den Straßenecken – in Blumentöpfe gepflanzt oder fest im Boden verwurzelt. Ihre saftiggrünen Palmwedel wiegten sich unmerklich in einer leichten Brise. Manchmal waren die Enden der Palmwedel bereits von der drückenden Sonne versengt und waren vertrocknet und braun.

Viele Bäume, die Audrey sah, kannte sie schon aus ihrer Heimat. Beispielsweise Eichen und Obstbäume. Quadratische Häuser aus rotem Backstein säumten die sauberen Straßen in ruhigen Stadtteilen. Viele von ihnen hatten ordentlich angelegte Gärten. Die Hausdächer liefen fast alle spitz zu und sahen aus wie Pyramiden.

In Einkaufsstraßen präsentierten sich die Häuserfronten in bunten Farben – gelb, blau, rosa oder anderen. Ab und zu erinnerte Audrey die ganze Szenerie an einen Wildwestfilm aus den USA. Lag dies vielleicht an der Form der Häuser?

Meistens jedoch schwebte ein Hauch von Großbritannien oder den Niederlanden durch die Straßen und erinnerte an Einwanderer, die in harter Arbeit Australien zu dem aufgebaut war, was es heute war: ein wohlhabendes Land, in dem es sich zu leben lohnte.

Sie erreichten Strathfield. Ein Ort, der ebenfalls rote Backsteinhäuser hatte. Weiß-rot-gestreifte Sonnenschutzplanen aus Stoff waren von den Bewohnern über die Fenster gezogen worden, um ihren Wohnungen Schatten zu spenden.

Sauber gemähte Rasen blitzten saftig grün wie weiche Teppiche in der Sonne. Büsche und rote Blumen, einige Bäume – jeder „Sydneysider" (so heißen im Volksmund die Einwohner der Stadt Sydney – Anmerkung der Autorin) hatte sich sein Reich nach seinem Geschmack gestaltet. Die Häuser sahen gleich aus, Unterschiede herrschten in der Gestaltung der Balkongeländer, der Hauseingänge und der Blumenbeete.

Lionels Fahrweise irritierte Audrey anfangs. Forsch fuhr er drauflos – auf der linken Seite -, steuerte das Auto scharf um die Kurven. Die Verkehrszeichen waren gelb mit schwarzen Symbolen und die Ampeln standen oft meterweit entfernt vom eigentlichen Haltepunkt.

Schließlich hielt Lionel vor einem schmucken roten Backsteinhaus.

„Da sind wir!", sagte er. „Concord, New South Wales, Madison Street Number 15 – die Adresse, an die du jahrelang geschrieben hast!"

Audrey blinzelte in die Sonnenstrahlen und blickte auf Lionels Elternhaus. Nett sah es aus – sicherlich würde ihr der Aufenthalt dort gefallen!

Lionel schleppte Audreys Koffer wie ein Gentleman zur Hintertüre. Herr Norton trat heraus:

„Guten Tag, Audrey! Willkommen in Australien! Hatten Sie einen guten Flug?"

„Danke der Nachfrage. Ja, der Flug war ausgezeichnet!" Audrey lächelte und fühlte sich kein bisschen müde.

Sie betrat die helle Wohnung und setzte sich an den Küchentisch. Endlich war sie am Ziel ihrer weiten Reise angekommen! Lionel und seine Eltern nahmen sie herzlich auf – wie eine Tochter.

Lionels Mutter kannte Audrey gerade nur aus Bildern, eine grauhaarige 70-jährige Dame, die gerne lachte.

Audrey stellte sich unter die Dusche und genoss die ersehnten Wassertropfen auf ihrer Haut. Lionel hatte sie mit Handtüchern ausgestattet – weich und flauschig. Als sie saubere Kleidung anzog, fühlte sie sich wie ein neuer Mensch. Endlich war sie all den Reisedreck los, all den Schweiß. Endlich konnte sie sich wirklich auf Australien, auf Sydney, konzentrieren.

Ihr Koffer stand in ihrem „neuen" Zimmer, Brustbeutel, Pass, Geld und Reiseschecks ruhten sicher in einem Fach des großen Kleiderschranks.

Anschließend besuchte sie Lionel in seinem Zimmer. Er hatte die Jalousien herunter gezogen, um den Raum nicht zu sehr der Sonne preiszugeben. Audrey erkannte eine Reihe bunter Bierdosen auf der Vorhangstange. Lionel besaß einen riesigen braunen Schrank, der eine ganze Wand einnahm. Genug Platz, um viel zu verstauen.

Wie verloren, ruhte eine kleine Musikkompaktanlage auf dem weißen Flauschteppich. Zwei altmodische Kommoden standen gegenüber einem Bett, unter dessen Matratzen es viele Schubladen gab.

Lionel lag auf einem ausgebleichten Betttuch und gähnte. Obwohl der Teppich Audreys Schritte verschluckte, nahm er sie sofort wahr.

„Komm her!", lockte er und rutschte zur Seite.

Sie blickte durch den Türspalt – unschlüssig, ob sie die Türe schließen sollte oder nicht. Aber da zog Lionel sie bereits auf sein Bett, auf einen freien Platz neben sich.

„Du riechst gut", raunte er ihr ins Ohr, zog sanft ihre Bluse nach oben und massierte gleichmäßig ihre Brüste.

Sie ließ es geschehen und stöhnte wohlig. Wie gut tat es, wieder von diesem Mann gestreichelt zu werden! Auch er genoss es, sie zu erregen und wieder in seinen Bann zu ziehen.

Vergessen schien das halbe Jahr, das sie seit dem letzten Abschiednehmen im Oktober des Vorjahres voneinander getrennt hatte. Vergessen schienen viele Kilometer, die sie für eine Zeitlang auseinandergerissen hatten. Audrey und Lionel fuhren dort fort, wo sie damals aufgehört hatten.

Sie sprachen keine Worte, sie genossen in vollen Zügen, was sie sich geben konnten. Lionel stieß in seine Freundin, nachdem er ihre Brüste liebkost hatte, wovon sie nicht genug bekommen konnte. Sie ließen sich mitreißen von ihren Gefühlen, von der Harmonie zweier Körper, von ihrer Liebeszeremonie.

Anschließend lagen sie erschöpft und glücklich nebeneinander – konnte es etwas Schöneres geben als ihre Liebe?

„Du wirst hungrig sein", meinte Lionel und küsste sie auf den Mund. „Meine Eltern haben Brötchen, Tomaten und Salat eingekauft. Heute Abend servieren sie ein warmes Gericht."

Audrey nickte, erhob sich und schlüpfte in ihre Kleider. Sie ging mit Lionel in die Küche, schnitt knusprige Brötchen auf und belegte sie mit Salatblättern und Tomatenscheiben. Hungrig biss sie in ein Brötchen – es schmeckte wunderbar!

Nach diesem Essen zeigte ihr Lionel den „Cabarita-Park", einen Park, den er schon als Kind geliebt hatte. Sie hatte ihm vorher versichert, dass sie noch nicht müde sei. Es schien, als sei der lange Flug spurlos an ihr vorübergegangen wie sanfte Wellen. Sie fühlte sich kein bisschen „jet-lagged".

Sie wanderten zum Parramatta-Fluss. Blau floss er dahin, kein bisschen schmutzig. Gelbe Fährschiffe, die „Rivercats" (Flusskatzen) hießen, schossen ab und zu vorbei. Fährschiffe, auf denen einige Passagiere die faszinierende Aussicht auf Häuser, Busch und Eukalyptusbäume genossen.

„Na, wie gefällt dir mein persönliches Reich, der Cabarita-Park?" Lionel machte eine ausladende Armbewegung auf Wege, große Wiesen und einige Neubauten.

Der australische „Häuslebauer" bewies viel Fantasie, fand Audrey. Hier bestanden viele Häuser aus zwei Stockwerken, die Fassaden waren zum Teil mit weißer Farbe verputzt. Ein Haus sah aus, als sei es gerade dem römischen Reich entstiegen – mit Rundbögen.

Yachten in allen Farben lagen vor einem Clubhaus vertäut und warteten auf das Wochenende. Sanft schaukelten sie in den Wellen.

„Hierher komme ich pro Woche einmal – schon seit meiner Kindheit!", schmunzelte Lionel. „Ich dachte sofort, als erster Eindruck von Australien für dich sei dieser Park gerade richtig."

Audrey pflichtete ihm bei und ging langsam zum Fluss hinunter.

„Der Park gefällt mir!" Sie buddelte in braunem Sand und förderte einige Muscheln zutage. „Toll – hier gibt es tatsächlich Muscheln!"

„Ja, die gibt es!" Lionel nahm ihr die Muscheln aus der Hand und hielt sie gegen das Sonnenlicht. „Du wirst noch schönere Exemplare finden – Sydney ist reich an Stränden, also auch an Muscheln."

Audrey nahm ihre Muscheln wieder und steckte sie in die Hosentasche. Ihr erstes Souvenir aus Australien. Langsam schlich sie mit Lionel durch das grüne Gras und betrachtete die Landschaft. Anschließend fuhren sie nach Bayview – wieder ein neuer Park, neue und moderne Reihenhäuser, die am Flussufer entstanden.

„Von diesen Reihenhäusern schrieb ich dir bereits", meinte Lionel. „Jahrelang gab es kein Gebäude an diesem Platz, sondern nur grüne Wiesen. Ich liebte diesen Park. Plötzlich schlossen Häuser wie Pilze aus dem Boden. Zuerst war ich wütend. Welche Landstriche wollte man denn noch mit Häusern verbauen? Unterdessen allerdings habe ich mich an diese Häuser gewöhnt. Sie gefallen mir."

Er fasste sie an der Hand, umschloss sie mit seinen Fingern. Und dann küssten sie sich – wieder und wieder, während sich die Dämmerung leicht über das Land senkte.

Audrey spürte langsam, dass sie müde wurde. Jetzt forderte ihr Körper seinen Tribut.

Wieder zurück in Lionels Elternhaus sah sie ein bisschen fern. Australisches Fernsehen war etwas total Neues für sie. Aber von der englischen Komödie „Keeping up appearances" bekam sie kaum etwas mit. Ihr Kopf lehnte an Lionels Schulter, während er ihr über die Haare strich.

Eine halbe Stunde schlief sie tief und fest auf dem Wohnzimmersofa. Dann weckte sie Lionel. Artig machte sie Konversation mit Lionel und seinen Eltern, genoss Lammkeule mit Kartoffelbrei und probierte guten australischen Weißwein.

Ständig plauderte sie. Sie erzählte von ihrem Zuhause, von ihrem Flug, dem netten schwedischen Ehepaar und von Hong Kong. Die Müdigkeit ergriff immer mehr von ihr Besitz – wie eine dunkle Wolke.

Dankbar fiel sie schließlich in ihr Bett in jenem kleinen Zimmer neben der Küche. Sofort schlief sie ein – und träumte von Australien.

3. Kapitel

Lionel hatte extra Urlaub genommen – vier herrliche Wochen mit Audrey. Sie reagierte zuerst bestürzt:

„Du solltest deinen Urlaub nicht meinetwegen verplempern!"

„Nein, nein, der Urlaub ist nicht verplempert!", berichtigte sie Lionel. „Mir stand noch Resturlaub vom letzten Jahr zur Verfügung. Und außerdem gibt mir die Zeit mit dir die Gelegenheit, viele Orte wiederzusehen, die ich sonst kaum besuche!"

Man konnte es kaum glauben – viele Australier nehmen sich kaum Zeit, ihre nähere Umgebung zu erkunden. Am Feierabend setzt man sich übermüdet ins Auto oder in die Bahn oder einen Bus und fährt nach Hause. Sehenswürdigkeiten, wie das Opernhaus oder die „Sydney Harbour Bridge" werden meistens von Touristen besucht. Am Wochenende meiden viele Australier die Zentren ihrer fantastischen Städte, weil sich dort Massen von Touristen aufhalten.

Wer in einer australischen Großstadt wohnt, fährt am Wochenende aufs Land, die so genannte „Countryside". Oder man sucht Strände auf, um dort zu faulenzen. Manche besuchen auch ein Fußballspiel oder setzen sich zu Hause vor den Fernseher.

Aber verhalten sich die Deutschen nicht ähnlich? Man kennt seine nähere Umgebung, das Bundesland, in dem man wohnt, kaum. Dagegen ist man an vielen Urlaubsorten beinahe zu Hause.

Audrey genoss ihren ersten Morgen in Sydney. Sie hatte sehr gut geschlafen. Der Schlaf hatte sie erquickt. Krähen schimpften draußen auf den Obstbäumen, genau wie in Deutschland. Ab und zu mischte sich das Jammern eines anderen Vogels dazwischen. Ein Vogel, dessen Gesang Audrey noch nie gehört hatte. Seine Laute klangen wie der Teil einer Operntragödie – traurig und von Seelenschmerz durchtränkt. War das etwa der sagenumwobene „Kokaburra", ein typisch australischer Vogel? Kein Australier, den Audrey traf, konnte ihr diese Frage beantworten.

Auch Lionel fühlte sich prächtig nach neun Stunden Schlaf. Zu schön klangen die Aussichten, vier Wochen lang nicht an den trockenen Bürojob denken zu müssen.

Audrey und Lionel frühstückten zusammen. Sie aßen Haferflocken, in warmer Milch angerührt. Und Toastbrot, das aus dem Toaster hüpfte wie ein Gummiball. Dazu tranken sie Kaffee – Nescafé oder den australischen Kaffee der Marke „Bushell's". Das ist eine Kaffeesorte, die ursprünglich aus Großbritannien importiert wurde. „Bushell's" war in Glasdosen verpackt, das Pulver sah aus wie Malzkaffee, schmeckte allerdings wie herkömmlicher Kaffee.

„Ich würde gerne eine Runde schwimmen, bevor wir zu einer Besichtigungstour aufbrechen", meinte Lionel kauend. „Kommst du mit?"

Audrey war einverstanden und folgte Lionel zum Granville-Pool, einem Schwimmbad im ruhigen Stadtteil Granville. Das Wasser war Audrey zu kalt. Sie traute sich nicht hinein und betrachtete Lionel von einer Bank aus.

„Feigling!", hänselte sie Lionel und tauchte blitzschnell unter, bevor sie ihm mit der hohlen Hand Wasser ins Gesicht spritzen konnte.

Später fotografierte Audrey die „Ladies' Ballers", ein alltäglicher Anblick für Lionel, jedoch ein gänzlich neuer, exotischer für Audrey. Ältere Damen in weißer Kleidung mit Hauben, die an Krankenschwestern erinnerten, spielten mit einem schwarzen Ball. Ernsthaft und konzentriert versuchten sie, diesen in eines der Löcher auf dem großen Platz zu befördern.

„Heute will ich dir die Innenstadt von Sydney zeigen. Das Opernhaus, die „Harbour Bridge" (übersetzt: Hafenbrücke) und viele andere Sehenswürdigkeiten, mit denen unsere Stadt aufwarten kann", erklärte Lionel, als sie wieder in seinem schwarzen Datsun saßen und durch den Stadtteil Parramatta rauschten. „Ganz in der Nähe gibt es eine Anlegestelle für Fähren nach Sydney – die „River-Cats", die wir gestern gesehen haben. Die Schifffahrt wird dir gefallen!"

Audreys Wangen glänzten vor Aufregung. Lionel parkte sein Auto unter einer riesigen Eiche, nahm Audreys Hand und schritt mit ihr zu der Anlegestelle.

Enttäuscht musste er feststellen, dass sie die 12-Uhr-Fähre gerade verpasst hatten.

„Die nächste Fähre geht erst um 15 Uhr ab – in fast drei Stunden. Das ist zu spät für die Innenstadt!" Bedauernd zuckte er mit den Schultern. „Ich hätte nicht zum Schwimmen gehen sollen!"

„Mach dir nichts daraus!", beruhigte ihn Audrey. „Dann nehmen wir morgen diese Fähre und suchen heute nach einem anderen Ausflugsziel."

„Etwas anderes wird uns nicht übrigbleiben!" Lionel biss sich auf die Lippen. Diese Pleite am ersten Tag mit Audrey war ihm sichtlich unangenehm. „Es tut mir wirklich leid und ich ärgere mich!"

Schweigend gingen sie an riesigen Wolkenkratzern vorbei. In Parramatta gab es einige große Firmen. Interessant wirkten diese – mit oftmals entspiegelten Fenstern, in denen sich das Sonnenlicht brach wie in einem großen, gläsernen See.

In einer griechischen Imbissbude stärkten sie sich, denn Lionel plagte wieder sein Hunger. Auf einmal hatte er eine gute Idee:

„Wir sollten in Richtung Blue Mountains (Blaue Berge) fahren! Dort kenne ich einige fantastische Aussichtspunkte, die dir sicherlich gefallen!"

Audrey war einverstanden und nickte. Sie freute sich auf die berühmten „Blauen Berge".

Lionel freute sich über seine Idee, beugte sich zu ihr hinüber und hauchte ihr einen Kuss auf den Mund. Genau dies würde er immer wieder machen. Audrey liebte diese Küsse, zeigten ihr doch diese Gesten, wie viel Lionel an ihr lag, wie sehr er sie mochte.

Schnell lenkte er sein Auto über eine australische Autobahn. Wenn man auf eine Autobahn fuhr, musste man Gebühren bezahlen. Aber für manche Strecken lohnte sich diese Geldausgabe, denn auf vielen Landstraßen war man lange unterwegs. Schnurgerade zog sich die Autobahn in die Länge. Orte, Bäume und Schilder rasten an ihnen vorbei. Schilder, die deutlich anzeigten, dass man sich in Australien befand. Sie warben für Freizeitparks und andere Ausflugsziele. Beispielsweise das „Australien Wonderland".

Immer wieder staunte Audrey, wie groß Sydney mit all seinen Vororten war. Die Stadt zog sich etliche Kilometer in die Länge. Ein Ort hieß Blaxland und dort sollte es einen aufregenden Aussichtspunkt geben. Jedenfalls glaubte Lionel hartnäckig daran.

„Ich weiß, dass dieser Aussichtspunkt hier irgendwo zu finden ist!", behauptete er und fuhr einige Male im Kreis herum. Er fuhr um hellbraune Häuser, die zwischen Büschen versteckt waren. Häusern, die alle gleich aussahen. Einige dünne Äste von Bäumen und Büschen hingen über den Straßen. Diese Naturszenerie spendete Schatten an einem sehr sonnigen Tag.

„Am Anfang dieses Stadtteils sah ich einen Lebensmittelladen", bemerkte Audrey. „Frage doch dort nach dem Weg zu diesem Aussichtspunkt."

Es tat ihr leid zu sehen, wie Lionel sich abmühte, ihr etwas Aufregendes zu zeigen. Veranstaltete er diese Autofahrt nicht nur ihretwegen?

Aber Lionel wollte ihren Vorschlag nicht hören. Konnte er sich die Blöße geben, diesen Aussichtspunkt nicht zu finden, obwohl er aus dieser Gegend stammte? Nein! Unmöglich! Er würde selbst eine Lösung finden. Einen geheimnisvollen Pfad, der auf eine Aussichtsplattform führte. Einer Aussichtsplattform, von der aus man einen herrlichen Blick in ein Tal genießen konnte.

Er träumte davon, während er Audrey im Arm hielt, mit stolzgeschwellter Brust den Blick über die atemberaubende Landschaft gleiten zu lassen und zu sich selbst sagen zu können:

„Ich, Lionel Norton, habe jetzt mit eigener Kraft diesen tollen Aussichtsplatz ausfindig gemacht!"

Jedoch blieb ihm heute dieser Erfolg versagt. Straßen mit den irreführenden Namen, wie „Great View Avenue" (Straße zur großartigen Aussicht), endeten als Sackgassen oder mündeten in eine Hauptstraße, die wieder auf die Autobahn führte.

„Ich verstehe nicht, warum Straßen solche irreführenden Namen haben!", schimpfte Lionel.

Schließlich überwand er sich, in dem vorher erwähnten Lebensmittelladen am Ortseingang nach dem Weg zu fragen. Der Verkäufer beschrieb lächelnd mit ausladenden Armbewegungen einige Ecken und Kurven und erklärte den Weg so gut wie möglich.

Lionel nickte dankbar und verließ mit Audrey den Laden. Sie hatte einige Papiertaschentücher dort gekauft. Australische Papiertaschentücher sahen aus wie europäische Kosmetiktücher. Zweilagig nämlich und nicht vierlagig. Vierlagige Papiertaschentücher konnte sie nirgendwo auftreiben. Warum brachte man bewährte Papiertaschentücher, wie beispielsweise „Tempo" und „Softis", nicht auch in Australien auf den Markt? Audrey würde das nie erfahren.

Endlich fand Lionel zwei Aussichtspunkte. „Elizabeth's View" (Elizabeths Aussichtspunkt) und „Marge's View" (Margarets Aussichtspunkt). Diese beiden Plätze trugen offensichtlich die Namen von Mitgliedern des englischen Königshauses – von Königin Elizabeth und Prinzessin Margaret.

Von beiden Punkten aus blickte man in ein fast unendliches Tal, auf Wälder, Straßen und kleine Orte. Offensichtlich Vororte von Sydney. Audrey fand, dass dieses Tal eher europäisch und nicht australisch wirkte.

Lionel zeigte Audrey das Ufer des „Nepean River", eines weiteren Flusses, der sich durch die Landschaft schlängelte. Und dort im grünen Gras umarmten sie sich.

Beide waren mit dem Tag zufrieden. Audrey hatte einen ersten guten Eindruck von Australien gewonnen. Und genau dieser Eindruck machte ihr das Land noch sympathischer.

Nur zu bald lernte Audrey australisches Fernsehen kennen. In den 1990er-Jahren gab es in Australien sieben oder acht Kanäle. Es waren allerdings noch mehr Satellitenkanäle geplant.

Lionel entpuppte sich als „komplett fernsehsüchtig". Wie hypnotisiert klebte er vor vielen interessanten und nicht interessanten Sendungen.

Die Nachrichten sendete man in Australien sehr ausführlich. Man berichtete beinahe über jede Kleinigkeit, fand Audrey. Egal, ob es sich um einen Verkehrsunfall an der Straßenecke oder um die Einweihung eines Hallenbades handelte.

Audreys Lieblingssendungen waren „Full Frontal" und „Hey, hey, it's Saturday". „Full Frontal" hieß eine Comedy-Show, in der außergewöhnlich schauspielerisch begabte junge Schauspieler auf eine witzige Art und Weise Fernsehsendungen, Politik, Alltagsfragen, Nachrichten, Showbusiness und vieles andere parodierten. Vergleichbar ist „Full Frontal" mit der deutschen Comedy-Serie „Switch", aus der später „Switch Reloaded" wurde.

Darryl Somers ist ein australischer Showmaster, der seit fast 20 Jahren die erfolgreiche Show „Hey, hey, it's Saturday" moderierte. Audrey sah zwei seiner Sendungen an, die sie zu Begeisterungsstürmen veranlasste. Darryl Somers schaffte es, jeden Samstagabend für zwei Stunden ein aufmerksames Fernsehpublikum in den Bann zu ziehen. Und zwar mit einer Show, in der man ein Auto gewinnen konnte, die einen Talentwettbewerb, Neuigkeiten aus der Musikbranche, aktuelle Stars und vieles mehr präsentierte.

In Deutschland gab es solche abendfüllenden Unterhaltungsshows gerade einmal pro Monat. Natürlich hatte (und hat immer noch) auch Deutschland tolle Showmaster, die mit Sprüchen und Ideen glänzten und von vielen Leuten fast schon vergöttert wurden.

Darryl Somers stellte mit seiner wöchentlichen großen Show viele deutsche Showmaster in den Schatten, fand Audrey. Ihrer Meinung nach leistete er etwas Außergewöhnliches.

Lionel fand in nur vier Kanälen, die Sydney zur Verfügung standen, immer etwas Sehenswertes. Audrey stand kopfschüttelnd daneben. Sie konnte diese Fernsehsucht nicht verstehen. Lionel klebte richtiggehend an der Mattscheibe…

1995 (also zu der Zeit, als Audrey in Australien war) war bekannt, dass Australien plante, Kabelfernsehen nach amerikanischem Muster einzuführen. Ein Kanal sollte nur Opern senden, einige andere nur Spielfilme, ein weiterer nur Quiz-Sendungen und so weiter.

„Wir werden uns dieses Kabelfernsehen nicht anschaffen", erklärte Lionel. „Sonst sitze ich Tag und Nacht vor dem Fernseher und tue nichts anderes mehr."

Audrey pflichtete ihm bei.

5. Kapitel

An ihrem zweiten Morgen in Sydney wurde Audrey wieder unsanft von Krähen geweckt. Krähen, die vor ihrem Fenster wie kleine beleidigte Kinder schrien, denen man ein Spielzeug weggenommen hat.

Es war sieben Uhr am Morgen. Normalerweise schlief man um diese Zeit noch, wenn man Urlaub hatte. Aber Audrey war wach. Hinter den Vorhängen mit einem grellen Blumenmuster leuchtete die Morgensonne. Audrey lugte hinaus. Vor ihr lagen die roten Backsteinhäuser Concords wie quadratische Legosteine mit dunklen spitzen Dächern wie Zuckerhüte aus schwarzer Lakritze.

Audrey frühstückte köstlichen Porridge. Das ist ein Haferflocken-Milchgemisch, das viele Leute kennen, wenn sie schon in Großbritannien waren. Aber auch in Australien kennt man dieses Gericht und isst es gerne zum Frühstück.

Audrey ließ langsam „Blue Gum Honey" in den sämigen Porridge-Brei tropfen. Wie die Deutschen Waldhonig essen, so genießen die Australier Honig von Eukalyptusbäumen, der „Blue Gum Honey" oder „Red Gum Honey" heißt – je nach Art des „Gum Trees", also des Eukalyptusbaums.

„Heute zeige ich dir Sydney, Schatz", versprach Lionel fröhlich und zog Audrey an sich. Sie spürte seine Zunge in ihrem Mund – mit dem Geschmack von „Bushell's"-Kaffee und Bananen aus Queensland, die verführerisch in einer Obstschale auf dem Küchentisch leuchteten.

Lionels Vater war mit seiner Frau schon zeitig zum Bahnhof aufgebrochen, denn sie wollte einige Tage lang eine Freundin in Goulburn besuchen.

Audrey freute sich über die Aussicht, endlich das Opernhaus sehen zu können. Sie schmiegte sich an ihren Lionel, roch seinen frisch gewaschenen Körper, der nach Seife duftete. Sie wühlte in seinem blonden weichen Haar.

„ich würde gerne weitermachen mit einem kleinen romantischen Intermezzo am Morgen, Liebling!" Lionel blinzelte verschmitzt. „Ich habe große Lust auf dich. Aber wenn ich jetzt nicht einkaufen gehe, verpassen wir wieder eine Fähre. Und dann wird es zu spät für Sydney – das wäre schade!"

„Dann gehst du jetzt einkaufen!" Audrey gab ihm einen langen Kuss. Er zog sie nochmals sanft an sich, schnappte dann seine braune Einkaufstasche aus Kunstleder und verschwand. Er trug eine kurze Hose und ein verwaschenes orangefarbenes T-Shirt. Seine Autoschlüssel klimperten in einer Hand – wie ein helles Glockenspiel.

Gedankenverloren kämmte sich Audrey ihre seidigen langen Haare und schaltete das Radiogerät in der Küche an. Der private Kanal „JJJ" brachte Neuigkeiten aus der „Independent-Scene", einer alternativen Musiklandschaft, fernab vom Hitparaden-Sound.

Plötzlich klopfte es an ein Fenster. Audrey erstarrte. Wer war das?

Ärgerlich stapfte sie durch die Küche zum Hintereingang des Hauses und erspähte einen älteren Herrn vor dem Fenster direkt neben der Türe. Entwaffnend lächelte er sie an.

„Ist Michael Norton da?", wollte er wissen.

Audrey öffnete die Türe, indem sie den Riegel zurückschob und den Schlüssel im Schloss drehte.

Michael – so hieß Lionels Vater mit Vornamen. Nein, er war nicht zu Hause, denn er verabschiedete sich gerade von seiner Frau am Bahnhof von Concord.

„Die Nortons sind ausgeflogen. Ich bin alleine hier!" Bedauernd zuckte Audrey mit den Schultern.

„Ach – dann sind sie die Bekannte aus Deutschland?", fragte der ältere Mann. Audrey stutzte. Wie viele Nachbarn waren noch über ihren Aufenthalt in Australien eingeweiht worden?

„Ja, die bin ich", antwortete sie höflich. „Aber woher wissen Sie von mir?"

„Michael und seine Frau haben mir erzählt, dass sie einen deutschen Gast erwarten!", meinte der alte Mann ehrlich. Er strahlte Wärme aus. „Ihr Englisch ist wirklich einwandfrei. Wo haben Sie das gelernt?"

„In der Schule in Deutschland – und in der Sprachenschule!"

„Gibt es hier irgendwo ein Blatt Papier?" Der Mann machte Anstalten, das Haus zu betreten. „Wenn Michael schon nicht hier ist, möchte ich ihm eine Nachricht hinterlassen."

„Kommen Sie doch herein!" Audrey hatte jegliche Scheu vor dem „fremden" Nachbarn verloren und trat zur Seite, um ihn hereinspazieren zu lassen.

Sie beobachtete ihn, als er eine Nachricht auf ein weißes Notizblatt kritzelte. Er war nicht dünn, aber auch nicht dick. Offensichtlich trank er gerne Bier, wie man an seinem kleinen Bäuchlein sehen konnte. Man merkte, dass es ihm in Australien gut ging.

„Vielen Dank! Es hat mich gefreut, Sie kennen zu lernen!" Seine Augen blickten freundlich durch die Brillengläser, als er Audrey das Blatt und den Kugelschreiber reichte. Dann streckte er ihr seine Hand entgegen.

Sie ergriff sie. „Es hat mich ebenfalls gefreut, Sie kennen zu lernen", betonte sie und begleitete ihn zur Hintertüre. Freundlich winkte sie ihm noch hinterher und schloss danach wieder ab.

„Alle Australier sind nett", dachte Audrey, als sie langsam in die Küche zurückspazierte.

Lionel und sein Vater erschienen beinahe gleichzeitig. Beide hatten Hausschlüssel dabei. Audrey erzählte ihnen von dem netten Nachbarn.

„Ach, das war Jack!", lachte Herr Norton. „Ich werde ihn sofort anrufen!"

Lionel stapelte seine Einkäufe auf der Arbeitsplatte neben dem Herd. Toastbrot, Butter, Joghurt, Tiefgefrorenes und einige andere Dinge. Nach einem kurzen Mittagessen machten sie sich auf den Weg nach Birchgrove.

Audrey war begeistert, als sie die hochherrschaftlichen Häuser sah, die dem letzten Jahrhundert entstiegen zu sein schienen. Birchgrove – dieser Vorort Sydneys erinnerte sie stark an Großbritannien, mit hellen freundlichen Häusern, verschnörkelten Balkonen, langen großen Fenstern und schweren Holztüren. Davor lagen kleine oder größere Gärten mit sattgrünem Gebüsch und Bäumen. Einige Villen lagen wie Edelsteine dazwischen. Ebenso wirkten die Reihenhäuser edel. Birchgrove musste wohl ein Wohnort für sehr wohlhabende Sydneysider sein!

Hand in Hand schlenderten Audrey und Lionel über einen großzügig angelegten Fußballplatz, der offensichtlich gerade gemäht worden war. Am Ende des Platzes ragte ein weißer Zaun auf, hinter dem bunte Motorboote munter auf dem Wasser schaukelten. Hier begann bereits ein Teil des Hafens, rein ruhiger Teil. Ganz hinten sah Audrey die weltberühmte „Harbour Bridge", die riesige Hafenbrücke. Eines der Wahrzeichen Sydneys, das man auch „Kleiderbügel" nannte.

„Was für ein gigantischer Anblick!", rief Audrey und sog das bunte Bild voller Häuser, Wasser, Booten und Natur in sich auf.

„Ich habe gewusst, dass es dir hier gefallen wird!" Triumphierend drückte ihr Lionel einen Kuss auf die Wange. „Nicht
weit von hier verkehren Fähren in die Innenstadt. Fahren wir
also zum Stadtteil Balmain."

Audrey konnte es kaum erwarten, endlich einige der Sehenswürdigkeiten, von denen sie schon oft geträumt hatte, zu
sehen. Die Sehenswürdigkeiten, von denen sie schon so viel
gelesen hatte. Sehenswürdigkeiten, die weltweit bekannt waren.

Sie gingen an hellblau-metallic-farbenen Häusern vorbei,
wahrscheinlich Lagerhallen. Genaueres wusste Lionel über
diese Gebäude nicht. Weiter wanderten sie zum Parkplatz,
stiegen in Lionels Datsun und fuhren zum Stadtteil Balmain.
Lionel kannte Balmain wie seine Westentasche. Dort hielt er
sich oft auf, denn in einigen Hotels dieses Vorortes spielten an
Samstagabenden immer wieder Bands, deren Musik nach seinem Geschmack war.

Er führte Audrey einige faszinierende Straßen entlang.
Straßen, die ebenfalls von hochherrschaftlichen Häusern gesäumt waren. Häusern, die Audrey sehr an London erinnerten.

Audrey und Lionel gingen durch die Thames Street und
standen schließlich vor der Anlegestelle der Fähre, an Morts
Bay.

Lionel studierte die Abfahrtszeiten, während das Wasser
ab und zu gegen die Holzfüße der überdachten Anlegestelle
schwappte.

„In zehn Minuten geht eine Fähre. Dann siehst du endlich
das Opernhaus." Er blickte auf seine Armbanduhr aus silber-
nem Metall, die aus Japan stammte. „Uns bleibt noch Zeit, uns
ein wenig in den kleinen Park dort oben zu setzen. Hast du
Lust dazu?" Seine Hand deutete auf einen Platz, der von
Steinmauern umrahmt war. Wie eine grüne Oase in einer Ansammlung von Häusern. Einige Bänke luden zum Verweilen
ein, daneben standen schattenspendende Laubbäume.

„Natürlich – lass uns noch ein wenig sitzen und die Landschaft betrachten!" Audrey nickte begeistert und zog Lionel

hinter sich her. Ihr gefiel dieser Park, ihr gefiel alles, was Lionel vorschlug. Ihr gefiel es, wie spontan er organisierte.

Lionel ließ sich vorsichtig ins Gras sinken, sie setzte sich neben ihn. So verharrten sie ungestört. Es war Freitag, viele Australier brüteten noch über ihrer Arbeit. Die Hausfrauen kauften entweder ein oder blieben in ihren Häusern, um ihre Wohnungen oder Häuser auf Vordermann zu bringen.

Lionel zog Audrey sanft an sich. Sie spürte seine warmen, feuchten Lippen auf ihrem Mund, sie spürten seine Finger, die unter ihr T-Shirt krochen, ihre Rippen nach oben wanderten und über ihre Brüste glitten. Sie ließ ihn gewähren, denn er wusste, wo seine Grenzen waren. Sie befanden sich doch in einem öffentlichen Park. Zu sehr konnten sie hier ihrer Liebe nicht Raum geben. Dennoch – ein bisschen Erregung gönnten sie sich, und sie genossen sie beide.

Lionel zog seine Hand unmerklich zurück, küsste Audrey noch einmal und sah auf die Uhr.

„Die Fähre wird jeden Moment kommen", sagte er. „Wir gehen am besten zur Anlegestelle zurück."

Seine Augen verfolgten das Treiben auf dem Wasser, während er sich langsam aufrichtete. Er klopfte sich ein wenig Erde von den Hosen und griff nach Audreys linker Hand.

Von links nahte eine gelbe Fähre. Zuerst sah sie so klein aus wie ein Kinderspielzeug, wurde aber schnell immer größer. Sie legte an und Audrey und Lionel steigen ein. Fahrkarten waren in einem der Innenräume der Fähre erhältlich. Eine Fahrkarte kostete gerade nur 2,50 australische Dollar.

Die Fahrt war das Geld auf jeden Fall wert, fand Audrey. Noch immer wehte eine warme Brise, beinahe frühlingshaft, obwohl auf dem „Fünften Kontinent" – wie man Australien auch nannte – doch erst der Herbst angebrochen war. Die Jahreszeiten in Australien waren genau umgekehrt, verglichen mit denen in Europa.

Audrey stand an der Reling. Ihr Blick glitt über das dunkelblaue Wasser, dessen Wellen sich wie dahin gestreutes Lametta, wie Facetten im Sonnenlicht brachen. Vor ihr lag die atemberaubende Skyline Sydneys: ein Wolkenkratzer neben dem anderen. Wolkenkratzer, in denen Unternehmen, Banken, Hotels, Versicherungen und anderes untergebracht waren. Ein Wolkenkratzer wirkte größer und beeindruckender als der andere. Wie glänzende kobaltblaue Bausteine, durchbrochen von zahlreichen Vierecken. Vierecke, die entspiegelte Fensterfronten waren, in denen sich nur von außen Licht spiegelte.

Vor Audrey lag Sydney – schwirrend und funkelnd wie aus dunklen Kristallen. Das Meer aus Wolkenkratzern ragte klar in den Himmel.

„Eine solche Szenerie habe ich noch nie in Wirklichkeit gesehen!", rief Audrey und blickte überwältigt auf das Stadtzentrum. Sie liebte Sydney von Anfang an – jeden Zentimeter dieser Stadt.

Zwischen dem modernen Häusermeer blitzte immer wieder ein hellbraunes Gebäude auf – ein Überbleibsel aus dem letzten Jahrhundert, ein Rest australischer Geschichte, die noch sehr jung war. So jung und ungezähmt wie die Australier selbst, ihr Kontinent und ihr Lebensstil.

Nie wirkte ein solches älteres Gebäude störend in dem Wust moderner Architektur. Die Australier waren stolz auf jedes Gebäude, jede Kanone, jeden anderen Gegenstand, der mehr als 80 Jahre zählte. Diese Dinge wurden sorgfältig behandelt – und man stellte sie irgendwo aus. In ein Museum oder eine Landschaft oder neben ein Gebäude, zu dem solch ein Gegenstand passte. Denn jeder sollte sehen, dass auch Australien schon eine bewegte Geschichte hatte. War es nicht erstaunlich, wie harmonisch sich alte und moderne Gebäude in das Stadtbild einfügten und Sydney seinen unvergleichlichen Charakter verliehen? Sydney, dieser Name stand für eine wunderschöne Stadt, bestens komponiert, die zu Recht den Ruf hatte, eine der schönsten Städte der Welt zu sein.

Audrey drehte entzückt ihren Kopf in alle Richtungen. Zu Lionels Bedauern jedoch fuhr die Fähre nicht am Opernhaus vorbei, sondern nahm seinen Weg zu „Darling Harbour", einem sehenswerten Teil des Hafens.

„Darling Harbour" war genauso faszinierend wie das Opernhaus. Zu Recht steht „Darling Harbour" in jedem Reiseführer über Sydney und es wird empfohlen, dorthin zu gehen oder zu fahren. Dieser Teil des riesigen Hafens von Sydney liegt in einer Bucht. Attraktive Geschäfte auf einer nett angelegten, sauberen Promenade laden zum Shoppen ein.

„Wie oft warst du schon in Darling Harbour?", fragte Audrey ihren Freund. „Das ist ja ein traumhaftes Fleckchen Erde!" Schwärmerisch drehte sie sich im Kreis wie eine Ballettänzerin, so dass ihre blaue Windjacke herumflog.

„Bisher vielleicht 20 Mal in meinem Leben!" Lionel senkte seinen Blick beinahe schuldbewusst auf den Steinboden. „Wie ich dir bereits sagte, ist es immer ein guter Anlass, wenn Besuch kommt, dass ich auch selbst diese hübschen Flecken meiner Heimatstadt besuche. Ansonsten bin ich oft so ausgebucht, dass mir die Zeit, Sydneys Sehenswürdigkeiten zu besuchen, fehlt!"

Audrey schüttelte den Kopf.

„Gerade für Darling Harbour würde ich mir an deiner Stelle mehr Zeit nehmen! Es würde mich ständig hierher ziehen, wenn ich du wäre!"

„Wenn du das jetzt so sagst, frage ich mich auch, warum ich nicht schon öfters hier war!" Lionel lächelte. „Ich werde Darling Harbour von nun an öfter besuchen!"

Audrey und Lionel spazierten vorbei an einem ehemaligen Fährschiff, das jetzt als Informationsbüro für Sydney genutzt wurde. Vorwiegend warb man für „Sydney 2000", für die olympischen Sommerspiele, die man im Jahre 2000 in Sydney austragen wollte. Irgendwie musste die Olympiade ja finanziert werden, deswegen berührte man bereits im Jahre 1995, als Audrey und Lionel sich in Sydney trafen, die Werbetrommel für die Olympiade. Man verkaufte fleißig Krawatten, T-Shirts und andere Souvenirs. Gegenstände, auf denen in bunten Farben die Aufschrift „Sydney 2000" prangte.

„Ihr seid sicherlich stolz, die Olympiade im Jahre 2000 austragen zu dürfen – oder?", sinnierte Audrey und betrachtete die lustig aussehenden Sydney-2000-Krawatten.

„Stolz sind wir schon!" Lionel zog sich ein blaues Sweatshirt an, denn es wurde allmählich kühl. „Leider kosten die Vorbereitungen viel Geld, und der australische Staat ist ziemlich verschuldet. Man sagt, dass die Kosten für eine Olympiade erst dann endgültig getilgt sind, wenn die Olympiade am selben Ort zweimal stattfindet."

Lionel hatte recht. Aber wurde nicht weltweit viel Geld in Olympiaden investiert? Berlin verprasste schon ein Vermögen, nur, um sich als Olympiastadt zu bewerben. Es blieb nur zu hoffen, dass Sydney am Ende durch die Olympiade mehr verdiente, als es investieren musste.

Audrey und Lionel stiegen zuerst in die „Monorail-Bahn", die den Hafen mit dem Stadtzentrum verband.

„Diese Hochbahn war bei ihrer Einweihung sehr umstritten. Menschen sperren sich gerne gegen Neuheiten", erklärte Lionel, als er Audrey gegenüber auf einem der dunkelblauen bequemen Sitze saß. „Unterdessen hat man sich jedoch an die Bahn gewöhnt, denn sie ist umweltfreundlich, bequem und entlastet den Straßenverkehr."

Die Fahrt mit der „Monorail" war tatsächlich ein besonderes Erlebnis. Audrey konnte dadurch einen Eindruck vom „Chinesischen Garten" bekommen. Weiterhin von einigen Einkaufsstraßen und dem Hafen. Die Bahn fuhr fast geräuschlos. Sie fuhr über die Pyrmont-Brücke, die weltweit älteste Drehbrücke der Welt. Unten fuhren unermüdlich Autos wie bunte Käfer. Einige Australier hatten ihren Feierabend angetreten und schlängelten sich durch den Verkehr nach Hause.

Als Audrey und Lionel schließlich in einem Pub saßen, wurde sie nicht müde, die „Monorail" weiterhin zu beobachten. Diese Bahn wirkte wie ein Zug auf Stelzen, ein Zug, der über dem Trubel der Stadt fuhr. Immer wieder fuhren „Monorails" vorbei, auf denen Werbung prangte für den „Sydney Morning Herald" oder eine Biermarke.

Die Abendsonne senkte sich über „Darling Harbour". Die Wolkenkratzer spiegelten sich auf einmal überdeutlich im Wasser. Die Wellen verwandelten diese Spiegelungen in verzerrte Gebilde. Was für ein faszinierendes Schauspiel!

Lionel genoss zufrieden ein kühles Bier. Er genoss die Zeit mit Audrey, seinen Urlaub in der Heimat und die Gelegenheit, Sydney wieder ein Stück mehr kennen zu lernen. Vieles betrachtete er mit Audreys Augen. Diesen für sie fremden Kontinent, der für ihn Alltag darstellte.

Gemütlich flatterte eine australische Fahne im Wind, neben den hoch gelagerten Säulen, an denen die „Monorails" vorbeifuhren.

Ihr Ausflug endete mit einem Einkaufsbummel. Audrey fand einige Bücher, die in ihrem Reiseführer wärmstens empfohlen worden waren.

„How to survive Australia", las Lionel erstaunt einen Buchtitel und runzelte die Stirne. „Wie überlebt man Australien. Es scheint ein lustiges Buch zu sein. Aber es teilt nicht mit, wie man mit Krokodilen und Schlangen umgeht."

Er blätterte interessiert in dem Buch, betrachtete Karikaturen und las einige Abschnitte. „How to survive Ausstralia" war eines der Bücher, die Audrey gekauft hatte. Es gefiel ihm, zeigte es doch auf humorvolle Weise, wie man mit Australiern und Australien umzugehen hatte. Später würde er sich dasselbe Buch kaufen – zusammen mit den beiden Folgebänden „How to be normal in Australia" (Wie man sich in Australien normal benimmt) und „How to make it big in Australia" (Wie man in Australien groß herauskommen kann). Diese Folgebände hatte sich Audrey auch gekauft.

Die Dunkelheit senkte sich über Sydney. Audrey und Lionel nahmen die Abendfähre nach Balmain und betrachteten fasziniert die leuchtenden Wolkenkratzer Sydneys. Leuchtreklamen in vielen Farben wurden eingeschaltet. Ihre Silhouetten flossen wie ein bunter Teppich auf das Wasser.

Wie wundervoll Sydney wirkte! Ein schöner Abend, friedlich, imposante Wolkenkratzer und bunte Leuchtreklamen.

Audrey dankte im Stillen dem Himmel für das, was sie sah und erlebten durfte. Hier in Sydney, zusammen mit Lionel.

6. Kapitel

Abends lümmelte sich Lionel auf dem Sofa im Wohnzimmer und bat Audrey, ihm Gesellschaft zu leisten.

„Jetzt überträgt man im Fernsehen ein Rugby-League-Spiel!" Seine Augen glänzten voller Vorfreude. „Kennst du Rugby League?"

Audrey schüttelte den Kopf. Sportbegeistert war sie nicht. Und Rugby League? Noch nie gehört! Gespannt sah sie auf den Fernseher.

„Von Rugby habe ich schon gehört. Ist das etwa derselbe Sport?" Sie kramte in ihren Erinnerungen wie nach einem verborgenen Schatz, wie nach der viel gepriesenen „Stecknadel im Heuhaufen". Sie überlegte, was sie über Rugby wusste. Es war nicht viel. Sie wusste nur, dass Rugby ein Spiel mit einem eiförmigen Ball war.

„Nein, Rugby League läuft anders ab als Rugby!" Lionel neigte sich zu ihr und drückte ihr einen leichten Kuss auf die Wange. „Rugby League ist das härteste Mannschaftspiel der Welt – es wird aber nur in wenigen Ländern, wie Australien, Neuseeland, Großbritannien und Frankreich ausgetragen."

Audrey verfolgte was auf dem Fernsehschirm passierte. Zwei Mannschaften liefen unter den Beifallsstürmen etlicher Zuschauer auf ein Spielfeld, das genauso aussah wie ein Fußballrasen. Eine Sängerin stimmte Spieler und Publikum mit einem Liedchen ein. Ihre Stimme trällerte glockenhell und schallte weithin durch Mikrophone über den Platz.

Einige verhalten klingende Blasinstrumente begleiteten sie. Wirkte diese Einführung für einen Sportwettkampf nicht zu übertrieben, nicht zu pompös?

Lionel kommentierte von nun an alles, was sich auf dem Spielfeld zutrug. Und Audrey schaute zu – meistens entsetzt. Spieler liefen umher, einer von ihnen hatte einen eiförmigen

Band in den Händen – ein hellbrauner Ball, ausgestopft mit einer harten Substanz. Die Spieler der gegnerischen Mannschaft wollten den Ball bekommen. Fast jeder Spieler, der im Ballbesitz war, versuchte, den Ball ins Tor zu werfen oder zu kicken. Dabei, wurde er von mindestens fünf Spielern der gegnerischen Mannschaft verfolgt und attackiert. Spielern, die über ihn herfielen wie wildgewordene Raubtiere, an seinen Armen und Beinen rissen und an seinem Trikot zerrten wie eine ungezähmte Meute. Es war, als wollten sie ihm die Knochen einzeln brechen!

Lionel hing fasziniert vor dieser neuen Version eines Gladiatorenwettkampfes. Jene Gladiatorenwettkämpfe, die zur Hochblüte des Römischen Reiches beliebt waren und etliche Todesopfer forderten.

Während eines Rugby-League-Spieles gab es glücklicherweise keine Todesopfer. Jedenfalls hatte es bisher keine gegeben, wie Lionel versicherte. Und Lionel musste es doch wissen – als Australier. Dennoch ließ Audrey einige Schreckensschreie los, während sie das Spiel ansah:

„Was für ein brutales Spiel! Die Spieler haben keine Chance, ein Tor zu schießen. Niemand lässt sie gewinnen! Jeder, der den Ball ins Tor schießen will, wird überfallen!"

Lionel lächelte amüsiert:

„Es ist möglich, ein Tor zu erzielen – du wirst es schon sehen!"

Eine halbe Stunde lang passierte allerdings überhaupt nichts, was wie ein Tor aussah. Der Ball wanderte von Spieler zu Spieler. Und jeder von ihnen wurde von einem Rudel gegnerischer Spieler attackiert.

Diese Spieler mussten Stahlknochen besitzen oder irgendwie ausgepolstert sein! Wie konnte sonst ein menschlicher Körper eine solche Behandlung aushalten – eine Behandlung, an der andere sogar noch Spaß hatten? Audrey begriff das nicht und würde es nie begreifen. Und wie konnten solche friedliebenden, netten Leute, wie die Australier, ein solch brutales Spiel beinahe vergöttern?

Die Australier waren 1995 unangefochten Weltmeister in Rugby League – sehr zum Bedauern der Neuseeländer. Beide Nationalitäten respektierten sich – ansonsten versuchte Neuseeland ständig, besser zu sein als Australien. Man wollte als kleines Land mehr gelten als die Australier. Zumindest Lionel erzählte es so.

Die Halbzeit nahte und wurde von Werbung unterbrochen. Man pries Schokolade, die Leistungen der australischen „Telecom" und Katzenfutter an. Noch immer war kein Tor gefallen und Audrey thronte triumphierend auf dem Sofa.

„Lionel – es ist hoffnungslos! Niemand wird ein Tor schießen!"

Lionel lachte wieder. Sein Optimismus blieb ungebrochen. „Jemand wird ein Tor schießen, warte nur ab!"

Audrey schüttelte ihre braunen Haare und meinte:

„Man müsste ein Team umbringen, vom Platz weisen oder sonst etwas tun, damit das andere Team ein Tor schießen kann!"

Lionel amüsierte sich königlich. Wie erfrischend seine Freundin aus dem fernen Deutschland war und aus welchem Blickwinkel sie ein Rugby-League-Spiel verfolgte! Das war wirklich interessant!

Plötzlich gelang es einer der verfolgten Figuren auf dem Spielfeld, mit letzter Kraft das große Leder-Ei in die mit weißer Kreide eingezeichnete Umrandung zu hauen. Dies war eindeutig ein Tor!

Der Torschütze war erleichtert, strahlte in seinen, vor Dreck strotzenden. Klamotten wie ein Weihnachtsbaum, während Spieler der gegnerischen Mannschaft beinahe seine Beine ausrissen und wie wilde Tiere an seinem grün-weißen Trikot zerrten.

Immer wieder hagelte es Tore – es schien, als sei ein Bann gebrochen, als gelänge es jetzt mehr Spielern, den Ball irgendwie in die weiße Umrandung zu bringen. Am Schluss stand fest, dass die Mannschaft aus Sydney die aus Melbourne besiegt hatte.

Zerfleddert, aber sichtlich glücklich, verließen die Mannschafte nach dem Schlusspfiff das Spielfeld. Einige der Herren hatten blutige Lippen. Sie sahen aus wie Vampire, die soeben ihren Hunger gestillt hatten.

„Diese Spieler haben gewiss keine Frau, geschweige denn eine Freundin. Eine Partnerin würde sich den ganzen Abend vor dem Fernsehschirm ängstigen, wenn sie beobachtet, wie ihr Liebster auf dem Spielfilm so malträtiert wird!", dachte Audrey laut.

Lionel lachte erneut. Was für ein amüsanter Abend! Die Spieler bekamen eine erstklassige Bezahlung. Das erklärte er Audrey. Denn sie trainierten hart und sahen teilweise aus wie bissige Bulldoggen. Außerdem mussten sie sich auf dem Spielfeld fast in Stücke reißen lassen – zur Unterhaltung vieler Fans.

Audrey wollte nicht mit einem der Spieler tauschen. Und sie dankte Gott im Himmel dafür, dass Lionel kein Rugby-League-Spieler war.

7. Kapitel

Der erste Samstag in Australien verlief sehr ruhig für Audrey. Lionel zeigte ihr den Wangal-Park. Ein ruhiges, romantisches Fleckchen Erde, an dem ein Fluss leise vorbeiplätscherte. In Sydney lag beinahe in jedem Stadtteil ein schön angelegter Park, eine Oase der Ruhe, in der Familien picknickten, Kinder spielten und sogar Hochzeitspaare Fotos von dem schönsten Tag ihres Lebens schossen.

Manchmal befanden sich hübsche Rondelle als Treffpunkte für romantische Minuten auf dem Rasen, eingerahmt von gepflegten Blumenbeeten. Eukalyptusbäume und viele Sträucher spendeten Schatten.

Eine australische Pflanze brachte Audrey zum Lachen – wegen ihres amüsanten Namens.

„Das sind Bottle Brushes!", sagte Lionel total ernst über lange gelbe Blüten, die sich der Sonne entgegen reckten. „Bottle Brushes" – das heißt auf Deutsch: „Flaschenbürsten".

Und so hießen diese Pflanzen tatsächlich? Ja, tatsächlich. Ohne Witz.

Audrey nahm eine solche Blüte in die Hand. Die Australier hatten schon recht: die Pflanze sah aus wie eine Flaschenbürste. Warum also sollte sie nicht diesen Namen tragen? Diese Flaschenbürste, hervorgebracht von der Natur. Allerdings für den Haushalt völlig untauglich.

Audrey und Lionel setzten ihren Weg fort nach Oatley – die Straßen und Vororte, an denen sie vorbeikamen, lagen fast schon verträumt im Sonnenlicht. Viele Australier frönten ihren Wochenendhobbies: fernsehen oder ein Fußballspiel besuchen. Während eines solchen Spiels traf man freundliche Leute, knüpfte neue Kontakte, hielt ein Picknick und entspannte sich.

Außerdem waren viele Läden noch geöffnet, und Leute strömten – mit Einkaufstaschen bewaffnet – hinein und hinaus.

Unten am Fluss herrschte fast Ruhe – bis auf das Geschrei einiger Vögel. „Australische Opernvögel", wie Audrey sie nannte. Beschimpften sie sich oder unterhielten sie sich einfach nur? Das war nicht herauszufinden.

Sie schmiegte sich an Lionel, der vor Zärtlichkeit sprühte. Beide genossen die Einsamkeit und küssten sich lange und innig. Dann ließen sie ihre Blicke über endlos scheinende Eukalyptuswälder, einige Häuser, deren rote Dächer fast schon verschmitzt hervorblickten, eine Eisenbahnbrücke und den breiten plätschernden Fluss schweifen.

Die Dämmerung senkte sich über Sydney. Sie senkte sich auch über die beiden Liebenden aus zwei Kontinenten, die einträchtig zusammen saßen und den Augenblick genossen.

Lionel hatte noch eine Überraschung parat. Er brannte darauf, seine deutsche Freundin seinen Freunden Mary und Ben vorzustellen. Beide besaßen ein großes Haus und einen sehr lebhaften Spaniel.

Audrey und Lionel waren bei Mary und Ben zum Abendessen eingeladen. Ben war ein perfekter Gastgeber – immer lächelnd und interessiert.

„Kennst du einige australische Musikgruppen?", wollte er wissen.

Audrey zählte viele auf. Die „Little River Band" beispielsweise. Oder auch „Air Supply", „Icehouse", „INXS", „Crowded House", „AC/DC" und weitere.

Ben war beeindruckt. Die Deutschen wussten doch mehr über Australien, als man dachte. Kannte Audrey vielleicht auch australische Literatur?

Sie lächelte und nippte an dem Glas mit Orangensaft, das vor ihr auf dem blank geputzten Glastisch stand. Mary und Ben verfügten über topmodernes Mobiliar – und alle Räume, die Audrey sah, wirkten sauber und aufgeräumt. Das rote Ledersofa, auf dem sie artig neben Lionel saß, gefiel ihr außerordentlich gut.

„Das Buch EINE STADT WIE ALICE kenne ich", antwortete sie auf Bens Frage. „Auch das Buch ALL THE RIVERS RUN (deutsch: Delie und Brenton) wurde in Deutschland veröffentlicht. Dieses Buch ist allerdings im Moment in Deutschland leider vergriffen."

Sie unterhielten sich noch über australische Spielfilme. „Picknick am Valentinstag" – ein toller Film von Peter Weir war schon lange einer von Audreys Lieblingsfilmen.

Mary und Ben waren angetan von Audrey. Lionel hatte guten Geschmack bewiesen! Wie dumm, dass sich die beiden so selten sahen!

„Wie lebt Deutschland mit der Wiedervereinigung?", fragte Mary während des köstlichen Abendessens. Sie aßen gefüllte Pfannkuchen mit Salat. Dazu reichte man australischen Weißwein: „Moselle" aus Adelaide.

„Wir zahlen immer noch monatlich eine Solidaritätsabgabe für den Aufbau von Ostdeutschland", erzählte Audrey. „Jedoch sind viele Deutsche nicht glücklich über die Wiedervereinigung – sie bringt viele Probleme mit sich, auch menschliche."

„Wie kommt das?" Mary und Ben waren erstaunt. Sicherlich war in diversen Nachrichten in Australien einiges darüber zur Sprache gekommen – aber noch lange nicht alles. Viele Leute auf der ganzen Welt meinten, dass in Deutschland nach der Wiedervereinigung wieder alles in Ordnung sei.

„In der DDR hatte man das Recht auf Arbeit gesetzlich verankert. Seit der Wiedervereinigung gibt es dieses Recht nicht mehr. Viele Menschen in Ostdeutschland verloren über Nacht ihre Arbeitsstelle, weil die Betriebe auf einmal als unwirtschaftlich galten, Produktionsmethoden überholt waren und einige Produkte den modernen Qualitätsstandards nicht mehr entsprachen."

Interessiert lauschten Mary, Ben und Lionel Audreys Ausführungen. Hier bekamen sie Informationen über Deutschland hautnah von einer Insiderin, einer Frau, die in Deutschland lebte.

Der Abend war wirklich gelungen. Audrey mochte Mary und Ben. Sie spürte, dass die beiden sie ebenfalls mochten. Lionel zog sie immer wieder an sich und drückte ihr einen Kuss auf die Wange.

Für Mary und Ben stand fest: Lionel würde Audrey eines Tages zum Traualtar führen.

8. Kapitel

Australien war ein einmaliger Kontinent, fand Audrey. So ganz anders als Europa. Jedes Fleckchen Erde in Australien barg etwas Besonderes. Auch „Little Bay", eine kleine Bucht bei Sydney, war keine Ausnahme.

Audrey war entzückt. Zerklüftete Felsen ragten in das Meer, oben übergossen mit grünem Gras, das langsam in gezackte, scharfe Felsen überging.

In der Bucht schimmerte lilafarben der Pazifik, schleuderte das Wasser an den Strand und verwandelte es in weiße Gischt, die langsam an den grauen und schwarzen Felsen, die in Strandnähe emporragten, abglitt. Aber nie bekamen die Felsen eine Chance zum Trocknen, da sie ständig von Wasser bespritzt wurden – blankgeputzt wurden wie Geschirr.

„Einer meiner persönlichen Lieblingsorte", lächelte Lionel und legte sanft einen Arm um Audreys Taille.

„Ein wunderschönes Fleckchen Erde!", jubelte Audrey.

„Weißt du eigentlich, wie viele Plätze du hier bereits als ‚wundervolle Fleckchen Erde' bezeichnet hast? Ich kann sie beinahe nicht mehr zählen. Dabei bist du noch nicht einmal zwei Wochen in Australien." Lionel grinste.

Audrey zog grübelnd ihre Stirn in Falten.

„Das kommt wohl daher, weil vieles anders in Australien ist als in Europa. Aber andererseits gibt es doch wieder Vertrautes. Diese Landschaft hier erinnert mich an Irland, an eine Halbinsel, namens ‚Mizen Head', im Süden. Ich habe diese Insel vor drei Jahren besucht."

Lionel nickte. Wieder hatte er etwas gelernt. „Little Bay" wirkte also wie ein Stück Irland auf Europäer, die bereits Irland besucht hatten. Irland kannte Lionel noch nicht, aber er hatte schon viel Faszinierendes über diese „Grüne Insel" gehört.

Roger, sein Freund, stand stumm neben ihm. Bisher hatte er noch kein Wort gesagt. Heute hatte er das Vorrecht, mit Audrey und Lionel einen Ausflug zu machen.

Audrey sah diesen schüchternen 40-jährigen Mann zum ersten Mal. Ein Mann, der von einer Frau enttäuscht worden war und sich scheiden ließ. Ein schüchterner Mann mit Brille, der seine Worte mit Bedacht wählte, der gerne reiste, über vieles nachdachte und mit Vorliebe das Wetter studierte.

Lionels bester Freund, und Audrey erriet sofort, warum das so war. Roger zeigte so viel Sanftheit, so viel Einfühlungsvermögen und so viel Vertrauenerweckendes. Audrey glaubte zuerst, sie sei diesem Mann schon einmal begegnet, obwohl das gar nicht sein konnte. Der Grund lag sicherlich in Lionels hervorragenden Beschreibungen über Roger. Den Beschreibungen in Lionels Briefen.

„Weißt du eigentlich, dass der berühmte Verpackungs-
künstler Christo ‚Little Bay‘ verpackt hat?“, waren Rogers erste
Worte, seitdem sie dort waren. Still hatte er neben Audrey
und Lionel verharrt – beinahe wie eine Schaufensterpuppe.

Als er jetzt eine Frage stellte, zuckte ein amüsiertes Lächeln über seine Mundwinkel.

„Du machst Witze“, meinte Audrey. „Wie kann ein Ver-
packungskünstler schroffe Felsen verhüllen? Ich habe gehört,
dass Christo noch in diesem Sommer den Berliner Reichstag
verpacken wird.“

„Audrey – Christo hat ‚Little Bay‘ wirklich verhüllt!“ Roger
wirkte ruhig und sachlich, schaute wie ein Professor durch
seine dicken Brillengläser. „Mir liegen gerade keine Beweise
vor. Ich habe keine Fotos. Die Verhüllung von ‚Little Bay‘ liegt
bereits einige Jahre zurück. Aber du darfst mir glauben, ich
mache keine Witze. Ende der sechziger Jahre verhüllte Christo
tatsächlich ‚Little Bay‘!“

„Dann stehe ich hier an einem berühmten Ort!“, kommentierte Audrey. „Aber er wirkt eher wie ein Geheimtipp –
ruhig und abgeschieden.“

„Du hast recht – er ist ein Geheimtipp. Deshalb liebe ich
‚Little Bay‘, weil es nicht hoffnungslos von Touristen überlau-
fen ist.“ Lionel küsste sie leicht, und sie merkte, wie sie erschauerte. Warum reagierte sie so schnell auf diesen Mann,
warum zerfloss sie beinahe wie Butter, wenn er sie nur berührte? Noch immer wusste sie nicht genau, wie ernst er es
mit seiner Liebe zu ihr meinte. Aber sie schob diese Gedanken,
alle Zweifel, beiseite wie lästige Fliegen. Lionel war hier – hier
bei ihr – und nur das Jetzt, Hier und Heute zählten. Mehr
nicht.

„Zeit für mein tägliches Schwimmbad!“, verkündete Lionel, preschte voraus und kletterte in einen mit Sand bestreu-
ten Weg hinunter, der schmal und an beiden Seiten mit Büschen gesäumt war. Hinter den grünen Grasflächen blitzten
die Dächer eines Dorfes im Sonnenlicht. Wie ein Kurort auf
einer ostfriesischen Insel, fand Audrey.

Roger und Audrey keuchten Lionel hinterher. Sie erreichten ein Schild, auf dem „Beware of Golfers" stand. Also: „Achtung, Golfspieler!"

Der grüne Rasen lud zum Golfspielen ein. Einige ältere Herren frönten diesem Sport. Sie fuhren mit ihrem Golfcabby, einem kleinen Fahrzeug, immer wieder hin und her.

Golf war in Australien ein Volkssport, während in Deutschland Golf immer noch als Sport für reiche Leute galt.

Man warnte hier zwar vor Golfern – beinahe so, wie man vor wilden Tieren warnte. Dieser Meinung war Lionel. Er lachte laut, als er dieses Warnschild las. Vor Hunden warnte allerdings niemand. Einige Leute zerrten ihre Hunde, meistens recht große Exemplare, an die Strände und übten mit ihnen dort Stöckchen-Schmeißen und Stöckchen-Holen. Eigentlich herrschte in Australien ein Verbot für Hunde an Badestränden, aber die wenigsten Leute hielten sich daran.

Audrey ekelte sich deshalb ein wenig, als sie den großen schwarzen Schäferhund sah, der zum Stöckchen-Holen ins Wasser tauchte, klatschnass wieder heraus hechtete und stolz seiner Herrin das Stöckchen vor die Füße warf. Nein, an der Stelle, wo dieser Hund gebadet hatte, wollte Audrey nicht baden!

Lionel schwamm die Anzahl Runden, die er sich persönlich auferlegt hatte. Audrey glitt langsam ins Wasser. Eiskalt schwappte es über ihre Füße und Beine, aber je weiter sie hineinging, desto wärmer und angenehmer fühlte es sich an. Schließlich tauchte sie ihren ganzen Körper in das köstliche Nass und schwamm einige Runden.

Roger saß gedankenverloren auf einem schwarzen Felsbrocken am Strand. Er hatte seine Jacke ausgebreitet und sie über den Felsen gelegt. Während er wartete, ließ er feine, gelbe Sandkörnchen durch seine Finger rinnen.

Audrey ging früher aus dem Wasser als Lionel. Kurz schüttelte sie ihren Zopf, an dessen Enden Wassertropfen hingen. Wassertropfen, die jetzt langsam über ihren Rücken perlten.

Vorsichtig schritt sie durch den Sand. Einige Glasscherben ragten wie kleine Dolche aus dem Sand – Überreste mancher durchzechten Party. Audrey schüttelte den Kopf. Was spielte sich in den Köpfen von Menschen ab, die einen schönen Strand so verunreinigten? Menschen, die leere Bierflaschen zertrümmerten und dann die Scherben achtlos liegen ließen – so dass der Strand gefährlich für die Badenden wurde?

Nur wenige Leute schwammen in der Bucht. Die Berühmtheit „Little Bays" durch Christos Verpackungskünste war schnell wieder verblasst. Verblasst wie der Nebel, der sich im Sonnenlicht auflöst. Und so galt „Little Bay" wieder als Geheimtipp. Für Träumer und Individualisten, die Menschenansammlungen und überfüllte Strände meiden wollten.

Einige dunkle Wolken hatten sich vor die Sonne geschoben. Roger runzelte die Stirn, als sich Audrey neben ihn setzte und sich mit einem Handtuch abrubbelte.

„Wahrscheinlich wird es heute noch regnen, aber sicher weiß ich das auch nicht", murmelte er.

„Woran siehst du das?", fragte Audrey.

„Die Wolken – ihre Farbe – der Wind." Roger fuhr sich mit seinen großen Händen über seine schwarzen Haare. „Die Beobachtung des Wetters ist mein Hobby. Lionel hat dir sicherlich schon davon erzählt."

Audrey nickte. Ein faszinierendes Hobby hatte Roger. Das Studium des Himmels, der Wolkenfetzen und das Stellen von Wetterprognosen.

Audrey und Roger plauderten über ihren Alltag und ihren Job. Roger erzählte von seiner Arbeit als Lehrer, einen Job, den er liebte.

Lionel stieg fröstelnd aus dem Wasser. Es war schon kurz nach 17 Uhr, und Roger hatte um 18 Uhr einen Termin. Rasch suchten sie Lionels Auto auf, weil es auch anfing zu regnen. Roger hatte mit seiner Wetterprognose ins Schwarze getroffen.

Sie brausten durch etliche Vororte Sydneys. Der Feierabendverkehr in Sydney hatte eingesetzt, und manchmal kamen sie nur schleppend voran. Aber Lionel und Roger ließen sich nicht einschüchtern. Sie wussten ein Rezept, um auch bei langen Autofahrten ihren Spaß zu haben: Sie bildeten Sätze oder Ausdrücke aus den drei Buchstaben der Autonummern anderer Fahrzeuge. Der Fahrzeuge, die an ihnen vorbeirauschten.

Audrey stellte bald fest, dass australische Autonummern sich nicht nach der Stadt des Fahrzeughalters richteten. Nur die Farben der Nummernschilder verrieten, aus welchem Bundesstaat ein Auto kam. Im Bundesstaat New South Wales, zu dem auch Sydney gehörte, fuhr man mit weißen Nummernschildern. In Queensland fuhr man mit gelben Nummernschildern und so weiter.

Audrey, Lionel und Roger bildeten ein gutes Team. Lachend erreichten sie ihre Bestimmungsorte – denn es war schon interessant, welche lustigen Sätze und Ausdrücke man aus drei Buchstaben bilden konnte!

Roger verabschiedete sich, sichtlich beeindruckt von Audrey.

Auch er war der Ansicht, dass Lionel eine gute Wahl getroffen hatte.

9. Kapitel

Genau eine Woche nach ihrer Ankunft auf dem fünften Kontinent erblickte Audrey das weltberühmte Opernhaus in Sydney zum ersten Mal.

Lionel und sie erreichten rechtzeitig die „Rivercat"-Fähre, deren knallgelber Anstrich in der Landschaft weithin sichtbar war. Warum betitelte man ein gelbes Schiff mit „Katze"? Wahrscheinlich war damit eine Tigerkatze gemeint, mutmaßte Audrey.

Die Schifffahrt war beeindruckend. Die Fähre schoss unter einigen Brücken hindurch, die sich weit vom einen zum anderen Ufer spannten. An den Ufern schaukelten viele bunte Motor- und Segelboote zu den Bewegungen der Wellen auf und ab.

Siedlungen mit unterschiedlichen Häusern – Terrassen-, Ein- und Mehrfamilienhäusern – zogen vorbei, bis endlich die Wolkenkratzer des Zentrums erschienen. Der „Sydney Tower", das höchste Gebäude der Stadt, glich einem Fernsehturm, daneben standen einige weiße und schwarze Hochhäuser.

Die „Harbour Bridge" rückte immer näher, ihre Stahlstäbe ragten in den blauen Himmel wie Haarnadeln. Autos und die Bahn schossen abwechselnd über diese Brücke. Sydney lebte, Sydney pulsierte – das Leben floss unaufhörlich in dieser schillernden Stadt.

Audrey zückte ihren Fotoapparat und schoss ein Foto nach dem anderen.

Die Fähre tuckerte weiter unter der Harbour Bridge hindurch. Wellen klatschten gegen die gelbe Bordwand.

Und dann sahen es endlich alle Reisenden: das Opernhaus! Es wirkte riesig.

Wie ineinander gestapelte Muscheln wirkte das Äußere – eine harmonische Komposition aus Weiß und Braun.

Fasziniert nahm Audrey diesen tollen Anblick in sich auf.

„Anfang der 1970er-Jahre wurde es von einem dänischen Architekten erbaut. Leider war es viel zu teuer", murmelte Lionel neben ihr. „Der Däne wurde aus der Stadt gejagt, australische Architekten vollendeten den Bau – aber nach ihren Vorstellungen.

Unterdessen hat sich das Blatt gewendet: Jedermann, der Sydney bereist, will das Opernhaus sehen. Die Stadt ist sehr stolz auf dieses Wahrzeichen!"

Audrey nickte. Sie wusste bereits alles, was ihr Lionel erklärt hatte. Aber es war schön, ihn reden zu hören. Er liebte seine Heimat, er liebte Sydney, er liebte das Opernhaus.

„Gefällt dir das Opernhaus?", fragte er, während ein stürmischer Wind wie ein Föhn über seinen Haarschopf fegte. Auch Audrey wurde kräftig zerzaust. Sie lachten beide. Ein frohes, glockenhelles Lachen.

Spontan küssten sie sich vor allen Mitreisenden, die sie sowieso nicht kannten und die sie nie wiedersehen würden.

Lionels Lippen schmeckten nach Salzwasser und Wind. Ein Geschmack, den Audrey liebte.

Lionel deutete mit dem Finger auf bunte Gebilde am anderen Ufer. Offensichtlich ein Vergnügungsparkt mit gelben Achterbahnen, Nachbildungen von Schlössern und Kirchenkuppeln.

„Das ist Luna Park", erklärte er. „Ein Vergnügungspark. Ich habe ihn als Kind gerne besucht. Leider steckt Luna Park momentan in finanziellen Schwierigkeiten. Es droht eine Schließung."

Lionel war darüber traurig – und man sah es ihm an. Audrey schwieg betreten. Sie wusste nicht, was sie darauf sagen sollte.

„Vielleicht sollte man mehr Werbung für den Park machen", schlug sie vor.

Lionel sagte nichts darauf. Versonnen blickte er auf jene Erinnerung an seine Kindheit. Er sah sich im Geiste über die Achterbahn brausen, er sah sich in der Geisterbahn, und fasziniert schritt er in Gedanken durch diese glitzernde Stadt der Nachbildungen. Er spähte in Fenster und seine Blicke wanderten die Türme hinauf bis zu den Kuppeln. Kuppeln, die wie poliertes Metall im Tageslicht glänzten.

„Es wäre schade, Luna Park zu schließen", presste er hervor und riss sich wieder mit Gewalt in die Wirklichkeit zurück.

Audrey kannte Lionels Vorliebe für Tiere und skurrile Dinge nur zu gut. Skurrile Dinge, die man beispielsweise auch im Luna Park sehen konnte. Alleine schon deshalb wäre es schade gewesen, diesen Park zu schließen.

Nach insgesamt einer Stunde Fahrtzeit legte die Fähre am „Circular Quay" an. Audrey und Lionel kletterten hinaus. Sie sahen sich um – auf einem der geschichtsträchtigsten Plätze der Stadt.

Ununterbrochen strömten Menschen aller Nationen und Hautfarben aus Bahnstationen, Taxis, Bussen und Fähren. Züge und Autos donnerten auf darüber liegenden Gleisen und Straßen in alle Richtungen. Einige Straßenmusikanten versuchten, die Aufmerksamkeit der Vorbeihastenden auf sich zu ziehen. Im Hintergrund ragten einige Hochhäuser in den Himmel. Und in Richtung Wasser erspähte man die „Harbour Bridge". Gegenüber, auf einer Landzunge, war das Opernhaus.

„Komm, gehen wir endlich dorthin!"

Ungeduldig zupfte Audrey Lionel am Ärmel. Lionel konnte sich zuerst nicht von einem Mann losreißen, der mit Silberfarbe bemalt war. Alles an dem Mann war silbern – der Anzug, die Schuhe, der Hut, das Gesicht, die Hände. Er verrenkte sich, schwenkte eine silberfarbene Tüte in der Luft herum, in der eine silberfarbene Flasche steckte. Er sah aus wie eine lebende Statue, die jetzt den Leben unter Menschen wagen wollte. Und dieser bewegliche, silberne Kasper versuchte, mit einigen Späßen die vorübergehenden Leute in den Bann zu ziehen.

Jeder, der eine oder mehrere Münzen in seine Mütze warf, die auf dem grauen Straßenpflaster ruhte, durfte mit dem „Silbermann" für ein Bild posieren.

Audrey und Lionel lachten. So wie viele andere Passanten auch. Der Mann war anders, er bot etwas anderes – und schon sein Anblick war sehenswert, etwas nie Dagewesenes.

Über unebene Pflastersteine gingen Audrey und Lionel zum Opernhaus, vorbei an Eisverkäufern, Straßencafés und einem Mann, der eine Massage auf der Straße anbot. Dankend winkten sie ab. Sich auf einer Straße massieren zu lassen? Manche Leute hatten wirklich bizarre Ideen.

Endlich standen sie vor dem Opernhaus – ein Moment, auf den Audrey eine Woche lang gewartet hatte. In andächtigem Schweigen stand sie vor diesem riesigen Bauwerk. Es war beeindruckender, größer und schöner, als sie es sich je in ihren kühnsten Träumen ausgemalt hatte. Es war einfach gewaltig!

Majestätisch thronte es am Bennelong Point, gegenüber der „Harbour Bridge", auf einer der zahlreichen Landzungen im riesigen Hafen der interessantesten Stadt Australiens. Weiße ineinander gestapelte, geöffnete Muschelhälften machten den Reiz des Opernhauses aus. Dieses Bauwerk war wirklich einmalig auf der Welt.

„Willst du die Treppen hinaufgehen?", fragte Lionel und blickte Audrey liebevoll in die Augen. Sie sah aus wie ein Kind, das vom Christkind angenehm überrascht worden war. Und es tat ihm gut, sie sich freuen zu sehen – zeigte ihm das doch, dass dieser Tag wieder ein Erfolg war. Er genoss es in vollen Zügen, ihr eine Freude zu machen, indem er ihr seine Heimatstadt zeigte. Die faszinierenden Bauten, für die er selbst kaum Zeit hatte oder für die er sich kaum Zeit nahm. Besuch aus anderen Ländern bot also eine gute Gelegenheit, seine Heimat neu zu entdecken – wie das Innere einer wertvollen Muschel, die man zwar jahrelang aufbewahrt hatte, aber von der man vergessen hatte, welche Schätze sie im Inneren barg.

„Natürlich steige ich die Treppen hinauf! Kommst du mit?" Audrey strahlte abenteuerlustig – die vielen Treppen schienen sie nicht abzuschrecken.

„Okay!" Lionel nickte, obwohl er nicht gerne Treppen stieg – weder hinunter, noch hinauf. Er stieg hinter Audrey her, während ein frischer Wind mit ihren Haaren spielte.

Beinahe im Dauerlauf bezwangen sie die 70 Stufen. Neben ihnen posierten einige Japaner für ein Foto. An ihren Händen baumelten die hellblauen Plastiktüten aus dem Andenkenladen im Opernhaus, gefüllt mit jeder Menge Souvenirs.

Atemlos stoppte Audrey auf der obersten Stufe und blickte sich nach Lionel um.

„Wunderschön ist es hier – wirklich wunderschön!"

Sie fühlte sich, als könnte sie die Welt umarmen. In diesem Moment schien alles so vollkommen – die Umgebung, ihr Liebhaber dicht neben sich und der lachende Sonnenschein. Was gab es Schöneres, als hier mit Lionel vor dem Opernhaus im fernen Australien zu stehen!

Audrey stolzierte um das Opernhaus herum, nahm jede Ecke in sich auf und schoss zahlreiche Fotos. Das gleißende Licht des warmen Sonnenscheins brach sich in Tausenden von weißen Facetten. Facetten wie gleichmäßige Puzzleteilchen – ein künstlerisches Wunder!

Lionel stand neben ihr, als sie an der Mauer lehnte und den Blick über Wolkenkratzer, „Circular Quay" und schließlich auf „The Rocks" – das älteste Viertel Sydneys – schweifen ließ.

Audrey wollte sich jedes Detail, jede Minute in ihr Gedächtnis unauslöschlich einbrennen. Denn dieser Gang zum Opernhaus, diese Nähe zu diesem faszinierenden Gebäude war wie die Erfüllung eines Traums.

Auf der Rückseite des Opernhauses entdeckten die beiden weitere Eingänge. Diese führten zu mit Samt verkleideten Fluren mit einzelnen metallig glänzenden Garderobenhaken oder einem einsamen Klavier. Nur durch die riesigen, dreieckigen Fenster, die mit breiten braunen Stäben vergittert waren, konnte man einen ausführlichen Blick ins Innere erhaschen.

„Hast du jemals ein Konzert im Opernhaus besucht?", fragte Audrey ihren Freund.

Dieser überlegte nicht lange. „Als Jugendlicher schon. Damals, als das Opernhaus noch neu war. Aber unterdessen habe ich das Interesse an Opern verloren. Außerdem sind Konzerte im Opernhaus so beliebt, dass man sich Monate vorher um Karten für eine Vorstellung kümmern muss. Dabei soll die Akustik im Opernhaus nicht die beste sein."

Audrey nickte. Sie gab sich – wie der „Normaltourist" – mit einem Spaziergang um das Opernhaus zufrieden. Sie blickte ausgiebig auf Sydney und seinen Hafen und viele Ausflugsschiffe. Einige dieser Schiffe waren auf alt getrimmt und wirkten wie mittelalterliche Fregatten, wenn sie beinahe leicht wie eine Feder über das Wasser trieben. Aber das sah nur so aus. In Wirklichkeit wurden die Schiffe von erfahrenen Kapitänen gesteuert, die den Hafen wie ihre Westentasche kannten.

„Gehen wir in den botanischen Garten?" Lionel küsste Audrey leicht auf den Mund. Sie riss sich vom Anblick North Sydneys los. North Sydney galt als nicht attraktiver Stadtteil, wie Lionel meinte. Die „Harbour Bridge" führte direkt dorthin.

Audrey schritt mit Lionel Hand in Hand die Treppen hinunter, warf noch einen Blick auf die großen Eingangstüren, die zu einem Besuch der Opernvorstellungen einluden.

Unten angekommen, bogen sie nach links ab. Sie befanden sich kurze Zeit später in einem bizarren Pflanzengarten, dem botanischen Garten von Sydney. Die 30 Hektar große, üppig bepflanzte Gartenlandschaft bot einen erholsamen Kontrast zu den Wolkenkratzern und der Hektik im Stadtzentrum.

Audrey und Lionel spazierten gemächlich über die langgezogene Promenade der Farm Cove. Pflanzen aus vielen Ländern der Welt säumten den Weg und wuchsen, liebevoll angelegt, auf der riesigen Wiese. Eine kleine Ausflugsbahn mit der Aufschrift „Sydney 2000" kroch gemütlich durch den Garten. Wieder eine Werbung für die Olympiade.

Wie so oft in den Parks in Australien ragten auch im botanischen Garten in Sydney schlanke Metallgebilde in die Höhe, an deren Spitze sich eine Art Wasserhahn befand. „Bubbler" nennen und nannten die Australier diese Dinger, die zum Durstlöschen dienen. Frisches, klares Wasser sprudelt jedem Durstigen direkt in den Mund.

Um das Bild des Gartens abzurunden, hatte man noch einige Statuen platziert. Lionel liebte das schwarze Pferd aus schwerem Metall und ließ sich davor von Audrey ablichten.

Am äußersten Ende des Parks erreichten sie „Lady Macquarie's Chair". Von diesem Aussichtspunkt aus genossen sie einen der schönsten Ausblicke der Welt: das Opernhaus und die „Harbour Bridge", in trauter Harmonie vereint.

Audrey kam aus dem Staunen nicht mehr heraus, und Lionel amüsierte sich über ihr Entzücken. Sie schmiegte sich an ihn, während die Sonne langsam ins Meer zu fallen schien und der Nacht Platz machte. Die Strahlen flossen beinahe wie gleißende Lava ins dunkelblaue Wasser.

Audrey und Lionel war im Moment nur ihr schweigendes Einverständnis wichtig. Ohne einen Ton zu sagen, genossen sie, eng umschlungen, den hereinbrechenden Abend und labten sich an der wundervollen Aussicht.

10. Kapitel

„Nein, ich lasse dich nicht alleine zu deinen Freundinnen fahren!" Hastig zurrte Lionel den Reißverschluss seiner ausgebleichten Jeans in die Höhe. „Ich sagte dir doch: Du sollst sicher innerhalb Australiens reisen!"

Audrey seufzte. Widerspruch war zwecklos. Sie zog sich ein T-Shirt an. Gerade hatten sie und Lionel einen sexuellen Höhepunkt vor dem Abendessen genossen. Leise und behutsam hatten sie sich geliebt, bis sie keuchend vor Ekstase nebeneinander lagen und salzige Schweißperlen langsam in Lionels Bettwäsche sickerten.

Audrey plante, einige ihrer australischen Freundinnen zu besuchen. Denn sie wollte nicht während ihres gesamten vierwöchigen Aufenthalts auf dem „Fünften Kontinent" nur an Lionel hängen. Und Lionel war einverstanden.

Ihre Freundinnen gaben Audrey ein Gefühl von Freiheit und Unabhängigkeit. Und sie reinigten ihr schlechtes Gewissen. Das schlechte Gewissen, kostenlos im Haus von Lionels Familie wohnen zu dürfen. Wie selbstverständlich wurde sie ins Familienleben integriert. Ihre Idee, einen finanziellen Beitrag zu leisten, wurde mit einer Handbewegung von Lionel und seinen Eltern heftig beiseite gefegt:

„Du bist unser Gast! Wir sind froh, dich hier zu haben! Fühle dich wie zu Hause! Das Zimmer, in dem du wohnst, steht ohnehin leer. Außerdem kochen wir jeden Tag. Auf eine Person mehr oder weniger kommt es also wirklich nicht an!"

Welche Einwände sollte Audrey vorbringen? Sollte sie die Leute verärgern und beleidigen, die ihr aus freien Stücken ihre Gastfreundschaft anboten?

Nein, sie ließ es bleiben. Jegliche Einwände erstarben auf ihren Lippen – auch wenn ein schlechtes Gewissen sie immer noch packte.

Lionel begleitete sie also am „Anzac Day", einem australischen Nationalfeiertag am 25. April, zu Leonie nach Cronulla. Er plante, seine Freundin auch nach der dreiviertelstündigen Autofahrt bei Leonie abzuliefern und schwimmen zu gehen.

Cronulla bot einen malerischen Strand mit hohen, spritzenden Wellen, weichem, weißem Sand und schicken Hotels im Hintergrund. Irgendwie erinnerte Audrey diese Szenerie an die ostfriesische Insel Norderney. Die Hotels wirkten mondän – wie Unterkünfte der Wohlhabenden. Wer hier wohl seinen Urlaub verbrachte?

Lionel konnte diese Frage nicht beantworten. Er zuckte mit den Schultern.

„Wahrscheinlich logieren hier Leute aus anderen australischen Bundesstaaten – zum Beispiel aus Queensland."

Dann fiel ihm ein, dass es in Queensland selbst jede Menge wunderbarer Strände gab. Warum sollte also ein Queenslander nach New South Wales an einen Strand reisen?

Die warme Sonne verwöhnte die faulenzenden Leute am Strand und trocknete deren Badebekleidung. Einige andere planschten im Wasser, hüpften in den Wellen wie Bälle und ließen sich die weiße, salzige Gischt um die Ohren schwappen.

Leonie war eine ausgeglichene, gesprächige Dame, etwas mehr als 60 Jahre alt. Sie lud Lionel kurzerhand zum Essen ein. Sein Magen knurrte, und er nahm die Einladung dankend an.

Anschließend setzen sie sich in das große Wohnzimmer, in dem peinliche Sauberkeit und Ordnung herrschte. Leonie nannte ein überaus geräumiges Backsteinhaus ihr eigen. Fast schon ein Palast, fand Audrey.

Leonie liebte Stickbilder aus aller Welt und wurde nie müde, neue Stickbilder fertig zu stellen. In etlichen Stunden vollbrachte sie wahre Meisterwerke. Diese Bilder hingen wie in einer Gemäldegalerie an den Wänden. Atemberaubende Landschaften aus Griechenland, den USA, der Niederlande und anderen Orten der Welt. Gegenden, die Leonie schon selbst bereist hatte und die sie beeindruckt hatten. Gegenden, an die sie sich gerne zurückerinnerte.

„Ich habe gemerkt, dass ihr euch liebt – Lionel und du", bemerkte Leonie, als Lionel einmal nicht im Raum war. „Wie sonst hättest du mein Angebot, während deines Aufenthalts in Sydney bei mir zu wohnen, ausschlagen können?"

Audrey senkte beinahe schuldbewusst ihren Kopf. Dachte sie, Leonie, die Welterfahrene und Weitgereiste, sei blind?

„Ja, ich liebe ihn", gestand sie Leonie.

„Denkst du, eure Liebe hat eine Chance?" Leonie blickte Audrey aus gütigen braunen Augen hinter den dicken Brillengläsern an.

„Ich weiß es nicht", antwortete Audrey wahrheitsgemäß und nippte an dem frischgekühlten Orangensaft. „Irgendwie scheint unsere Beziehung so undurchdringlich wie ein Dickicht – ohne jegliche Lösung. Ich bräuchte ein Buschmesser, um klarer zu sehen, um irgendetwas zum Positiven ändern zu können. Manchmal denke ich, Lionel sei es gerade recht, eine Freundin in Deutschland zu haben. Das hält andere Frauen von ihm fern. Gleichzeitig ist aber die Eine, die er liebt, so weit entfernt, dass er sich für sie nie verantwortlich fühlen muss."

Leonie nickte.

„Beinahe hatte ich diesen Verdacht. Aber du sprichst es jetzt aus. Vielleicht ist Lionel wirklich ein Junggeselle aus Leidenschaft. Aber vielleicht braucht er nur ein bisschen mehr Zeit. Zeit, die du nicht hast, weil du zu ungeduldig bist."

Audrey lächelte. Vielleicht hatte Leonie recht. Vielleicht.

Lionel betrat wieder den Raum, nachdem er Leonies großen Garten bewundert hatte. Und Audreys Gedanken schweiften ab. Wie warmherzig Leonie doch wirkte – im Gegensatz zu Isabella. Wie konnte man nur einem oberflächlichen, missgünstigen Seelentrampel wie Isabella von Schlichting sein Vertrauen schenken? Beinahe wütend dachte Audrey an Isabella in Deutschland – eine Freundin, die etwas gegen Ausländer – also auch gegen Lionel – hatte. Konnte sie eine solche Person überhaupt noch „Freundin" nennen?

Audrey ging ein Licht auf – hier während dieses angenehmen Nachmittags mit Leonie und Lionel. Wie falsch war es gewesen, Isabella jemals ihr Vertrauen zu schenken. Wie hatte sie nur dieser Frau auf den Leim gehen können?

Leonie war wirklich ganz anders – Leonie war echt und warmherzig. Leonie war keine Heuchlerin.

11. Kapitel

Lionel fuhr Audrey auch zu Jayne. Über eine Stunde lang dauerte die Fahrt in den Stadtteil Doonside – ein Stadtteil, der auch zu Sydney gehörte.

„Eine Gegend, in der es absolut nichts zu sehen gibt", kommentierte er abfällig. Er war gänzlich überzeugt von dem, was er sagte, lud Audrey vor Jaynes Haustür ab und verschwand dann nach Richmond. Audrey würde einen Nachmittag mit Kaffeetrinken und Geplauder erleben – mehr konnte Jayne sicherlich nicht bieten.

Aber Lionel hatte sich getäuscht.

Jayne zeigte Audrey einen fantastischen Park mit dem Namen „Nurragingy Reserve".

„Hier werden sogar Hochzeiten abgehalten", erklärte Jayne stolz. Jayne war eine kleine lebenslustige Frau. Sie war nicht nur Hausfrau und Mutter, sondern bekleidete auch noch ein Ehrenamt in einer Kirche.

Audrey betrachtete entzückt den künstlich angelegten, sprudelnden Wasserfall, der sich in einen tiefblauen See ergoss. Am Ufer sprießten Blumen in allen Farben. Ein Haus am einen Ende des Sees bot genug Platz für eine Gesellschaft – zum Beispiel bei Hochzeiten oder Grillpartys.

Begeistert berichtete Audrey später Lionel von ihren Erlebnissen. Erstaunt sah er sie an.

„Wer hätte gedacht, dass ich durch deinen Bericht so viel Neues über Sydney erfahre? Ich war schon seit Ewigkeiten nicht mehr in Doonside. Der Park, den du beschrieben hast, war jahrelang nur Brachland. Niemand kümmerte sich darum. Die Idee, einen Park anzulegen, hat sich sicherlich gelohnt."

Auch Lionels Tag in Richmod war positiv verlaufen. Richmond war eine sehenswerte Stadt. Zumindest fand das Lionel. Später würde er sie Audrey zeigen.

Nun saßen sie wieder in seinem unaufgeräumten Zimmer in seinem Elternhaus. Und Lionel war wieder gierig, gierig nach dem „Cuddle". „Cuddle" – so nannte er die romantischen Minuten zu zweit. Eine Zeremonie, die sie oft am Morgen, aber konsequent jeden Abend – vor und nach dem Essen - ausführten. Sie benötigten diese Zeremonie, denn sie gab ihnen so viel Kraft und Hoffnung. Etwas, was sie für ihren Zukunft nötig hatten.

„Noch ein bisschen Romantik, bevor wir zu Abend essen", gurrte Lionel in Audreys Ohr. Seine Stimme klang leise, lieblich und lullte sie ein. Er tastete unter ihr Shirt, tastete nach warmer Haut. Seine Finger umschlossen ihre Brüste. Sie war machtlos gegen ihn, machtlos gegen die Flamme der Leidenschaft, die er angezündet hatte.

Wieder erregte er sie – mit jenen Berührungen an den speziellen Punkten, an denen sie so sensibel war. Langsam zog er sie aus, und sie ließ es geschehen. Sie ließ es geschehen, weil sie es genoss, wie er an ihren Brustwarzen saugte, zog und biss. Wie er gleichzeitig an ihren Schenkeln rieb. Solange, bis sie nass wurde und er problemlos in sie eindringen konnte. Dann gerieten beide in Ekstase, in Verzückung, zu ihrem sexuellen Höhepunkt.

Anschließend entspannten sie sich – müde, aber glücklich. Sie küssten sich sanft und streichelten einander. Sie hätten ewig so daliegen können, aber die Stimme von Lionels Vater riss sie aus ihrer Leidenschaft.

Sie standen auf und streiften ihre Kleidungsstücke über, die achtlos über einem Stuhl hingen.

Das Abendessen stand fertig auf dem Küchentisch. Sie wollten Lionels Eltern nicht zu lange warten lassen.

Glücklich lächelnd betraten sie hintereinander die Küche und setzten sich an den Tisch.

Natürlich ahnten Lionels Eltern, was ihr Sohn und Audrey hinter der verschlossenen Tür machten. Aber nie verloren sie ein Wort darüber. Sie gönnten ihrem Sohn diese seltene Freude, auf die er nach Audreys Abreise wieder würde verzichten müssen – für eine lange Zeit.

Audrey und Lionel schätzten das Verhalten seiner Eltern.

12. Kapitel

„Die größte Zeitung der Welt!", witzelte Lionel und präsentierte eine lange Stange, die sorgfältig in durchsichtige Plastikfolie eingeschweißt war.

Audrey rollte die lange Zeitung zwischen ihren Fingern – wie viel mochte diese Samstag-Ausgabe des „Sydney Morning Herald" wohl wiegen?

„Unglaublich!" Audrey schüttelte ihre langen braunen Haare, die über ihre Schultern wallten wie ein Wasserfall. Die Haare, mit denen Lionel so gerne spielte, die er so gerne durch seine Finger gleiten ließ. Demnächst würde sie allerdings ihre lange Haarpracht zu einem Zopf bändigen.

Sorgfältig entfernte sie die Plastikfolie, rollte die Zeitung auseinander und überflog die Schlagzeilen. Beim Weltwetter stutzte sie. Wie bitte? In Berlin herrschten Ende April nur 14 Grad und in Stuttgart nur 12 Grad? Lag da nicht ein Irrtum vor? Oder schlief der Frühling in Deutschland immer noch?

Die Australier jedenfalls genossen einen malerischen Herbst mit Bilderbuchwetter – viel Sonnenschein und Wärme. Allerdings nicht zu heiß, die Temperaturen lagen gerade richtig.

„Wer diese Zeitung ganz durchlesen will, benötigt ein Wochenende dafür", kommentierte Audrey und reichte Lionel einen Teil davon. Er setzte sich neben sie an den Wohnzimmertisch und begann zu lesen.

Angeregt studierten sie die neuesten Nachrichten. Lionel vertiefte sich besonders in den Sport- und Börsenteil.

Audrey blickte auf ihre Armbanduhr. 11 Uhr, die Zeiger krochen unerbittlich vorwärts. Was würde Lionel ihr heute zeigen? Der Sonnenschein draußen lud auf jeden Fall zu einem Ausflug ein. Lionels Eltern hatten dies schon längst erkannt und weilten bereits unter einem schattenspendenden Sonnenschirm an einem der faszinierenden Strände Sydneys.

Lionel jedoch trödelte heute. Lustlos faltete er die Zeitung zusammen und schaltete den Fernseher ein. Irgendeine langweilige Sendung flimmerte über die Mattscheibe, aber Lionel wollte sie jetzt sehen.

Audrey stöhnte.

„Lionel, wartest du auf eine interessante Sendung?", fragte sie.

Er antwortete nicht. Ihre Worte schienen von dem weichen braunen Teppich verschluckt und gar nicht an seine Ohren gedrungen zu sein.

„Lionel – verstehst du mich nicht?"

Er schreckte hoch wie jemand, den man unsanft aus seinen Träumen gerissen hatte.

„Was sagst du?"

„Lionel – siehst du gerade eine interessante Sendung im Fernsehen an?"

„Nein – eigentlich nicht!"

„Dann verstehe ich nicht, warum wir nicht an die frische Luft gehen!" Audrey wurde sichtlich ungeduldig.

„Du hast recht." Kopfschüttelnd knipste er den Fernseher aus. Das Farbbild wurde von einer wohltuenden Schwärze aufgesogen. So empfand es jedenfalls Audrey. Farbe, die in ein Loch sickerte.

„Nimm's mir nicht übel!" Lionel schmiegte sich an seine Freundin. Sie roch die frische Seife, die er heute beim Duschen verwendet hatte. Ein Duft nach leckeren Pfirsichen. „Du musst es mir sagen, wenn ich zu lange fernsehe! In Ordnung? Schließlich ist es dein Urlaub!"

„Es ist schon in Ordnung!" Audrey schluckte und strich ihm über die blonden Haare. „Ich wollte dich nicht gängeln – immerhin hast du dir Urlaub für mich genommen!"

„Das ist richtig. Allerdings will ich dir etwas zeigen, etwas bieten – und nicht in meinen Alltagstrott verfallen. Die Zeit rinnt wie Sand durch die Finger. Wertvolle Zeit! Wie lange bist du jetzt in Australien? Zehn Tage?"

Sie nickte. „Ja, genau zehn Tage!"

Er zog sie an sich und küsste sie. Sie ärgerte sich über ihn. Oft verstand sie seine Art zu lieben nicht, aber immer wieder konnte er sie versöhnen. Versöhnen mit einem hingebungsvollen Kuss. Ein Kuss, den er ihr immer wieder entlockte. Ein Kuss, der nie aufhören sollte. Jedenfalls wünschte sie sich das inständig.

Nach einigen Einkäufen in einem großen Shopping-Center mit über 60 Geschäften brausten Lionel und Audrey in Richtung Southern Highlands (südliches Hochland).

„Die Australier verlassen am Wochenende den Trubel und die Hektik der Stadt", betonte Lionel. „In der Stadt wimmelt es gerade am Samstag und am Sonntag von Touristen aus aller Welt. Es ist beinahe schon eine Invasion!" Er lachte. „Und die Australier selbst flüchten vor diesem Touristenansturm."

Und jetzt flüchtete Audrey mit ihm. Sie fuhren über eine schnurgerade Straße mit einigen Fahrstreifen.

Lionel folgte dem Schild „Camden".

„Camden ist eine hübsche Kleinstadt", erklärte er ihr und konzentrierte sich wieder auf die Straße. „Ich fahre gerne dorthin. Ein großer Park erstreckt sich in der Stadtmitte – alles wirkt ruhig und beschaulich."

Audrey wurde auch diesmal nicht enttäuscht. Nach vielen Kilometern Fahrt mit Blick auf ausgebleichtes, gelbes Gras, einsame Höfe mit Windrädern und vereinzelten Bäumen spazierten Audrey und Lionel Hand in Hand durch Camdens Park. Die 1.200-Seelen-Gemeinde wirkte beinahe verschlafen und galt in Australien bereits als Stadt.

Beinahe erinnerte das Stadtzentrum an eine moderne Wild-West-Stadt – mit überdachten Eingängen der niedrigen Gebäude und vielen flachen Dächern. Die kunterbunten Farben der Häuser und auch der tiefrote Backstein mischten sich mit den Pastellfarben des Herbstlaubs.

Etwas abgelegen versteckte sich eine mittelalterliche Kirche – ein Gebäude, auf das die Australier zu Recht stolz sein konnten. Vereinigte sich hier doch Idylle und Geschichte, versteckt hinter grünen Bäumen, inmitten einer grünen Wiese. Einer Wiese, die so weich war wie ein Teppichboden. Sie verschluckte Audreys Schritte, als sie darüber sprang.

Audrey rüttelte an der Kirchentüre und fand diese zu ihrer Enttäuschung verschlossen. Die Australier wollten sich offensichtlich dieses Kleinod ihrer jungen Geschichte bewahren und hielten es verriegelt. Das Äußere ließ jedoch vermuten, dass die Kirche innen schlicht eingerichtet war. Denn das Äußere bestand lediglich aus dunkelbraunen Backsteinen, ohne jeglichen Prunk.

Lionel zeigte Audrey Picton, eine weitere Kleinstadt, die ganz in der Nähe lag. Sie schlenderten vorbei am ältesten Hotel Australiens. Ein Bau, der heute noch als Hotel genutzt wurde.

So machte Audrey Bekanntschaft mit der australischen „Countryside". Einer ländlichen Gegend, die man jedoch nicht mit dem „Outback" verwechseln sollte.

Die „Countryside" war auf jeden Fall fruchtbarer als das „Outback".

13. Kapitel

Audrey hatte sich schnell an ihr Leben in Australien gewöhnt. Ihr gefielen die Australier, ihre Lebensart, ihre lockere Einstellung zu vielen Dingen. Zu den vielen Kleinigkeiten, die in Deutschland oft zu engstirnig behandelt wurden.

Audrey gefiel Lionel. Sie sah ihm nach, dass er oft umständlich und chaotisch wirkte. Aber dieser Typ Mann sprach sie mehr an als ein penibler Saubermann. Lionel machte einen natürlichen und netten Eindruck – und obendrein war er für sie der perfekte Liebhaber.

Sie schwammen wieder am „Little Bay". Lionel zeigte Audrey das Gegenstück zu dem einfachen Namen „Long Bay". „Long Bay" ist eine Bucht, die durch Miltärgebäude sehr verschandelt wurde. Kein Wunder, dass der Strand bei „Long Bay" niemanden zum Verweilen anlockte, dass das Meer an dieser Stelle niemanden zum Schwimmen reizte. Die Leute zog es eher zum „Maroubra Beach", einem breiten Sandstrand, längst nicht so mondän wie „Cronulla Beach". Eher etwas für das „normale" Volk, aber vielleicht gerade deswegen so reizvoll.

Viele Leute hopsten in den Wellen herum. An Schwimmen war nicht zu denken, denn die Wellen waren zu hoch. Manche Besucher schlenderten am Strand entlang, ließen die Meeresbrise um ihre Ohren wehen und ließen den feinen Sand durch ihre Zehen oder über ihre Schuhe rinnen.

Versonnen setzten sich Audrey und Lionel auf eine breite Steintreppe und blickten auf das weite Meer hinaus – den Pazifik.

„Bereust du es nicht manchmal, dass du nicht in Europa lebst?", unterbrach Audrey die Stille zwischen ihnen. „In Europa liegt alles so nah beieinander. Die verschiedenen Länder sind gerade nur wenige Flugstunden voneinander getrennt. In Australien dagegen scheint alles so weit entfernt."

„Ich nehme es so, wie Gott es gewollt hat!" Lionels Antwort kam leise, aber überzeugt. „Ich nehme mein Leben so, wie es ist. Hier in Australien. Und als Australier kann ich mich sowieso glücklich schätzen, bereits sechs Male in Europa gewesen zu sein. Viele Australier schaffen es nie, einen anderen Kontinent zu bereisen."

Audrey nickte. Lionels Antwort klang logisch. Es gab ja auch viele Europäer, die die Australier beneideten. Dafür, dass die Australier auf einem wundervollen Kontinent lebten, dessen Landschaften einmalig auf der Welt waren. Dafür, dass die Australier von weit besserem Wetter profitierten als viele Teile Europas. Dafür, dass die Australier vieles nicht so engstirnig sehen und sahen – und trotzdem ihre Probleme gut bewältigten.

Auch Audrey beneidete die Australier.

Viele Australier meinten, man müsse sich glücklich schätzen, in Europa leben zu dürfen. Und viele Europäer andererseits beneideten die Australier in ihrem Land. Es schien, als konnte man es niemandem recht machen – in seinem eigenen Land.

Lionel schleuste Audrey in das „Queen Victoria Building".
Aus diesem Gebäude, das 1898 erbaut worden war, hatten die
Australier eine der faszinierendsten Einkaufspassagen der
Welt gemacht. Teuere Geschäfte luden zum Einkaufen ein.
Vorwiegend karrten Reisebusse Touristen aus Asien an, die
ohnehin unter Zeitdruck standen und in diesen Läden viel Geld
loswurden.

Der sparsame Tourist, der sich noch einiges mehr leisten
wollte, besah sich diese Geschäfte am besten nur von außen.
Ein „Tempel des Luxuskonsums" – das war die richtige Be-
zeichnung für das mit vielen Kuppeln verzierte viktorianische
Gebäude.

„Wenn du Souvenirs kaufen willst, so kaufe sie nicht
hier!", riet Lionel seiner Freundin. „Wir können jegliche Einkäufe weit günstiger woanders tätigen."

Audrey hatte sowieso nicht vor, teure Dinge einzukaufen
und nach Deutschland zu schleppen. Staunend jedoch blickte
sie in die Schaufenster exklusiver Juwelierläden, deren Kunden
nur aus Asien kamen.

14. Kapitel

Anfang Mai besuchte Audrey ihre Freundin Kylie in Orange. Nur wenige Tage würde sie von Lionel getrennt sein – dennoch zeigte er Wehmut, als er sie am Bahnhof von Strathfield
ablieferte. Das Ticket für Audreys Reise hatten sie bereits einige Tage vorher gekauft. Es sei nützlich, Bahntickets rechtzeitig
zu erstehen, um ebenfalls eine Platzreservierung zu erhalten,
hatte Lionel erklärt.

Lionel musste es wissen. Er war doch Australier. Sinnie-
rend lehnte er sich gegen die Lehne der weißen Holzbank.
Seine Stirn war in Falten gezogen, wie kleine Flusstäler. Er
dachte intensiv nach.

Audrey saß neben ihm. Sie schwieg. Ihre Füße streiften ihren braunen Rucksack. Für zwei Tage bei Kylie benötigte sie
nicht viel Gepäck. Der Hartschalenkoffer war bei Lionels Fami-

lie sicher aufgehoben. In ihrem Rucksack steckte wärmere Kleidung, denn in Orange war es grundsätzlich fünf bis sechs Grad kälter als in Sydney.

„Wo und wann werden wir uns wiedersehen, wenn dein Aufenthalt in Australien vorüber ist?"

Diese Frage stand schon lange zwischen Audrey und Lionel, aber Lionel sprach sie jetzt laut aus. Seine Worte hingen in der Luft wie dichter Nebel. Audrey war erstaunt, dass Lionel dieses Thema zur Sprache brachte. Ihr war es immer erschienen, als ob Lionel dieser brisanten Frage aus dem Weg gehen wolle. Als wolle er den Zauber des Augenblicks nie zerstören. Als wolle er dieses Thema nicht ansprechen, das jede Minute wie ein Gespenst zwischen ihnen schwebte.

Audrey war jetzt erstaunt, denn sie hatte diese Frage nicht erwartet. War Lionel doch an einem Leben mit ihr interessiert?

„Ich rechne damit, dass es mehr als ein Jahr dauern wird, bis wir uns wiedersehen!" Audrey hatte diesen Gedanken tagelang mit sich herumgetragen wie schweren Ballast. Und jetzt endlich konnte sie ihn äußern.

Lionel schluckte hörbar.

„Nein – so weit werde ich es nicht kommen lassen. Natürlich finde ich eine Lösung. Ich MUSS eine Lösung finden!"

Ihre Unterhaltung wurde durch den einfahrenden Zug unterbrochen. Audrey nahm hastig ihren Rucksack und warf ihn über die Schulter. Dann stieg sie in den silber-metallic blitzenden Zug.

„Du wirst mich anrufen, wenn du in Orange angekommen bist, ja?", schrie ihr Lionel nach, bevor sich die Türe hinter ihr schloss.

Ihnen blieb nicht einmal mehr Zeit für einen Abschiedskuss.

15. Kapitel

Lionel verschwamm in der Ferne – genau wie Strathfield, als der Zug in Richtung „Blue Mountains" fuhr. Audrey saß auf einem abgeschabten orangefarbenen Sitz. Außer ihr fuhren nur wenige Leute mit diesem Zug.

Sie konnte sich nicht auf ihr Buch konzentrieren. Immer wieder schossen ihr Lionels Worte durch die Gedanken.

„Er ist doch interessiert an mir", dachte sie. Aber welche Lösung würde er finden?

Auf jeden Fall war es nicht einfach.

In Lawson wurden alle Reisenden unplanmäßig aus dem Zug gescheucht. Gleisbauarbeiten – das gab man als Grund an.

„Das ist eine wirklich schlechte Werbung für die australische Eisenbahn, wenn eine Touristin aus Europa außerplanmäßig umsteigen muss", würde Lionel später dieses „Umsteigemanöver" kommentieren.

Von Lawson aus fuhr ein Bus nach Katoomba. Katoomba gilt als Hauptstadt der „City of the Blue Mountains". Die „Blue Mountains" sind eigentlich keine „blauen Berge", sondern ein weites Sandsteinplateau, in das Flüsse im Laufe der Jahrhunderte etliche Furchen gefressen haben. Alles sieht aus wie senkrecht in tiefe Canyons abstürzende Klippen, in denen einige Eukalyptusbäume wuchern.

Audrey zog ihren Anorak fester um sich, denn es war in den Blue Mountains wirklich um einige Grade kälter als in Sydney.

Sie mochte diese bizarre Landschaft und freute sich bereits, diese mit Lionel zu besuchen. Hier standen auch die sagenumwobenen „Three Sisters". Das sind drei Felsen, um sie sich eine Sage der Aborigines rankt.

In Katoomba hieß es wieder: umsteigen. Diesmal wartete ein Bus auf die Reisenden und brachte sie sicher nach Lithgow. Lithgow war ohnehin Endstation des Zuges. Nach Orange kam man von dort aus nur mit dem Bus.

Der Busfahrer hatte eine Liste der Mitreisenden auf dem Schoß und setzte einen Haken hinter Audreys Namen, als sie einstieg. Und jetzt begann eine beinahe zweistündige Busfahrt durch etliche reizvolle Städtchen, die Namen, wie zum Beispiel Bathurst, trugen.

Je näher sie Orange kamen, desto mehr regnete es. Audrey schüttelte den Kopf. Sollte dieses Wetter etwa tagelang anhalten? Kylie hatte einen Ausflug nach Canberra, der australischen Hauptstadt, geplant. Wie schade, wenn dieser Ausflug regelrecht im Regen verschwimmen würde!

Kylie und ihre Familie erwiesen sich als wahre Glückstreffer, so wie alle Australier, die Audrey bisher kennen gelernt hatte. Sie wohnten in einem kleinen einstöckigen australischen Haus, das mit einer Sicherheitstür aus Metall und abschließbaren Fenstern ausgestattet war.

Zum Essen servierten sie nur australische Produkte. Kylie konnte Unmengen an Kaffee in sich hineinschütten. Gerade jenen „Bushell's Coffee", der dem deutschen Malzkaffee sehr ähnlich sieht, aber reiner Bohnenkaffee ist.

Wie viele Australier war auch Kylie stolz auf die landeseigenen Lebensmittel. Zu Recht – die australische Natur hatte Köstliches zu bieten. Das Fleisch schmeckte einwandfrei. Auch die anderen Lebensmittel waren nahrhaft und gesund.

Vieles boten die Läden, was man in Deutschland auch kannte. Kam man als Deutsche/Deutscher in einen australischen Supermarkt, kannte man ungefähr die Hälfte der Produkte, die dort angeboten wurden. Produkte, wie die von „Knorr" oder „Maggi" zum Beispiel. Allerdings wurden die Produkte dieser Firmen, die in australischen Geschäften zu kaufen waren, auch in Australien hergestellt und nicht aus anderen Ländern importiert.

Mit Recht prangte die Aufschrift „Made in Australia" auf solchen Produkten.

„Du musst unbedingt ‚Vegemite' probieren", schlug Kylie Audrey vor und hustete schrecklich, weil sie rauchte wie ein Schlot.

„Vegemite – was ist das?"

„Der ultimative australische Brotaufstrich!", erklärte Kylie. Schmeckt sehr lecker. Du wirst ihn mögen! Er besteht aus Gemüsezutaten. Ich schenke dir ein Glas, das nimmst du dann mit nach Deutschland. So kannst du immer an uns denken, wenn du davon isst!"

Gesagt, getan. Kylie reichte Audrey feierlich ein Glas ‚Vegemite', das diese im Rucksack verstaute. Audrey wusste, dass sie dieses Produkt lieben würde.

Weil es aus Australien stammte.

16. Kapitel

„Wie lange kennst du Lionel bereits?", fragte Kylie Audrey, als sie am nächsten Morgen durch Orange schlenderten. Audrey hatte diese australische Kleinstadt sofort in ihr Herz geschlossen.

Ahnte Kylie, diese kleine lebhafte Frau, etwas vom Verhältnis zwischen Lionel und ihr? Audrey beschloss, Kylie ausweichende Antworten zu geben, solange die Situation so unsicher zwischen Lionel und ihr schien.

„Wir kennen uns seit fast neun Jahren", antwortete Audrey vorsichtig, aber bestimmt. „In Europa haben wir uns schon einige Male getroffen. Jetzt besuche ich Lionel in Australien."

„Könntest du mir nicht ein Foto von Lionel und dir senden?" Kylie war neugierig, steckte sich mit zittrigen Fingern eine australische Zigarette mit dem erheiternden Namen „Holiday" an. Die Spitze glomm, und Kylie nahm einen tiefen Zug. Wie eine Ertrinkende, die nach einem Strohhalm mit lebensspendendem Sauerstoff schnappt.

„Vielleicht. Wenn ich ein gutes Foto finde." Audrey zuckte mit den Schultern. Eine typisch deutsche Eigenart, dieses Schulterzucken, fand Lionel. Weil Audrey es oft tat.

Insgeheim hoffte Audrey, Kylie würde den Wunsch, ein Foto zu bekommen, vergessen.

17. Kapitel

Am Nachmittag desselben Tages fuhren Kylie, ihr Mann Bob und Audrey zum Lake Canoblas, einem See am Fuße des malerischen Berges „Mount Canoblas".

Audrey begeisterte sich an der stillen Natur, der fantastischen Farbenpracht. Die Natur hatte die Hügel verschwenderisch mit graublauer Farbe bedacht. Diese Hügel mündeten in Waldstücke mit Laubbäumen, deren Gelb, Grün und Braun sich harmonisch hineinmischten. Alles wirkte wie ein Aquarell in Pastellfarben und ergoss sich schließlich in den See, diesen „Lake Canoblas", der tiefblau im Tal lag. Einige Büsche und Bäume spiegelten sich in dem ruhig daliegenden Wasser.

„Im Sommer baden viele Leute hier", erklärte Bob und öffnete den braunen Picknickkoffer. Audrey staunte über ein Sammelsurium aller möglichen Sandwicharten, einer Thermoskanne mit heißem Wasser, einem Glas Pulverkaffee und einer Auswahl an Kaltgetränken.

„Diesen Picknickkoffer haben wir vor 20 Jahren zur Hochzeit bekommen", prahlte Kylie und schenkte Audrey großzügig heißes Wasser in einen Kaffeebecher. „Bisher hat dieser Koffer uns hervorragende Dienste geleistet. Auch als wir von Orange bis Perth fuhren – quer durch Australien."

Sie reichte Audrey das Glas mit Pulverkaffee. „Wir mussten uns beinahe nichts zum Essen kaufen. Wir hatten bereits alles mitgenommen."

Audrey schüttelte verblüfft den Kopf. „Wie lange braucht man von Orange bis Perth mit dem Auto?"

„Fünf Tage", antwortete Bob. „Manchmal langweilt man sich grenzenlos während der Fahrt. Stell dir vor – einige hundert Kilometer lang immer dieselbe eintönige Landschaft – trockenes Land, ab und zu einige Grasbüschel und Eukalyptusbäume. Aber die Straßen sind in einem ausgezeichneten Zustand."

Audrey nickte. Hatte sie nicht schon von Trucks gelesen, die unermüdlich Waren vom einen Ende Australiens zum anderen Ende karrten?

„Wenn Bob endlich in Rente gehen kann, verkaufen wir unseren gesamten Hausrat, kaufen ein Wohnmobil und erkunden unseren fantastischen Kontinent. Es gibt hier noch so viel zu erleben und zu entdecken!" Kylie machte eine ausladende Handbewegung – so, als wolle sie den strahlenden Himmel über ihnen und die ganze Welt umarmen. „Viele Australier reisen in andere Kontinente. Dabei bietet Australien selbst doch selbst so viel Schönheit! Eine Schönheit, die viele Australier noch nicht gesehen haben."

„Die Europäer sind auch nicht anders." Audrey nippte an ihrem Kaffee. „Bushell's Kaffee" war es – und Audrey fühlte, wie das Getränk wohlig ihre Kehle hinunterfloss. „Wenigstens wollt ihr als Australier noch euren Kontinent entdecken! Es gibt jedoch viele Deutsche, die weite Reisen machen, aber nicht einmal ihr eigenes Land kennen."

„Viele australische Rentner reisen mit dem Wohnmobil durch Australien." Bob lächelte. „Sie träumen nicht nur davon, sie tun es auch. Eine hübsche Art und Weise, seinen Lebensabend zu verbringen."

Kylie, Bob und Audrey blieben die einzigen Besucher des „Lake Canoblas" am heutigen Tage. Im Hintergrund lag ein eingezäunter Garten, in dem sich Rehe und Hirsche aufhielten. Aber Audrey hatte immer noch kein Känguru zu Gesicht bekommen.

„Morgen, wenn wir nach Canberra fahren, wirst du viele Kängurus sehen!", versprach ihr Kylie grinsend.

Audrey freute sich über das schöne Wetter. Der Regen hatte sich für heute verabschiedet.

„Wir hatten neuneinhalb Wochen keinen Regen in Orange", erklärte Bob und biss herzhaft in ein Wurstbrötchen.

„Ja, und genau an dem Tag, an dem du hier ankamst, begann es wieder zu regnen!", lachte Kylie.

Audrey rutschte unbehaglich auf der Holzbank des überdachten Grillplatzes hin und her. Galt sie hier etwa als Regenmacherin?

„Es ist schade, wenn es regnet", bemerkte sie schüchtern. Ihr kam in den Sinn, wie sehr sie Regen verabscheute. Weil es in Deutschland so oft regnete. So oft, dass die Leute manchmal missmutig und depressiv wurden.

„Nein, es ist doch positiv, wenn es regnet!", berichtigte sie Kylie. „Weißt du, dass die Stadtverwaltung in Orange bereits die Absicht hatte, Wasserbeschränkungen zu verhängen? Die Trockenheit hatte die gesamte Gegend erfasst. Besonders die Landwirte beklagten sich darüber."

„Das wusste ich nicht", murmelte Audrey kleinlaut. „In Deutschland können wir uns über zu wenig Regen nicht beklagen. Wir bekommen eher zu viel davon ab! Hätte ich die Möglichkeit, euch Regen zu schicken, würde ich das sehr gerne tun!"

„Wir werden dich ‚Brecherin der Trockenheit' nennen!" Kylie schwenkte stolz die Thermoskanne in der Luft hin und her, bevor sie sich das letzte Bisschen Wasser gluckernd in ihre Tasse goss. „Stell dir vor – hätte man tatsächlich Wasserbeschränkungen verhängt, müsste ich auf meinen heißgeliebten Kaffee verzichten!"

Audrey lachte. Ja, Kylie war lustig – und, was sie sagte, meinte sie ernst. Für sie bedeutete es viel, ihren Kaffee und ihre Zigaretten täglich genießen zu können.

Die Zigaretten trugen nicht nur den witzigen Namen „Holiday" – was „Ferien" oder auch „Urlaub" bedeutet. Auch die Werbung des Gesundheitsministers, die auf jeder Schachtel stand, fand Audrey sehr amüsant. „Smoking is dangerous in Australia" konnte man dort lesen. Was soviel heißt, wie „Rauchen ist in Australien gefährlich." War es dann in anderen Ländern und Kontinenten ungefährlich, wenn man Zigaretten rauchte? Jeder Raucher in Australien wurde also aufgefordert auszuwandern, damit sein „blauer Dunst" als gesund einzustufen war!

Nach dem Picknick verstauten Kylie und Bob Vesperbeutel, Thermoskanne und andere Dinge sorgfältig in dem Picknickkoffer. Sauber hatten sie den Rastplatz angetroffen, sauber verließen sie ihn. Langsam stapften sie zum Auto und fuhren zu Kylies und Bobs Haus zurück.

Sofort knipste Kylie den Fernseher ein, während Bob fein säuberlich Holz im Kamin aufschichtete und es in Brand setzte. Die Temperatur im Wohnzimmer hatte sich abgekühlt, und Audrey fröstelte.

Im Fernsehen wurde eine Quizshow nach der anderen gesendet. Eine Quizshow für Kinder wurde von der australischen Version der Sendung „Der Preis ist heiß" abgelöst. Erstaunlich, wie viele Fernsehsendungen um die ganze Welt gingen!

„Wir sind nicht wie die Amerikaner – wir sind Australier!", betonten die Australier immer wieder selbstbewusst. Im Fernsehkonsum allerdings standen sie den Amerikanern um nichts nach. Ständig flimmerte die Kiste, auch wenn stundenlang niemand zusah.

Wenn man zwei Fernseher besaß, dann liefen eben alle beide gleichzeitig.

18. Kapitel

Nach einigen Stunden erquickenden Schlafes erwachte Audrey am frühen Morgen. Heute stand Canberra auf dem Programm. Das bedeutete: eine vierstündige Autofahrt von Orange nach Canberra, einige Besichtigungen – und dann dieselbe Strecke wieder zurück.

„Ich habe diese Stadt vor 25 Jahren zuletzt besucht", erklärte Kylie. „Seitdem bin ich nicht mehr dorthin gekommen. Ob sich Canberra sehr verändert hat?"

Der Ford, den Bob fuhr, rauschte über die Autobahn, vorbei an trockenem und ausgedörrtem Land, auf dem vereinzelt Grasbüschel sprießten. Ab und zu reckte ein einsamer Euklyptusbaum seine müde gewordenen Äste in den Himmel.

Diese eintönige Landschaft wurde unterbrochen von Dörfern und Weinanbaugebieten. Diese sahen aus wie Oasen inmitten einer trockenen Landschaft. Schilder mit „Winery" (das bedeutet „Weingut") luden zu einem Besuch ein.

Audrey dachte an Lionel. Was er jetzt wohl machte? Hatte er nicht vor, das Haus zu putzen?

In Cowra, einer hübschen Kleinstadt, die alles hatte, was man zum Leben brauchte (Kaufhäuser, Lebensmittelgeschäfte, Banken und so weiter), sahen sie endlich Kängurus. Diese sprangen nicht auf freier Wildbahn auf der Straße herum. Nein, sie lebten hinter einem Gitterzaun in einem hübschen Park. Sie stürmten sofort neugierig herbei, als Kylie, Bob und Audrey gelbes Toastbrot durch die Gitter steckten.

„Noch nie habe ich dich so aufgeregt gesehen!", kommentierte Kylie, als Audrey aufgeregt mit ihrem Fotoapparat herumsprang und einige Kängurus fotografierte.

Sie fuhren weiter nach Canberra. Canberra, die australische Hauptstadt, die extra als Hauptstadt ab dem Jahre 1913 erbaut wurde und den Hauptstadtstatus im Jahre 1927 erhielt. Grund war, dass Sydney und Melbourne sich nicht einigen konnten, welche von beiden Metropolen Hauptstadt Australiens werden sollte.

Canberra lag inmitten einer prächtigen Bergszenerie eingebettet. Hier standen alle Regierungsgebäude. Canberra galt als einzige australische Großstadt im Landesinneren. Von Beginn an wurde ihr Bau bis ins kleinste Detail geplant. Ein amerikanischer Architekt war dafür verantwortlich. Deswegen sah Canberra nicht australisch aus, sondern amerikanisch. Breite Boulevards wurden von künstlichen Betonklötzen gesäumt.

Verwirrend waren die vielen Kreisverkehrsstellen, auch „roundabouts" genannt. Bob wurde dadurch immer wieder irritiert. Hatte er eine Ausfahrt verpasst, musste er einige Kilometer fahren, um umkehren zu können und auf die richtige Gegenfahrbahn zu gelangen. Die Stadt war für Nicht-Einheimische wie ein verwirrendes Puzzlespiel.

Jedoch erreichten sie ohne Schwierigkeiten das neue Parlamentsgebäude, einen Prunkklotz aus Marmor, mit einem Aborigine-Kunstgemälde in den Steinboden eingelassen.

„Ich möchte sehen, wohin unsere Steuergelder fließen", flüsterte Bob, als er neben Audrey die prachtvolle Marmortreppe in der Eingangshalle hinaufstieg. Üppige Kronleuchter hingen von der Decke und erleuchteten die Halle. Diese Halle wies viele Säulen und einen beige-braunen Steinboden auf.

Das neue Parlamentsgebäude war beeindruckend. Aber benötigte Australien diesen pompösen Neubau? Dieses Gebäude hatte viele Millionen australische Dollar gekostet. Dabei war das alte Parlamentsgebäude, dessen weiße Fassade im Sonnenlicht blitzte, noch durchaus in Ordnung. Aber verprassten nicht die Politiker weltweit Steuergelder? Auch die deutschen Politiker zählten zu den Weltmeistern im Verschwenden.

Mittag war es geworden, als Kylie, Bob und Audrey das Parlamentsgebäude verließen. Die Besichtigung war sehr interessant gewesen. Es gab sogar deutsche Broschüren, die das Regierungssystem in Australien erklärten.

Die Restaurants in der Stadt boten zu hohe Preise für ein Mittagessen, aber Kylie und Bob hatten ihren Picknickkoffer gepackt und brachten jetzt – auf einem Parkplatz – einige Leckereien zum Vorschein.

Anschließend suchten sie den „Captain Cook Fountain". Auf Deutsch: Captain-Cook-Brunnen. Leider funktionierte dieser Brunnen heute nicht. Es war ein künstlicher Brunnen, der sprühen sollte – aber heute sprühte er eben nicht.

Bob vergeudete etliche Liter Benzin, weil er sich ständig verfuhr. Ein Erfolgserlebnis war der Besuch des „Telecom-Turmes", den Audrey und Bob bestiegen. Kylie wartete im Auto auf sie. Sie litt nämlich an chronischer Höhenangst.

Von der oberen Plattform aus genoss man einen sagenhaften Blick auf Canberra. Die Stadt war fächerförmig angelegt in einem Tal. Man sah viele künstliche Seen.

Ein starker Wind wehte, und Audrey hielt sich ängstlich am Geländer fest.

Der Abend nahte, und Audrey und ihre Freunde dachten an den Aufbruch. Immerhin lagen vier Stunden Autofahrt bis Orange vor ihnen, die Bob mit Bravour meisterte.

„Es war das letzte Mal, dass ich Canberra besuchte", verkündete Kylie verärgert. „So, wie wir dort herumgeirrt sind, haben wir uns noch nirgends verfahren."

Audrey plagte ein schlechtes Gewissen. Hatten nicht Kylie und Bob diese Fahrt gemacht, um ihr – Audrey – etwas zu zeigen? Um ihr etwas zu bieten, an das sie noch lange zurückdenken sollte?

Sie teilte aber Kylies Überzeugung. Von Canberra hatten sie ein Häusergewirr mit kalten, nicht-australischen Kastenbauten gesehen. Sie besuchten das Parlamentsgebäude und den „Telecom-Tower". Dabei bot diese Stadt, laut Reiseführer, weit mehr. Aber wo?

Die Schönheit Canberras lag in den Gebäuden, in Museen mit zahlreichen Kunstsammlungen und anderen historischen Dingen. Das erklärte jedenfalls Lionels Vater, als Audrey wieder in Sydney war.

19. Kapitel

Es regnete wie aus Kübeln, als Audrey Orange verließ. Vergessen waren die Wasserbeschränkungen. Die Landwirte stellten sich unter das herrliche Nass. Jeder freute sich, dass der Boden und die Landschaft nicht ganz austrockneten.

Vielleicht würde Audrey in die Geschichte der Stadt Orange als „Trockenheitsbrecherin" (draught breaker) eingehen.

Audrey war der Regen egal, denn sie reiste sowieso den ganzen Tag. Im Zugabteil konnte sie keinen Sonnenschein genießen, wenn es diesen gegeben hätte. Sie las ein Buch, als der Zug sie bis nach Lithgow brachte. Diesmal zog die Eisenbahn von dort ohne Unterbrechung durch die einmalige Landschaft und kletterte auf die „Blauen Berge", über denen ein Nebelschleier hing.

Der Zugfahrer schien ein Scherzkeks zu sein. Ständig trällerte er die Namen der Stationen, an denen der Zug hielt. Beispielsweise „Victoria Hill – Victoria Hill!" Wie ein Jazzsänger, der seine Stimme für den großen Auftritt ölte. Audrey grinste. Später erzählte sie Lionel von dem singenden Zugfahrer.

Er meinte:

„Wahrscheinlich ist sein Job so langweilig, dass er sich ein bisschen aufheitern muss. Deshalb singt er."

Das klang einleuchtend, aber manche Leute im Zug brachte dieser Singsang fast zur Raserei.

„Ich mag die Stimme dieses Idioten nicht!", regte sich ein ungefähr 18-jähriger Australier mit Schirmmütze auf. „Warum singt er? Ist er vielleicht schwul?"

Diese Frage hing unbeantwortet im Zugabteil. Wobei Audrey Lionels Lösung eindeutig besser gefiel.

Der Zug ratterte gleichmäßig durch die Landschaft. Leute stiegen ein und aus.

Um 18 Uhr schließlich erreichte Audrey Strathfield. Wo aber steckte Lionel? Audrey blickte sich suchend um und stieg einige Treppen hinunter.

Dort stand er mit dem Rücken zu ihr und sah sie nicht. Gerade wollte er einen Blumenstrauß kaufen.

„Hallo!" Audrey tippte ihm sanft auf die Schulter, und er fuhr herum.

„Ah – schon angekommen?" Er strahlte. „Jetzt hast du mich bei meiner Überraschung ertappt. Ich wollte dir einen Blumenstrauß kaufen!"

„Das kannst du immer noch erledigen!", lachte sie und küsste ihn. Es war schön, ihn wieder zu spüren, seinen Atem an ihrem Ohr und seine warmen, trockenen Lippen, die sich sanft auf ihre legten.

Er kaufte einen Blumenstrauß. Rosafarbene Blumen, die herrlich dufteten. In Lionels Elternhaus organisierten sie ein leeres Gurkenglas und stellten den Strauß auf ein Regal in dem Zimmer, in dem Audrey schlief.

„Vielen Dank für diesen wunderbaren Strauß!" Audrey war glücklich. Sie erzählte den Nortons von Orange und Canberra und ihren Erlebnissen dort. Sie bereute es nicht, Kylie und ihre

Familie getroffen zu haben. Aber noch schöner war es, in Lionels Armen zu liegen.

Noch genau zehn Tage blieben ihr in Australien. Zeit für Lionel und Zeit für sie beide.

Sie wollte diese Zeit intensiv genießen.

20. Kapitel

Es regnete in Strömen in Sydney. Plötzlich jedoch hörte der Regen auf – wie von Zauberhand abgestellt. Blauer Himmel erstrahlte, um dann erneut von einem Platzregen abgelöst zu werden. So ging es einige Male an jenem Samstag, einem Tag nach Audreys Ankunft aus Orange.

„Das Wetter ist beinahe so wechselhaft wie in Irland", dachte sie. Aber nur beinahe. Bisher hatte sie Glück mit dem australischen Wasser gehabt. Allerdings waren die Australier weit mehr von der Sonne verwöhnt als die Deutschen.

Audrey und Lionel fuhren zu Roger. Roger, ein leidenschaftlicher Experte, was das Wetter anbelangte. Zusammen machten sie einen Spaziergang an einem See in der Nähe des Stadtteils Como.

„Wie das italienische Städtchen Como", erklärte der europaerfahrene Roger. „Übrigens – zwei Kilometer von hier wurden viele Häuser ein Raub der Flammen bei den verheerenden Buschbränden Anfang 1994."

Audrey schluckte. Sie erinnerte sich noch gut an diese Buschfeuer. Die Zeit, als sie um Lionel bangte.

„Nie könnte Sydney komplett abbrennen", wusste Lionel. „Unsere Sicherheitsvorkehrungen sind ausgezeichnet."

Audrey glaubte ihm. Und jetzt, als sie Sydney kennenlernte, war sie überzeugt, dass Lionel recht hatte.

Sie schlenderten vorbei an Yachten, interessanten Häusern, die aussahen wie Hausboote oder skurrile Villen.

Sie wanderten über eine Eisenbahnbrücke – natürlich auf einem Fußgängerweg.

Immer wieder regnete es wie aus Schleusen. Die Spaziergänger kramten ihre Regenschirme hervor und verkrochen sich darunter wie schutzsuchende Kaninchen.

Lionel besaß seit Ewigkeiten keinen Schirm mehr und kuschelte sich an Audrey, während Roger sich sicher mit einem großen Schirm vor dem Regen schützen konnte.

Sie fuhren wieder in Rogers Wohnung zurück. Audrey wunderte sich über Lionels Rede, die er hielt, während sie Kaffee tranken:

„Audrey und ich gehören zusammen. Irgendwann werden wir für immer zusammen leben. Nur wann und wo, das wissen wir beide noch nicht."

Roger sprach kein Wort und machte sich seine eigenen Gedanken. Gedanken, die er nicht mitteilte. Er schätzte Lionel als guten Freund, und er mochte Audrey. Nur befanden sich beide durch ihre unterschiedlichen Wohnorte in einer komplizierten Situation. Mussten sie nicht ihr Problem selbst lösen, es selbst in die Hand nehmen? Würden die beiden überhaupt seine Meinung hören wollen?

Roger ließ also jeglichen Kommentar bleiben, und das war gut so. Roger erwies sich also wieder einmal als fabelhafter Zuhörer – eine Eigenschaft, die Lionel an ihm so schätzte. Eine Eigenschaft, die ein Grund war, dass Lionel ihn zu seinen besten Freunden zählte und ihm uneingeschränkt vertraute. Schon seit Jahren.

Der Regen prasselte immer noch auf Sydney, als Lionel und Audrey zurück nach Sydney fuhren. Das Auto kroch beinahe, denn die Fenster waren so beschlagen, dass Lionel ein Seitenfenster öffnen musste und hinausschaute, um überhaupt sehen zu können, wohin sie fahren mussten.

Sicher und unversehrt stellte er schließlich sein Auto vor seinem Elternhaus ab. Er löste den Sicherheitsgurt und lehnte sich zurück.

„Vielleicht ist ein klärendes Gespräch notwendig." Er räusperte sich. „Ein Gespräch darüber, wie unsere Beziehung weitergehen soll."

Audrey nickte und schwieg. Irgendwie hatte sie dieses Gespräch gefürchtet. Aber es musste sein. Es musste Klarheit zwischen ihnen beiden herrschen.

„Manchmal denke ich, dass ich ein sehr schlechter Freund bin", fuhr Lionel fort. Ich lebe in Australien – so weit weg von dir. Dabei würde ich dir gerne etwas mehr Liebe, etwas mehr Zuneigung entgegenbringen."

Das Licht einiger Straßenlampen malte Schatten auf die Straßen. Ansonsten war der ganze Stadtteil in tiefes Dunkel gehüllt. Eine Dunkelheit, das die Regentropfen gleichmäßig durchdrangen.

„Was tiefergehende Entscheidungen anbelangt, so bin ich leider etwas zu ängstlich. Du sagtest, du würdest alles in Deutschland aufgeben. Nur, um mit mir in Australien zu leben." Lionels Stimme klang anders als sonst. So, als ob sie nicht zu ihm gehöre. So, als ob eine andere Person spräche. Eine Person, die in Lionels Körper steckte.

Die Worte brachen aus ihm heraus wie ein Wasserfall.

„Ich weiß nicht, ob das die richtige Entscheidung wäre." Er fasste mit einer Hand ans Lenkrad, nur, um eine Stütze, einen Halt zu finden. „Ich bin so sehr an mein Singledasein gewöhnt. Beispielsweise an die Tatsache, alleine in einem Zimmer zu schlafen."

Audrey biss sich auf die Lippen. Ja, sie hatte geahnt, dass Lionel solche Gedanken hatte. Aber jetzt, als er sie aussprach, trafen sie doch in ihr Herz. Allerdings fühlte sie sich nicht so verletzt wie in Davos.

„Deine Gedanken über Heirat", Lionels Stimme klang beinahe gleichgültig und herablassend. „Diese Gedanken kann ich im Moment nicht teilen. Vielleicht später einmal, aber noch nicht jetzt. Wenn du mich näher kennen lernen möchtest, dann lade ich dich ein, drei Monate mit mir in Australien zu verbringen. Ich verspreche dir: solltest du das tun, so werde ich dir ein besserer Freund sein, als ich es im Moment sein kann."

Audrey nickte und lächelte. „Genau das habe ich mir gedacht. Ich bin über deine Gedanken nicht so verblüfft, wie du glaubtest. Irgendwie ahnte ich, was du sagen würdest. Irgendwie konnte ich schon immer in dir lesen wie in einem offenen Buch. Die Idee mit der Heirat stammte übrigens von dir!"

Lionel schluckte. Ihm fiel nicht mehr ein, wann er das gesagt hatte. Vielleicht hatte der hohe Fernsehkonsum dazu beigetragen, dass er vergesslich wurde.

„Ich wollte dir nur sagen: verschließe dich nicht gegenüber anderen Männern", beendete er seinen Vortrag. „Klammere dich nicht in Gedanken an einen Freund in Australien. Wenn du einen netten Mann in Deutschland kennen lernst und du eine Beziehung mit ihm eingehen willst, dann lasse es zu. Ich werde dir nicht böse sein."

Audrey nickte.

Sie stiegen aus dem Auto. Lionel verschloss es sorgfältig und trottete zu seinem Elternhaus. Audrey folgte ihm. Sie dachte wieder viel nach.

Wie sollte sie sich entscheiden?

21. Kapitel

Am nächsten Tag bereits wusste Audrey genau, was sie Lionel antworten würde, wenn er nochmals ihre gemeinsame Zukunft zur Sprache bringen würde.

An diesem Tag fuhren sie über die regennasse Autobahn nach Katoomba. Endlich würde Audrey die „Blauen Berge" etwas genauer kennen lernen – nicht nur als Zwischenstopp wie auf ihrer Reise nach Orange.

Lionel wollte ihr heute die berühmten „Three Sisters" (drei Schwestern) zeigen. Darauf freute sie sich.

In der vergangenen Nacht hatte Lionel schlecht geschlafen. Rückenschmerzen plagten ihn während der ganzen Nacht. Selbst ein Konzert der „Electric Hippies", das er mit Audrey gestern Abend noch angesehen hatte, vertrieb die Schmerzen nicht. Sie peinigten ihn heute noch. So als stächen ihn tausend Nadeln.

Die australische Popgruppe „Electric Hippies" produzierten im Moment einen Hit nach dem anderen. Selbst in Europa zählten sie mit ihrer Single „Greedy People" zu den vielversprechenden Neuentdeckungen auf dem Popmusikmarkt.

Nach dem entscheidenden Gespräch gestern Abend hatten Audrey und Lionel ihre Liebesbeziehung weitergelebt wie bisher. Vor dem Schlafengehen kroch Lionel in Audreys Bett. Sie ergötzten sich beide an ihren Körpern und kosteten ihre sexuellen Höhepunkte aus. Ihre Leidenschaft schien erhaben zu sein über die Realität. Nichts, nicht einmal ihr ernstes Gespräch hatte ihre Lust aufeinander trüben können.

Jetzt aber war der Zeitpunkt gekommen, einiges klarzustellen, fand Audrey. Warum nicht heute – einen Tag nach den klärenden Worten, mit denen Lionel über ihre gemeinsame Zukunft hart, aber bestimmt, ein Urteil gesprochen hatte.

„Nochmals, Lionel, die Idee mit der Heirat stammte von dir, nicht von mir!" Audrey blickte auf die schnurgerade Autobahn, die sie nur gegen Autobahngebühr befahren durften. Aber es lohnte sich, zwei australische Dollar dafür zu entrichten. Man kam wesentlich schneller zum Ziel als auf den nie enden wollenden, kurvenreichen australischen Landstraßen.

„Wirklich?" Lionel schüttelte ungläubig den Kopf.

Die Rückenschmerzen hielten ihn wach, er fühlte sich wie ein Fakir, der sich zum ersten Mal auf ein Nagelbrett setzt. Ansonsten wäre er auf der Stelle eingeschlafen. Unbedingt musste er morgen eine Massage über sich ergehen lassen! Die kühlende Salbe half nicht – vielleicht aber wirkten die sanften Hände eines Masseurs Wunder?

„Du brachtest den Heiratsgedanken ins Spiel, als du dich 1993 von mir verabschiedet hast", meinte Audrey ruhig und sachlich. Warum stand Lionel nicht zu seinen Worten, warum wälzte er jegliche Verantwortung auf sie ab? Oder war er wirklich so vergesslich?

Audrey wusste es nicht. Andererseits wollte sie Lionel heute keine allzu harte Behandlung zumuten. Der Arme war schrecklich müde. Und er hatte sich trotz starker Schmerzen aufgerafft, mit ihr in die „Blauen Berge" zu fahren. Dafür war sie froh und dankbar.

„Was ich sagen wollte", spann Audrey ihren Faden weiter. „Die Idee, dich drei Monate in Australien zu besuchen, dich näher kennen zu lernen, auch im Alltag, klingt vernünftig. Allerdings müsste ich dafür meine Arbeitsstelle aufgeben."

Lionel zuckte etwas. Als ob er auf einen Gartenzaun gefasst hätte, der unter Strom stand. Jedoch umfassten seine Hände immer noch ruhig und sicher das Lenkrad.

„Wirklich? Ich dachte, es sei kein Problem, sich drei Monate beurlauben zu lassen!"

„Wenn man beim deutschen Staat arbeitet, dann ist das ohne weiteres möglich", berichtigte ihn Audrey. „Es gibt allerdings kaum eine Firma, die ihren Mitarbeitern drei Monate Urlaub am Stück gewährt."

Lionel seufzte laut.

„Nein, meinetwegen solltest du keinesfalls deine Arbeitsstelle aufgeben! Vielleicht sollte ich mich drei Monate beurlauben lassen? Aber dann säße ich in Deutschland fest. In einem Land, dessen Sprache ich nicht beherrsche. Für uns beide käme allerdings nur Australien in Frage…"

Er dachte nach und konzentrierte sich schweigend auf die Straße. Stumm wie Fische saßen sie nebeneinander, fühlten nur ihre Anwesenheit, ihren Atem. Aber jeder hing seinen eigenen Gedanken nach. Warum war es nur so kompliziert, eine Liebe zwischen zwei Kontinenten zu realisieren, ohne gleich zu heiraten? Wie viele Leute setzten sich ein, dass endlich überall Homosexuelle und Lesben untereinander heiraten konnten. An die armen Frauen und Männer, die ihre Liebessehnsüchte zwischen zwei Kontinenten ausfochten, dachte niemand! Jeder von ihnen sehnte sich nach dem anderen Geschlecht – so, wie Gott es geplant hatte. Aber sie lebten voneinander so weit entfernt, dass ihre Sehnsucht sie ständig quälte.

Audrey und Lionel wechselten das Thema, nachdem Lionel bemerkt hatte, dass er nach einer Lösung suchen werde. Vielleicht ergab sich ja eine Lösung, wenn Audrey wieder in Deutschland war?

Sie erreichten die „Blue Mountains" und stoppten in Leura. Leichter Nieselregen hüllte die Landschaft wie in einen Schleier. Die Stadt gefiel Audrey. Nur die Aussicht auf die umliegenden Berge war sehr schlecht.

Audrey und Lionel schlenderten durch einige Läden. Diese hatten an diesem Sonntag geöffnet, um die Touristen länger in Leura zu halten. Später suchten Audrey und Lionel ein Restaurant. Leider waren alle Restaurants wegen des Regens komplett besetzt.

Sie wateten durch den inzwischen weich gewordenen Boden zum Parkplatz, kratzten sich den Dreck von den Sohlen, stiegen in Lionels Auto und fuhren in Richtung Katoomba.

Auf einmal stießen sie auf ein reizvolles Restaurant, namens „Fork'n View". Dieses Restaurant erwies sich als Glückstreffer. Geduldig erklärte eine Kellnerin jede Mahlzeit, die auf dem Speisezettel stand. Man bot gesunde Kost an – mit Sprossen und Körnern, geschmackvoll zubereitet. So geschmackvoll, dass man jeden Vollkorngegner leicht zu dieser Art von Ernährung bekehren konnte.

Während Audrey und Lionel köstliche Pfannkuchen, gefüllt mit Linsen, dazu Kartoffeln und anderem Gemüse, verspeisten, plätscherte Musik von Enya in ihre Ohren. Und Audrey fühlte sich zurückversetzt in ihren Urlaub in Irland vor drei Jahren.

Frisch gestärkt machten sie sich auf zum „Echo View". Das ist ein Aussichtspunkt, von dem aus man normalerweise eine einzigartige Sicht auf die „Three Sisters" genießen kann. „Three Sisters" – drei Schwestern – so heißen drei Felsen, über die eine Sage existiert. Lionel erzählte sie so:

„Drei Schwestern eines Aborigne-Stammes verliebten sich in drei junge Männer eines anderen Stammes. Wegen der Gesetze des Stammes durften sie allerdings nicht heiraten. Tapfer kämpften die drei jungen Männer um ihre drei geliebten Frauen. Aber vergeblich. Eine Hexe verwandelte die Schwestern in drei Felsen. Und bis heute wurden diese ‚three sisters‘ – drei Schwestern – nicht zurückverwandelt."

Versonnen starrte er in die Nebelwand, hinter der sich diese drei Felsen verbergen mussten.

Audrey erschauerte, obwohl sie diese Geschichte bereits kannte. Was für armselige Kreaturen! Drei Schwestern, ohne Aussicht, ihre Liebe zu leben. Hatten Audrey und Lionel es in dieser Hinsicht besser?

Lionel stapfte kurzentschlossen in die Richtung, wo er die „Three Sisters" vermutete.

„Es hat keinen Sinn, wenn wir uns hier am ‚Echo Point‘ die Beine in den Bauch stehen und warten, bis der Nebel sich lichtet", sagte er schließlich. „Vielleicht sehen wir diese drei berühmten Felsen, wenn wir näher an sie herangehen. Schon 20 Male bin ich hier gewesen – aber noch immer kenne ich mich nicht richtig aus!" Ärgerlich schüttelte er den Kopf. Seine Heimat verblüffte ihn augenscheinlich immer wieder. Dabei hatte er vor Audrey als perfekter Fremdenführer glänzen wollen.

Sie stapften unter dichten blauen Eukalyptusbäumen hindurch, und Audrey erspähte überrascht einige bunte Papageien, die munter umherflatterten.

„Schau nur, Lionel! Papageien!"

„Davon gibt es hier etliche", antwortete er ungerührt. „Sie fühlen sich in den ‚Blauen Bergen‘ wie zu Hause."

Was für Lionel als Australier ganz natürlich war, versetzte Audrey in helles Entzücken. Sie zog ihren Fotoapparat aus dem Rucksack und fotografierte die roten Papageien, die auf den Ästen der Eukalyptusbäume thronten und sich wie Farbkleckse in dem unendlichen Blau abhoben.

Der Regen hatte aufgehört, die Sonne blitzte durch die Zweige des dichten Eukalyptuswaldes hervor. Die Regentropfen, die noch an den Blättern hingen, glänzten wie Bergkristalle, bevor sie langsam von der Wärme der Sonnenstrahlen aufgesogen wurden.

Audrey und Lionel erreichten das Ende des Weges, einen anderen Aussichtspunkt. Suchend starrte Lionel in die Luft, auf einen riesigen Felsen, der sich vor ihm auftürmte. Dahinter befand sich ein zweiter Felsen.

„Ich weiß, diese ‚Three Sisters' stehen hier irgendwo herum. Aber wo?" Die Rückenschmerzen plagten Lionel. Außerdem ärgerte er sich über seine Erfolglosigkeit. Er wollte doch seiner Freundin aus Europa eine atemberaubende Felslandschaft zeigen – und dann machten Regen und Nebel all seine Pläne zunichte!

Unten vor dem ersten Felsen schritten Leute auf und ab – sie hatten diesen Felsen über einen anderen Weg erreicht. Audrey starrte konzentriert auf eine Reihe von Farbpostkarten, die sie in einem Souvenirshop gekauft hatte. Darauf waren etliche Ansichten der „Blauen Berge" und den „Three Sisters" zu finden. Ruhig verglich Audrey die Fotografien mit den Felsen, vor denen sie standen.

„Lionel", meinte sie schließlich. „Schau' doch nur auf diese Postkarte! Dieses Bild der ‚Three Sisters' sieht genauso aus wie die beiden Felsen, vor denen wir uns befinden. Der dritte Felsen ist hinter dem zweiten versteckt, allerdings durch den Nebel im Moment nicht sichtbar!"

Verdutzt blickte Lionel auf das Bild, das ihm Audrey triumphierend unter die Nase hielt. Dann wieder auf die beiden Felsen, die vor ihnen aufragten.

„Du hast recht!" Er lachte laut los. War er denn blind gewesen?

„Hier stehen die ‚Three Sisters', von der Seite gesehen, direkt vor unserer Nase. Und wir hätten sie beinahe nicht erkannt! Von dieser Position habe ich diese Felsen allerdings noch nie gesehen!"

Sie kehrten wieder zum „Echo Point" zurück, von dem aus man plötzlich eine sagenhafte Aussicht auf die „Three Sisters" genoss. Audrey schoss ein Foto nach dem anderen – mit und ohne die hübschen „Bottle Brushes" im Hintergrund.

Wir erinnern uns: „Bottle Brushes" – übersetzt „Flaschenbürsten" – sind australische Pflanzen. Sie haben tatsächlich Ähnlichkeit mit Flaschenbürsten. Solche Pflanzen wucherten massenhaft direkt hinter dem Geländer des Aussichtspunktes.

Zufrieden gingen Audrey und Lionel zum Auto zurück.

„So – nun hast du die ‚Three Sisters' gesehen!" Lionel ließ den Motor an. „Ein Erfolgserlebnis! Gerne würde ich noch nach Blackheath fahren. Dort bin ich als Kind einmal in den Swimmingpool eines Hotels gefallen. Er würde mich interessieren, ob dieses Hotel noch existiert."

„Warum bummeln wir nicht durch Katoomba?", fragte Audrey. Ihr gefiel diese Stadt, über die eine Seilbahn leicht und elegant zu diversen Aussichtspunkten schoss.

„Wir haben keine Zeit dazu", antwortete Lionel. „Du weißt doch: Heute Abend sind wir bei den Eloys zum Essen eingeladen!"

Ach ja – diese Eloys! Audrey hatte absolut keine Lust, diese Leute kennen zu lernen. Hatte Lionel in seinen Briefen diese Libanesen nicht eher negativ geschildert? Als Leute, die ihm seine Freundin in Deutschland nicht gönnten?

„Lieber sollten wir durch Katoomba bummeln und dieses Abendessen ausfallen lassen!", brummte sie ungehalten.

„Audrey, bitte!" Sanft legte er seinen Arm auf ihr Knie, um sie zu beruhigen. Die erste Geste der Liebe von ihm am heutigen Tage, nach vielen Diskussionen über ihre gemeinsame Zukunft. Falls es je eine solche geben sollte.

„Glaub' mir – du wirst es nicht bereuen, die Eloys kennen gelernt zu haben!", rief er. „Sie sind nette Leute, du wirst sie mögen!"

Lionel setzte seinen Willen durch, und Audrey beugte sich. Blackheath entpuppte sich eher als unscheinbarer Ort. Sie fanden tatsächlich den Swimmingpool, den Lionel meinte – und das dazugehörige Hotel. Audrey träumte jedoch von einem Bummel durch Katoomba. Ein Traum, den sie begraben musste.

Zähneknirschend wartete sie auf das Abendessen bei den Eloys.

22. Kapitel

Audrey schloss die Augen, als Lionel bei den Eloys im Sydneyer Stadtteil Meadowbank klingelte.

„Nur hindurch", dachte sie. „Es ist beinahe wie eine Operation. Bald ist alles vorbei!"

Die Wohnungstür in dem großen grauen Mietshaus, wo die Eloys wohnten, öffnete sich. Audrey würde präsentiert werden wie auf einem Tablett, zur Schau gestellt werden wie auf einem Pferdemarkt. Sie verabscheute solche Gedanken. Warum musste sie herumgereicht werden nach dem Motto: „Schau nur, das ist Lionels Freundin aus Deutschland!"

Eine nette Libanesin mit dunklem Teint, rabenschwarzen Haaren und braunen Augen empfing sie:

„Guten Abend! Da seid ihr ja beide. Lionel – und das ist wohl Audrey aus Deutschland? Herzlich willkommen!"

Audrey nickte artig. Hinter Lionel schlich sie in die Wohnung. Aleyna, Samis Frau, die ihnen die Tür geöffnet hatte, wirkte überhaupt nicht wie eine Muslimin. Nein, eher australisch, bekleidet mit Jeanshosen und einem schwarzen T-Shirt.

Die Wohnung war geräumig, peinliche Ordnung herrschte. Man spürte, dass Aleyna ständig mit dem Staubtuch unterwegs war. Kein Staubflöckchen schien ihren scharfen Augen zu entgehen. Ständig huschte sie wohl mit dem Staubsauger über den dezent gemusterten Teppichboden, schrubbte die Küche intensiv, so dass man mit gutem Gewissen selbst vom Boden essen konnte.

„Setzt euch doch!" Aleyna wies auf die schwarze Ledercouch, die zwei Kissen mit weinroten orientalischen Mustern zierten. „Sami wird gleich heimkommen. Er ist noch unterwegs. Das Essen ist bald fertig. Es gibt Pizza, Salate und libanesisches Brot."

Sie rieb sich die Hände und verschwand wie ein Wirbelwind in der Küche. Audrey und Lionel nahmen Platz. Nervös spielte Audrey mit einem Kissen. Ein ungefähr zweijähriger Junge erschien – unverkennbar Aleynas Sohn, mit dem gleichen Gesichtsausdruck, den gleichen braunen Augen und schwarzen Haaren. In seiner Hand hielt er eine bunte Spielzeugpistole. Lionel lachte. Er nahm dem Jungen sanft die Pistole aus der Hand und schoss zum Spaß in die Luft. Mit einem Knall, ähnlich dem, wenn man eine Sektflasche entkorkt, löste sich ein Pfropfen. Ein Pfropfen, der von einer Schnur gehalten wurde, die sicher an der Pistole hing.

Lionel und der Kleine lachten. Audrey blickte düster drein wie eine Gewitterwolke. Sie fühlte sich wie vor einem Pranger. Nein, sie würde sich von diesen Leuten nicht einwickeln lassen, sich von ihren Reizen und falschen Freundlichkeiten nicht einfangen lassen. Irgendwie mussten sie gefährlich sein. Ihr Verdacht verstärkte sich, als Sami auftauchte. Er verlor allmählich seine Haare, eine Alterserscheinung. Dabei war er noch nicht einmal 40 Jahre alt. Das Licht des Deckenlüsters schien auf seine Halbglatze.

Im Gegensatz zu Lionel, der dauernd mit seiner Unentschlossenheit glänzte, wusste Sami genau, was er wollte. Das spürte Audrey im ersten Moment, als sie ihn sah. Sie fühlte sich unbehaglich.

Das Essen jedoch schmeckte hervorragend. In Aleyna steckte eine Meisterköchin und eine perfekte Hausfrau. Und noch schwieg Audrey, während Sami Lionel in eine Unterhaltung verstrickte. Nebenher handelte Sami mit Fisch – hatte Lionel nicht Lust, auch mit Fisch zu handeln?

Eifrig schüttelte Lionel den Kopf und mahnte seinen Freund zur Zahlung seiner Schulden. Seit drei Monaten war keine Rückzahlung in Raten mehr erfolgt.

Sami wurde rot wie eine Tomate.

„Die Geschäfte in letzter Zeit, Lionel,...", murmelte er. „Aber ich bemühe mich, wirklich!"

Lionel knurrte und folgte später Sami in den Keller. Bereitwillig hatte er sich erklärt, seinem Freund beim Abladen einiger Kisten zu helfen. Zäh biss er seine Zähne zusammen, seine Rückenschmerzen plagten ihn nämlich immer noch.

Audrey blieb alleine mit Aleyna im Wohnzimmer. Sie wusste nicht, was sie hier alleine tun sollte und starrte Löcher in die weißgetünchte Decke. Sehnlichst wünschte sie, Lionel würde bald zurückkommen und mit ihr in sein Elternhaus zurückkehren. Dorthin, wo sie vor Aleynas Adleraugen sicher war, die sie ungeniert von oben bis unten musterten.

„Wie lange kennt ihr euch schon – du und Lionel?", fragte Aleyna und entblößte strahlend weiße Zähne. Sie würde diesen Teil des Abends genießen, an dem sie Audrey aushorchen konnte.

Audrey fühlte sich wie bei einem Verhör. Verhört von einer Polizistin, obwohl sie – Audrey – sich keines Verbrechens schuldig gemacht hatte.

„Im Juni kennen wir uns neun Jahre!", antwortete sie.

„Solltest du eines Tages nach Australien ziehen, wirst du kaum Probleme haben, eine Arbeitsstelle zu finden!", meinte Aleyna. „In Australien genügt es, gut zu sein. In Deutschland dagegen muss man perfekt sein. Weißt du, die Australier sind oft unmotiviert. Europäer dagegen sind motivierter – sie wollen wirklich arbeiten und Leistung zeigen!"

Audrey schwieg, während Aleyna Australien als DAS Wunderland schlechthin schilderte. Ein Wunderland, in dem jeder willkommen war. Das Wunderland, in dem man mit nur ein wenig Motivation und Leistungswillen viel erreichen konnte. Aber waren die Zeiten für motivierte Einwanderer nicht schon längst vorbei? Wurden nicht andere Kriterien zur Bewilligung einer Aufenthaltserlaubnis herangezogen? Glaubte man Aleynas Worten, konnte jeder ungehindert, in diesen großen schönen Kontinent einwandern, wenn er wollte.

„Ja, ja", antwortete sie nur, denn sie mochte diese Unterhaltung nicht. Diese Eloys wussten einfach zu viel, sie verstanden nichts vom natürlichen Keim einer Liebe zwischen einer Europäerin und einem Australier. Warum nur hatte Lionel sie so tief in seine Liebe eingeweiht?

Audrey seufzte – und Aleynas Worte hallten in ihr nach. Anscheinend wusste kein Australier, welche Beschränkungen die Regierung Einwanderern auferlegte. Audrey hatte irgendwo gehört, dass nur noch Leute bestimmter Berufsgruppen einwandern durften. Oder Leute, die viel Geld besaßen. Wie Joachim Fuchsberger, ein deutscher Schauspieler und Moderator, zum Beispiel. Allerdings hatte Herr Fuchsberger auch jahrelang in Deutschland geackert, um sich einen hübschen Lebensabend im Traumland seiner Wahl leisten zu können!

Konnte sie Lionel Vorschriften machen, wem er etwas erzählte? Aber er musste sich auch Fragen stellen, wie „Wie sieht eure gemeinsame Zukunft aus? Wollt ihr heiraten?" Solche unangenehmen Fragen, die alle seine Freunde beantwortet haben wollten, denen er von seiner Liebe erzählt hatte.

Audrey hatte doch eine schlechte Erfahrung mit Isabella von Schlichting hinter sich. Lionel schien – ihrer Meinung nach – blind zu sein. Warum weihte er so viele Leute in ein Geheimnis ein?

Diese Gedanken schossen Audrey durch den Kopf wie Gewehrsalven, während Aleyna weiterhin versuchte, ihr Informationen zu entlocken. Audrey fühlte sich manchmal wie eine Zitrone, die gnadenlos ausgequetscht wurde. Warum musste sie, hier auf diesem schwarzen Ledersofa in einer Wohnung in Meadowbank, dafür büßen, dass Lionel vieles ausplaudern musste?

Schließlich kehrten Sami und Lionel zurück, und Aleyna verschwand in der Küche, um das Geschirr abzuwaschen.

Audrey atmete auf. Vorbei war ihr Verhör mit Aleyna. Sie fühlte sich bei den Eloys wie eine Angeklagte für ein Verbrechen, das sie nie begangen hatte.

Oder war es ein Verbrechen, in einen Australier verliebt zu sein?

Der Abend schloss mit einem gemütlichen Kaffee- und Teetrinken.

„Auch ich wurde von Sami ins Verhör genommen", gestand Lionel, als sie durch die Dunkelheit heimwärts fuhren.

„Wie lautete sein Urteil über mich?", fragte Audrey leise.

„Von der Statur her seist du zu groß für mich. Dazu noch eine Deutsche. Und so weiter." Er lachte. „Aber muss ich es nicht verantworten können, wie ich meine Freundinnen auswähle? Wenn man will, kann man an jedem und an allem einen oder mehrere Makel finden."

Audrey schwieg.

„Wie hat dich Aleyna ins Kreuzverhör genommen?", wollte Lionel wissen.

„Sie schilderte mir Australien als Wunderland. Ein Land, in dem noch jeder Europäer uneingeschränkt willkommen sei. Ein Land, in dem jeder, der nur ein wenig motiviert sei, eine Arbeit fände. Dann fragte sie noch, ob ich jemals Kinder haben wolle."

„Mütter sind wie besessen von ihren Kindern. Was hast du auf Aleynas Frage geantwortet?"

„Ich sagte, dass ich noch nicht wisse, ob ich Kinder bekommen will."

„Ebenso beharre nicht ich unbedingt auf Kindern – genau wie du, denke ich."

Audrey nickte Lionel zu. Sie waren wieder einer Meinung.

Warum also war dieses Kreuzverhör bei den Eloys nötig gewesen?

23. Kapitel

Lionel plante, seiner deutschen Freundin noch möglichst viel von Sydney und dessen zauberhafter Umgebung zu zeigen. Wenn sie in genau zehn Tagen in Deutschland landen würde, sollte sie erzählen können, sie habe beinahe alle Plätze besucht, die in ihrem Reiseführer erwähnt wurden.

Ihren Plan, nach Melbourne zu fliegen, begrub sie – wie Lionel mit Befriedigung feststellte. Melbourne bot sowieso nichts Sehenswertes, so war seine Meinung. Er teilte hier die Meinung vieler Bewohner Sydneys. Außerdem wollte er die Zeit mit ihr intensiv auskosten. Denn wann würden sie sich wiedersehen?

Gemeinsam spazierten sie zu den „Rocks", der ältesten europäischen Siedlung Sydneys. Diese Siedlung liegt am Hafen. Der Name „The Rocks" stammt von einem in Dawes Point endenden Sandsteinbuckel. Touristen aus nah und fern pilgerten und pilgern immer noch gerne dorthin, denn in „The Rocks" sah und sieht man historische Gebäude.

„Interessant, was man aus diesem Gebäude hier gemacht hat!" Audrey wies auf nebeneinander gebaute Backsteinhäuser mit spitz zulaufenden Dächern.

„Eine ehemalige Lagerhalle", vermutete Lionel. „Ich sollte mich näher erkundigen, wozu dieses Gebäude früher wirklich genutzt wurde."

Solche Lagerhallen hatte man kreativ mit Schiffsmasten geschmückt. So schuf man Schiffsatmosphäre im Hafen – und ein hübsches Ambiente für ein Straßencafé.

Wie verzaubert starrte Audrey auf die historischen Häuser im englischen Stil mit Giebeln, die wie umgekippte Ton-Blumentöpfe aussahen. Auch die „Harbour Bridge" erblickte man von „The Rocks" aus von einer ganz anderen Perspektive.

Plötzlich stießen sie auf die „Garrison Church", eine hübsche kleine Kirche, die aussah, als ob man sie hier vergessen hätte.

„Hier in Australien treten die Leute ebenso scharenweise aus den Kirchen aus, weil sie keinen Sinn mehr darin sehen, Kirchenmitglieder zu bliebn", hatte Lionel Audrey erklärt.

Die Ziel- und Sinnlosigkeit der Welt trieb die Leute aus den Kirchen, weil auch viele Pfarrer ratlos waren und nicht fähig, die heilbringende Botschaft des Evangeliums zu verkünden. Weiterhin existierten so genannte „Bibelkreise" in einigen Kirchen, die behaupteten, sie seien Christen. In Wirklichkeit jedoch tratschten und klatschten sie über ihre Mitmenschen. Solche Leute waren nur Marionetten von Egoismus, Habsucht, Eigensinn und Zerstörungswut. Sie waren keine Christen und brachten ebenfalls Leute zum Kirchenaustritt. Leider hatte das Audrey so erlebt und deswegen eine solche Meinung über viele Christen und Kirchen bekommen.

Die „Garrison Church" stand Touristen offen, die durch eine niedrige Holztüre traten und die historische Kirche bestaunten. Viele Tafeln und Bilder zeugten von Australiens Geschichte, Kämpfen und Triumphen, Dürren und Kriegen.

„Das ist nur eine alte Kirche!" Lionel machte eine wegwerfende Handbewegung, als er Audrey in die Kirche folgte. Welche historischen Sehenswürdigkeiten konnte er seiner Freundin zeigen? Einer Frau, die im geschichtlich überladenen Europa groß geworden war? Beinahe fürchtete er, Audrey würde ihn auslachen.

Audrey jedoch lachte nicht. Ihr gefiel diese kleine gemütliche Kirche mit ihrem warmen Licht und kalten, dunkelbraunen Holzbänken. Und ihr gefielen die Beweise australischer Geschichte, die an den Wänden prangten. Aufmerksam las sie alles, was es zu lesen gab.

„Setze diese Kirche nicht so herab!", tadelte sie Lionel. „Sie gefällt mir, ein richtiges Schmuckstück für diese Siedlung!"

Lionel entgegnete nichts. Wann hatte er diese Kirche zum letzten Mal betreten? Vor fünf Jahren? Wie schnell doch die Zeit verstrich!

Mit Audrey schlenderte er die Argyle Street entlang. Altertümliche Bauten säumten sie. Bauten, die für den jungen Staat Australien als altertümlich galten.

Irgendwo entdeckten sie eine Ausstellung australischer Maler und kletterten anschließend zum Observatorium hoch, von dem aus man eine völlig andere Sicht auf Sydney genießen konnte.

Die Dunkelheit erfasste die Stadt. In den Wolkenkratzern wurden die Lichter angeknipst. Wie zahlreiche Punkte, die wie

Glühwürmchen über das Wasser tanzten. Audrey und Lionel fuhren zum Spaß dreimal die große Rolltreppe hinauf und hinab, um den Blick auf „Circular Quay" bei Nacht zu genießen.

Clevere Schiffseigner schlugen Profit aus der stimmungsvollen Nachtbeleuchtung. Den Lichtern, die übers Wasser tanzten und dort mit den dunklen, beinahe drohenden Wellen verschmolzen. Man bot Hafenrundfahrten bei Nacht an. Das Opernhaus stand in einem besonderen Licht – wie umkränzt von einem Heiligenschein. Es erstrahlte in all seiner Pracht und zog bewundernde Blicke vieler Leute, die nachts noch unterwegs waren, auf sich.

Am nächsten Tag zeigte Lionel seiner Freundin einen Strand, den „Bronte Beach". Ein schönes Fleckchen Erde, der in Audreys Reiseführer nicht erwähnt war. Wie gut also, dass sie in Lionel einen Insider zur Seite hatte, der ihr auch Geheimtipps zeigte!

Die typischen australischen Häuser mit „architektonischen Ausschweifungen", wie zum Beispiel Säulen, Giebel oder kunstvoll geschnitzten Geländern, in poppigen Farben oder Einheitsweiß, versteckten sich hinter dem Meer von Eukalyptusbäumen. Ab und zu ließ dieses Meer einen verschämten Blick auf weinrote Dächer zu, ab und zu auch auf einige Dachfenster.

Der Strand war fast leer. Der „normale" Australier verdiente offensichtlich gerade sein Geld bei der Arbeit. Die Hausfrauen kochten und preschten mit einem Einkaufswagen durch einen Supermarkt.

Ja, Australien war irgendwie anders. Aber nicht gänzlich anders als Europa. Es lag zwar weit entfernt von Europa. Aber die Leute lebten ihr Leben ähnlich wie die Europäer – mit all den täglichen Arbeitssorgen, dem Stress, Gesundheits- und Familienproblemen. Romantik gab es nur am Feierabend oder im Urlaub oder am Wochenende. Dann allerdings wurde Entspannung großgeschrieben.

Audrey und Lionel fanden einen Weg, der zu mehreren Stränden führte. Der gelbe feine Sand verschluckte ihre Schritte, der Weg präsentierte sich in fahlem Grau. Er führte an Sand, Büschen und Klippen vorbei zu einem Strand, reizvoll in einer Bucht gelegen. „Tanarama-Beach" hieß er, er wirkte klein und unscheinbar im Gegensatz zu „Bondi Beach". Bondi Beach – dieser mondäne und ausladende Strand, gesäumt von einigen Luxushotels. Ab und zu fegten Windböen Sandkörner und Blätter auf den Weg.

Sie erreichten „Bondi Beach", der sich neben „Tanarama Beach" befand, aber wesentlich belebter war. Hier pulsierte das Leben. Leute waren unterwegs oder räkelten sich faul im Sand.

Lionels Favorit war eindeutig „Manly Beach" – ein weiterer Strand, den er seiner Freundin nicht vorenthalten wollte.

„Manly ist gemütlicher, familiärer", erklärte Lionel. „Ich denke immer, Bondi ist mehr ein Strand für die Oberschicht. Also nichts für den Normalbürger. Obwohl es auch in Manly schon Hai-Alarm gab."

„Hai-Alarm? Ich dachte immer, Haie tummeln sich draußen im Meer und wagen sich nicht in die Nähe von Stränden!"

„Das stimmt nicht." Lionels Hand zeigte auf rote Seile, die im Wasser tanzten. „Das sind Netze – Absperrungen im Wasser. Sie markieren, wie weit man schwimmen darf, und sie bieten normalerweise Sicherheit gegen Haie. Ab und zu allerdings kommt es vor, dass ein Hai diese Absperrung durchbricht. Obwohl unsere Strände sicher sind, sterben pro Jahr zwei bis drei Leute durch Unfälle mit Haien in der Nähe von Stränden in Australien." Er grinste. „Du glaubst gar nicht, was los ist, wenn Hai-Alarm gegeben wird! Scharenweise rennen die Leute aus dem Wasser wie die Ameisen, raffen schreiend ihre Sachen zusammen und verduften! Dabei könnten sie sich immerhin am Strand ausruhen – dorthin schafft es kein Hai!"

Sie aßen „Fish & Chips" (Fisch und Pommes Frites) in einem Schnellrestaurant und ließen sich dann auf einer Bank am Strand nieder. Lionel fielen auf einmal die Augen zu.

„Geh ruhig ein bisschen spazieren, Liebling!" Müde streichelte er ihren Arm. „Und wecke mich in zehn Minuten wieder!"

Er lächelte entschuldigend und schlief ein. Kein Wunder, die Rückenschmerzen waren immer noch da. Heute wollte er noch einen Masseur aufsuchen. Einen Masseur, der hoffentlich jene Rückenschmerzen mit seinen geübten Händen vertreiben konnte.

Audrey hüpfte durch den Sand wie ein übermütiges Reh. Sie betrachtete die badenden Personen, die in den Wellen sprangen, und sie blickte in ein Schwimmbecken, an dessen Wänden und Boden einige grüne Algen wucherten. Diese Schwimmbecken waren für Leute gedacht, die sich nicht ins Meer getrauten. An beinahe jedem Strand gab es solche Becken – eine gute Idee!

Audrey kehrte um und wanderte zu ihrem Freund zurück. Zärtlich weckte sie ihn und er küsste sie.

„Mal sehen, ob eine Massage helfen wird!", brummte er und stand stöhnend auf. Er nahm Audreys Hand. Gemeinsam wanderten sie zum Auto zurück und fuhren nach Strathfield.

Die Massage bei einem Masseur dort wirkte tatsächlich Wunder – Lionel wurde beinahe völlig von seinen Schmerzen befreit.

So genoss er in vollen Zügen die erste Liebesnacht ohne Schmerzen mit Audrey nach langer Zeit.

24. Kapitel

Wenn Audrey an ihren Rückflug nach Deutschland dachte, wurde sie traurig. Ihre letzte Woche auf dem „Fünften Kontinent" brach mit der Wucht eines Bumerangs herein. Noch eine Woche mit Lionel – und was würde danach passieren? Noch eine Woche voller Liebe, Harmonie und Entdeckungstouren. Und danach?

Sie wussten es beide nicht, aber sie konnten sich auch den Tatsachen nicht verschließen. In Deutschland wartete ein sicherer Arbeitsplatz auf Audrey, und Lionel wohnte in Sydney. Wie konnten sie beide für immer zusammenkommen, wie konnte man für beide eine zufriedenstellende Lösung auf ein- und demselben Kontinent, in ein- und demselben Land schaffen?

Warum war alles so kompliziert? Warum konnte man die Zeit der Urlaubstreffen nicht unterbrechen und in eine Zeit des ständigen Zusammenseins umwandeln?

Audrey und Lionel liebten sich jeden Tag genauso intensiv wie immer – so, als könne sie nichts auseinanderreißen. So, als seien sie für immer und ewig aneinandergeschweißt.

Lionel zeigte Audrey den „Bicentennial Park" im Stadtteil Homebush. Eine wunderschöne Anlage war das – weite Wiesen, auf denen so nach und nach das Gelände für die Olympischen Spiele im Jahre 2000 entstand. Ein beeindruckendes, riesiges Gebäude mit einem hochmodernen Hallenbad hatte man bereits fertiggestellt – noch weitere aufregende Stadien und Gebäude waren geplant.

Sie stiegen auf einen der hellblau bemalten Metalltürme, der mitten in einer liebevoll bepflanzten Anlage stand, mit einem Teich in der Mitte, weißen Bänken und bunten Blumen an beiden Seiten. Und sie spazierten durch einen Wald voller Mangrove-Bäumen. Audrey fühlte sich wie im Dschungel – schritt über Holzstege, während die dichten Bäume undurchdringlich und bedrohlich neben ihr wucherten.

„So muss es auch im Regenwald sein", dachte sie. „Nur ein Krokodil fehlt noch!"

Abends lud Lionel sie in das Restaurant im „Sydney Tower" ein. Der „Sydney Tower" war in den 1990er-Jahren das höchste Gebäude der Stadt, das einem Fernsehturm sehr ähnlich sah. Auf einigen Stockwerken fand man einige Geschäfte, ganz oben befand sich ein drehendes Restaurant.

„Als ich noch ein kleiner Junge war, begann man, einen Wolkenkratzer nach dem anderen zu bauen. Jedes Gebäude wollte das größte der Stadt sein", erinnerte sich Lionel. „Es schien, als wollten sich all die Banken, Versicherungen, Fluggesellschaften und andere Firmen, die die Wolkenkratzer bauten, gegenseitig ausstechen. So, als wollten sie sagen: Ich besitze das beste, das höchste und das schönste Gebäude Sydneys. Der ‚Sydney Tower' schließlich machte das Rennen!"

Audrey lauschte Lionels Ausführungen, während sie die faszinierende Aussicht genoss. Wieder gingen nach und nach die Lichter der Stadt an. Autos sausten wie Glühwürmchen auf den Straßen, die wie lange Stäbe aussahen. Die Lichter der Laternen und Gebäude lagen in der Stadt verstreut wie Sterntaler. Sydney, diese schillernde Weltstadt, lag den Besuchern des „Sydney Towers" förmlich zu Füßen.

Hinter den Gebäuden erstreckte sich endlos der Pazifik. Die „Harbour Bridge" wirkte beleuchtet wie eine goldene Haarnadel, die wie ein Pfeil zum anderen Ufer, zu North Sydney, hinüber schoss.

Das rotierende Restaurant drehte sich in der Stunde exakt um 360 Grad. Egal, wo man saß, man erhaschte einen Blick nach überallhin.

Lionel entrichtete eine Gebühr für sich und seine Freundin, und so konnten beide nach Herzenslust zwei Stunden lang von einem reichhaltigen Büffet essen.

Unzufrieden stocherte Lionel in seinem Steak herum.

„Ich hätte mir doch etwas anderes holen sollen! Das, was bei dir auf dem Teller liegt, sieht verlockend aus!"

„So esse ich immer, wenn ich mein Essen an einem Büffet wählen kann", erklärte Audrey. „Ich lege mir von jedem Gericht nur ein bisschen auf den Teller. Wenn mir eines davon nicht schmeckt, so gibt es sicherlich zehn andere Köstlichkeiten auf meinem Teller, die herrlich schmecken!"

„Eine gute Idee!" Lionel nickte anerkennend. „Dieses Steak ist wirklich zäh!" Ärgerlich stand er auf und schritt zum Büffet.

Nach wenigen Minuten kehrte er zurück - freudestrahlend. Er hatte etwas gefunden, was ihm schmeckte, und kaute zufrieden.

„Mich wundert es, dass nur Asiaten hier bedienen!", bemerkte Audrey. „Niemand, weder die Köche, noch die Leute vom Empfangspersonal sind Australier!"

„Die australische Regierung hat eine Zeitlang bewusst viele Leute aus Asien einwandern lassen", erklärte Lionel. „Weil diese Leute mehr und länger arbeiten als die Australier."

Audrey schüttelte den Kopf.

„Und – wie sieht es jetzt in dieser Hinsicht aus? Wandern immer noch so viele Asiaten in euer Land ein?"

„Wenn man hier lebt, denkt man, dass ständig neue Leute einwandern – bei den vielen Leuten aller Hautfarben und Kulturkreisen, die sich hier in der Stadt tummeln!" Lionel nippte an seinem Mineralwasser. „Aber natürlich wissen wir, dass viele von ihnen nur Touristen sind und auf Besuch in Australien weilen."

Die zwei Stunden im Restaurant flogen vorbei wie Herbstblätter mit dem Ostwind. Alle Gäste mussten aufbrechen. Neue Gäste warteten bereits an den Pforten auf Einlass. Gäste, die während der folgenden beiden Stunden die Menüs am Büffet probieren durften. Gäste, die während dieser Zeit die Aussicht auf Sydney bei Nacht genießen würden.

Audrey würde über den „Sydney Tower" allen ihren Freunden in Deutschland berichten.

25. Kapitel

Lionel fuhr mit Audrey zum „Palm Beach". Das ist ein Strand, ganz in der Nähe einer mondänen Siedlung. Einer Siedlung, in der nur reiche Leute lebten. Prächtige Villen standen an den Hängen über dem Strand und blickten über den endlosen Pazifik auf den Horizont, der sich ständig veränderte.

Lionels Füße in den weißen Turnschuhen spielten mit blauen, kleinen Gegenständen, die wie Plastiktüten aussahen.

„Shelly Fish", murmelte er. „Ihr Stich ist genauso schmerzhaft wie die Berührung mit einer Qualle." Er wandte sich an

Audrey. „Tritt nur nicht darauf! Ich denke, wir sollten lieber nicht im Meer schwimmen, sondern im Pool!"

Audrey nickte. Nie im Traum hätte sie geglaubt, dass jene „blauen Plastiktüten" tatsächlich Tiere waren! Tiere, die jedem Badenden das Meer „madig machen" konnten.

Gehorsam wich Audrey diesen „Shelly-Fish"-Tieren aus, die weit verstreut im Sand lagen. Langsam wurden sie vom Sonnenlicht ausgedörrt, ausgehungert – und starben. Audrey verspürte keine Traurigkeit deswegen.

Im, mit dunklem und klarem Meerwasser gefüllten, Swimmingpool drehte Lionel forsch einige Runden, obwohl das Wasser grausig kalt war.

Eine Australierin im roten Badeanzug versuchte, mit Audrey ins Gespräch zu kommen.

„Schönes Wetter heute – nicht wahr?", sagte sie.

Audrey, die auf der Steintreppe saß und ein Buch las, schreckte von der Lektüre auf. War sie gemeint?

„Ja, ich spreche mit Ihnen", fuhr die Australierin beharrlich fort. Sonnenstrahlen brachen sich in ihrer Sonnenbrille.

Die Dame war ungefähr 40 Jahre alt, schätzte Audrey. Wahrscheinlich genoss sie im Moment ihren Urlaub.

„Das Wetter ist wirklich schön!", stimmte Audrey zu. Sie wollte nicht unhöflich sein.

„Woher kommen Sie?" Die Dame strich sich ihre braunen Locken aus dem Gesicht.

„Aus Deutschland."

„Arbeiten Sie hier oder machen Sie eine Urlaubsreise?"

Ob sie hier arbeite? Diese Frage klang fast schon wie ein Kompliment für Audrey. Vielleicht ein Kompliment für ihr sehr gutes Englisch. Obwohl die Australier doch immer an Audreys Akzent errieten, woher sie kam.

Ihr Englisch schien – trotz Akzent – immerhin gut genug zu sein, dass sie sich in Australien damit ihren Lebensunterhalt verdienen konnte.

„Nein", Audrey lächelte. „Ich arbeite hier nicht. Ich verbringe meinen Urlaub in Australien. Ein schönes und beeindruckendes Land. Es ist übrigens das erste Mal, dass ich ein Land außerhalb Europas besuche!"

„Ihr Englisch ist wirklich fabelhaft!" Die Dame nickte beeindruckt. „Lernen Sie mehrere Sprachen in Europas Schulen?"

„Ja, ich lernte in der Schule Englisch, Französisch und Latein. Grundkenntnisse in Italienisch und Spanisch habe ich auch. Deutschland ist Mitglied der Europäischen Union. Deswegen ist es auch angesagt, dass man Fremdsprachen lernt."

„Wie beneidenswert!" Die Dame kam aus dem Staunen nicht mehr heraus und beugte sich leicht nach hinten, um einige Sonnenstrahlen auf ihre Haut zu lassen.

Lionel stieg aus dem Wasser, rubbelte sich die Tropfen von der Haut, die wie Perlen glänzten. Dann zog er seine Freundin liebevoll an sich.

„War es langweilig ohne mich?", fragte er und küsste sie.

„Nein!" Audrey schüttelte den Kopf, während ein Prickeln über ihren Rücken wanderte. Lionels Haut war eiskalt, sein Körper schien gestählt zu sein von dem Meerwasser im Pool.

„Ich hatte eine nette Unterhaltung mit der Dame dort drüben!" Freundlich nickte sie in Richtung ihrer Gesprächspartnerin, die ihr aufmunternd zulächelte.

„Willst du nicht ein paar Runden schwimmen, Liebling?" Sanft streichelte Lionel Audreys Arme und küsste sie wieder. Hinreißend sah sie aus, seine Freundin aus Deutschland. Hinreißend – in dem blau-schwarzen Badeanzug mit goldfarbenen Tupfen. „Leider ist das Wasser ziemlich kalt. Aber andererseits tut auch dir ein bisschen Schwimmen gut. Das Wasser wird deinen Kreislauf anregen!"

Sie folgte seinem Rat und watete zum Swimmingpool. Lionel beobachtete aufmerksam jede ihrer Bewegungen. Er sah, wie sie langsam die Treppen hinunter ins Wasser stieg, wie sie erschauerte, als das Wasser ihre Schenkel umspülte.

„Gib nicht auf!", schrie er ihr zu. „Je länger du darin schwimmst, desto wärmer empfindest du es!"

Audrey nickte tapfer. Sollte sie sich die Blöße geben und wieder aus dem Schwimmbecken springen – aus Angst vor ein bisschen kaltem Regenwasser? Nein, sie schwor sich, einige Runden durchzuhalten!

Mit stoischer Ruhe tauchte sie ihren Körper ins Wasser und fühlte sich wie in einem Kühlschrank. Kurz schloss sie die Augen, um die rieselnde Kälte, die ihren Körper mit Wucht erfasste, aufzufangen. Diese Kälte, die sich wie durch Wunderhand in wohlige Wärme verwandelte. So, wie es Lionel prophezeit hatte.

Ruhig zerteilten Audreys Arme das blaue Meerwasser, sie schwamm mutig einige Runden. Sanft umschloss das Nass ihren Körper wie eine schützende Schicht. Sie merkte, wie sie sich wohlfühlte.

Sie fühlte sich glücklich und stark, als sie aus dem Becken stieg. Sie hatte gesiegt – über ihre Angst und ihre Vorbehalte gegenüber kaltem Wasser. Glücklich setzte sie sich zu Lionel, ließ sich umarmen und genoss mit ihm diesen sonnigen Vormittag, während sie sich beide von der Sonne trocknen ließen.

Eine Stunde später machten sie sich auf zum „Whale Beach", einem anderen Strand. Dort erwartete sie wieder eine Invasion verendender „Shelly-Fish-Wesen." Dieser Strand wirkte lange nicht so mondän wie „Palm Beach", war aber deswegen nicht weniger reizvoll.

Schließlich landeten sie am „Bilgola Beach" – einem dritten Strand. Dieser lag still in einer Bucht, beinahe versteckt vor der Außenwelt. Oberhalb über den Felsen befanden sich einige Wohnhäuser. Eine kleine Siedlung, ruhig und verträumt.

Audrey und Lionel wateten durch den Sand. Sie hatten sich an den Händen gefasst und sahen dem Wellenspiel zu. Wasser, das sich sammelte, sich drohend aufrichtete, mit einer weißen Gischtspitze. Wasser, das mit aller Wucht der Gezeiten gegen den Strand geschleudert wurde.

Eine Dame ging mit ihren drei Schäferhunden spazieren. Schäferhunde, so groß wie Kälber, die ihre behaarten Pfoten vorsichtig in das Meerwasser tauchten. Außerdem fingen sie

Stöckchen und apportierten diese. Wie Bumerangs flogen die Stöckchen in die Luft – die Dame warf sie. Erfreut schnappten die Hunde nach den Stöckchen und brachten sie stolz ihrer Besitzerin. Eigentlich verbot ein Schild, dass Hunde am Strand herumtollten – aber nur wenige Australier hielten sich daran. Genau wie diese Dame.

„Hattest du heute einen schönen Tag, Liebling?", fragte Lionel wie so oft, als sie engumschlungen vor dem Fernseher saßen. Beinahe jeden Tag stellte Lionel diese Frage, obwohl er die Antwort kannte. Er wusste, dass alles, was er Audrey zeigte, sie in helles Entzücken versetzte.

Er wusste, dass sie ihren Australien-Urlaub einfach großartig fand.

„Ja!", rief Audrey strahlend und dachte wieder mit Wehmut an ihren Abschied, der fast vor der Tür stand. Aber sie verscheuchte diese Gedanken wie lästige Insekten.

Lionel küsste sie wieder und wieder, schaltete den Fernseher aus und zog sie sanft in sein Schlafzimmer. Sie ließ es geschehen, denn das, was er wollte, wollte sie auch. Sanft flossen sie hinüber in das Reich der Liebe und Leidenschaft. Ein Reich ohne Entfernungen – ein Reich im Jetzt, Hier und Heute.

Aber sie spürten beide, dass sie nicht mehr viel Zeit hatten.

26. Kapitel

„Manley Beach" ist ein berühmter Strand Sydneys und Audrey fand ihn sehr beeindruckend. Ein Kleinod im Bundesstaat New South Wales. Ein Strand, der auch in Wirklichkeit so aussah wie auf den bunten Postkarten.

Audrey und Lionel standen draußen an der Reling der „Manly-Fähre" und ließen sich den Wind durch die Haare wehen. Das Opernhaus, die „Harbour Bridge" und all die zahlreichen Buchten zogen an ihnen vorbei. Auch Quarantäne-Gebäude sahen sie.

„Dort werden alle Leute, die gerade aus Seuchengebieten kommen, aufgenommen", behauptete Lionel steif und fest.

Klang das nicht grausam? Aber die Australier hatten eine große Angst vor Seuchen.

„Bricht eine Seuche bei uns aus, stehen wir auf unserer Insel mehr auf verlorenem Posten als ihr auf dem Festland!", verteidigte Lionel die Politik seines Staates. Die Politik, dass Produkte aus Tieren und Pflanzen nicht eingeführt werden durfte. Bis zu einem bestimmten Maße jedenfalls. Wir erinnern uns: Natürlich darf man als Urlauber seine Baumwollkleidung mit nach Australien bringen!

Trotzdem fand Audrey es grausam, Leute wie Aussätzige in die Quarantänestation zu sperren. Solange, bis sie genesen waren und den australischen Gesundheitsgrundsätzen entsprachen.

Die Fähre legte am Stadtteil Manly an. Audrey und Lionel stiegen aus. Audrey liebte diesen Ort vom ersten Augenblick an. Sie liebte die lebhaften Einkaufsstraßen mit ihrem vielfältigen Warenangebot. Sie liebte die nett angelegte Fußgängerzone. Sie liebte die faszinierende Aussicht auf den Pazifik und viele Häuser am Ende des Einkaufsviertels. Und sie liebte den Strand, der ihr gelb und groß zu Füßen lag.

Lionel führte seine Freundin zu einem Swimmingpool am Rande des Strandes. Dort, wo es ruhiger war, weitab von den kreischenden Badegästen, die in den Wellen hüpften oder sich faul in der Sonne aalten. Lionel mochte keine Touristenansammlungen. So freute er sich, dass sie den Swimmingpool für sich alleine hatten.

Sie schwammen und saßen später auf einer Bank. Dort ließen sie ihre Badekleidung trocknen. Audrey beobachtete den Strand, auf dem sich viele Leute tummelten. Sie ließen sich dort in der Sonne braten. Ihre bunten Handtücher und Badeanzüge wirkten wie bunte Farbflecken auf dem goldgelben Sand. Ganz hinten vor einigen Gebäuden flirrten die Baumkronen hoher Eukalyptuspflanzen im Sonnenlicht.

Nahtlos floss der berühmte „Manly Beach" in den „Shelly Beach" über – ein gemütlicher kleiner Strand. Auch hier lagen Leute, aber nicht so viele wie am „Manly Beach". Viele Büsche wucherten am Rand. Gelbe Häuser lagen auf einem Hügel, ruhig und verträumt. Und am Ende des Strandes stand ein schönes Restaurant, das die Badenden zu einer Rast einlud.

Audrey und Lionel stürzten sich in die Wellen, die sich hier, in jener versteckten Bucht, gezähmt verhielten. Sanft schwappten die Wellen an den Strand. Und das Wasser war warm, wärmer als im Swimmingpool.

Nach dem erfrischenden Bad lagen Audrey und Lionel am Strand, berührten und küssten sich. Sie brauchten keine Worte dazu, jedem genügte die Anwesenheit des anderen, um sich wohl zu fühlen. Sanft zog die Sonne die Wassertropfen von ihrer Badekleidung.

Später kletterten sie durch das Dickicht hinter dem Strand und fanden sich auf einer faszinierenden Aussichtsplattform wieder.

„Hier war ich noch nie!", staunte Lionel und blickte um sich. Sie standen wieder vor dem Pazifik. Unten ragte eine Landzunge ins Wasser. Auf ihr standen viele Häuser, die langsam erleuchtet wurden und wie Edelsteine aussahen. Edelsteine inmitten dem blauen Meer der Dämmerung.

Und dann schmiegten sich Audrey und Lionel wider aneinander, schmeckten das Salz der Luft auf ihren Lippen. Das Salz des Pazifiks, das Salz Australiens.

Das Salz, das Audrey bald verlassen würde.

27. Kapitel

Der Rest von Audreys Urlaub am anderen Ende der Welt schmolz unerbittlich dahin wie Schnee im gleißenden Sonnenlicht. Warum nur konnte man die Uhren nicht anhalten? Warum konnte man die Zeit nicht zurückdrehen? Warum konnten schöne Momente nicht ewig dauern?

Am Samstag vor Audreys Abflug nahm sie Lionel mit nach Wollongong. Wollongong ist die drittgrößte Stadt in New South Wales. Eine Stadt, die nicht durch Schönheit, sondern durch Industrie glänzte. Hier gab es viele rote Backsteinbauten

– Firmengebäude und Lagerhallen. Touristen verirrten sich nur selten nach Wollongong.

Die meisten machten kurz vor Wollongong Halt – an einem der zahlreichen Aussichtspunkte, von denen aus man eine zauberhafte Aussicht auf viele Strände hatte. Strände, die bizarre Namen, wie „Thirroul-Beach" oder „Port Kembla Beach" trugen. Die Strände waren lange nicht so schön, wie zum Beispiel „Bondi Beach" oder „Manly Beach". So kehrten die meisten Touristen wieder um und stürzten sich in das Leben der Stadt Sydney.

Lionel jedoch fuhr aus einem anderen Grund nach Wollongong. Er plante, seinen Freund Ted zu treffen. Ted, ein lustiger Kerl, ein ehemaliger Arbeitskollege, der in seiner Freizeit leidenschaftlich gerne Fußball spielte. Genauso wie Lionel.

Ted würde auch heute spielen. Lionel brannte darauf, dieses Spiel zu beobachten, die Spannung zu spüren, die Leute umtreibt, wenn sie dem weißen Leder hinterher hechten. Er brannte darauf, die Fußballspieler mit Rufen anzuspornen und mit ihnen zu triumphieren, wenn sie ein Tor schossen.

Aber wie sollte er dies seiner Liebsten klar machen? Audrey, die nur ihm zuliebe Fußballspiele anschaute, aber nicht zu viele. Denn sie war kein großer Fußballfan.

Sie träumte davon, dass Lionel und Ted mit ihr zusammen durch Wollongong schlendern würden. Sie träumte davon, als sie mit Lionel Hand in Hand über die menschenleeren Strände „Thirroul Beach" und „Sandon Point Beach" schlenderte. Ein starker Wind wehte, so dass immer wieder Sand durch die Luft flog.

Die Gegend wirkte wie ausgestorben, obwohl es nicht regnete. Obwohl ein angenehmes, warmes Lüftchen wehte. Warum verschanzten sich die Australier hinter ihren vier Wänden?

„Ich habe mich mit Ted um 13 Uhr vor dem Stadion verabredet." Lionel blickte auf seine Armbanduhr und zog Audrey zu seinem Auto.

„Warum muss ich ihn kennen lernen?", maulte Audrey und sah wehmütig zu dem Strand zurück. „Ist er ein solch besonderer Freund?"

„Du wirst ihn mögen – er ist ein lustiger Kerl, stets zu Späßen aufgelegt!", beruhigte sie Lionel und küsste sie. Er fühlte sich wie in der Zwickmühle. Einerseits wollte er seine Freundin um sich haben, andererseits wollte er dieses Fußballmatch mit Ted nicht verpassen. Aber wie würde Audrey auf einen Nachmittag im Fußballstadion reagieren?

Sie fuhren durch die Stadt, durch den Wochenendverkehr, an den Autos vorbei, in denen Leute saßen, die ihre Samstagseinkäufe nach Hause fuhren. Lionel fand das Stadion und stellte sein Auto davor ab.

Lionel fasste seien Freundin an der Hand.

„Ted wird 20 Minuten spielen, dann wird er ausgewechselt. Anschließend gehen wir in eine Bar."

Audrey erwiderte nichts darauf. Auch nicht, als Lionel den Eintritt für zwei Personen für dieses Spiel entrichtete. 20 Minuten – was war das schon? Diese Zeit würde sie aushalten, um Lionels Willen. Um ihm eine Freude zu machen.

Sie trafen Ted im Stadion, als er sich warmlief. Audrey sah einen schlecht gelaunten rothaarigen Sportler, der in einer bunten Kluft steckte.

„Hallo, Ted!" Lionel schlug ihm herzlich auf die Schulter. „Wie geht es dir? Darf ich vorstellen? Das ist Audrey aus Deutschland!"

„Hallo Audrey!" Ted klang eher gelangweilt. Und lustig war er überhaupt nicht.

Audrey stutzte. War das jener Ted, von dem Lionel so geschwärmt hatte? Sicherlich war er ein hervorragender Fußballspieler, der konzentriert dem Ball hinterherrennen konnte. Eine Bereicherung für seine Mannschaft. Warum aber war er so übellaunig und genervt?

Die 20 Minuten verrannen schnell, aber Ted rannte immer noch auf dem Rasen mit anderen Spielern dem Ball hinterher.

„Du sprachst von 20 Minuten, Lionel!" Audrey blickte vorwurfsvoll. „Aber es scheint, als müsse Ted das ganze Fußballspiel bestreiten."

„Sein Mannschaftskapitän muss wirklich viel von ihm halten, wenn er ihn so lange spielen lässt!" Lionel war sichtlich stolz auf seinen Freund. Er wandte sich an Audrey.

„Liebling, ich wusste wirklich nicht, dass Ted länger als 20 Minuten im Einsatz ist!"

„Warum gehen wir nicht einfach?" Audrey trat ungeduldig von einem Fuß auf den anderen. Zu allem Überfluss begann es zu regnen, und die Zuschauer zückten ihre Regenschirme.

„Ich möchte nicht unhöflich sein!", sagte Lionel. „Weißt du, ich möchte mich nicht einfach davonschleichen, ohne Ted ‚auf Wiedersehen' gesagt zu haben!"

Das klang verständlich, und Audrey beruhigte sich vorerst. Zähneknirschend zwar, denn der Nachmittag war ohnehin verloren. Auch für die Fußballspieler, die über das matschige Fußballfeld rutschten.

Audrey hielt aus – auch wenn sie sich nach Sydney sehnte. Der Regen trommelte weiter auf die Schirme der Zuschauer. Er tropfte ebenfalls gegen das Dach des Kiosks, in dem sich Audrey eine Tasse Kaffee gegen ihre Kopfschmerzen kaufte.

Das Spiel endete nach einer gefühlten Ewigkeit. Ted war zu erschöpft, um überhaupt noch in eine Bar gehen zu können. Audrey atmete auf – sie hatte genug von diesem missmutigen Australier.

Lionel lief schuldbewusst neben ihr zum Auto.

„Ich wusste nicht, dass er so lange spielt – ehrlich!"

Audrey antwortete nicht. Sie hatte für Monate genug von Fußballspielen. Egal, ob sie in Australien oder in Deutschland oder woanders stattfanden.

Aber durfte sie ihrem Freund Vorhaltungen machen? Lionel, der wie selbstverständlich vier Wochen seines Urlaubs opferte, um ihr seine Heimat zu zeigen?

Nein, sie musste ihm dankbar sein für einen ihrer schönsten Urlaube.

Und sie war dankbar.

Als sie nach Sydney zurückfuhren, überraschte sie ein Gewitter. Trotzdem steuerte Lionel sein Auto zum „Port Kembla Beach". Einem Strand, den er noch aus seiner Kindheit kannte. Ein Strand mit einem riesigen Leuchtturm und einem breiten beigefarbenen Gebäude. Einem Gebäude, in dem sich die Badegäste umkleideten.

Lionel fand den Strand, obwohl sein Weg schon jahrelang nicht mehr dorthin geführt hatte.

„Es tut mir leid, dass dieser Tag für dich eine Enttäuschung war", meinte Lionel und stellte sein Auto am Straßenrand neben einer Siedlung ab. „Deswegen dachte ich, ich sollte noch nach einem besonders schönen Platz suchen – als kleine Entschädigung!"

„Das war nicht nötig – wirklich nicht!", wehrte Audrey ab. „Du tust so viel für mich – warum sollte ich Forderungen stellen?"

Er zog sie an sich, küsste sie lange und dann stiegen sie aus. Am Horizont zuckten Blitze, etwas Nieselregen fiel, aber das machte nichts aus.

Der Strand lag im Halbdunkel, der Leuchtturm blinkte, und beide spürten die romantische Atmosphäre.

„Sei mir bitte nicht böse wegen Ted!", flüsterte Lionel und streichelte Audreys Rücken. „Normalerweise steckt in ihm wirklich ein Komiker. Ich weiß auch nicht, was ihm heute die Laune verdorben hat!"

„Ich glaube dir", murmelte Audrey und gab sich ihm hin. Sie saugte an seinen Lippen und spürte seine Zunge in ihrem Mund. Und sie genoss die Wärme seines Körpers. Sie brauchten doch einander. Warum sollte also ein einziges Fußballspiel ihre Stimmung vermiesen?

„Schade, dass du deinen Urlaub nicht verlängern kannst!" Lionel blickte sentimental in ihre Augen, dann zu dem Leuchtturm, der stetig Signale an die Seeleute sandte.

Sie wusste nicht, was sie darauf sagen sollte. Lionel focht seine inneren Kämpfe aus, und sie focht ihre aus. Für sie beide war es schwer – mit jeder Sekunde schwerer, je näher ihr Abschied rückte.

Auf ihnen beiden lastete der bevorstehende Abschied wie ein Felsbrocken. Wie konnten sie diesen Zustand ändern?

28. Kapitel

Windsor war eine hübsche Kleinstadt, umrahmt vom Macquarie-River, einem Fluss. Außerdem umrahmt von einigen Feldern und Wäldern. Hier wirkte die Landschaft beinahe schon europäisch.

Windsor – eine „saubere Stadt, eine Macquarie-Stadt" – so priesen die Prospekte diese Region an. Die Region, die „Macquarie" hieß. So wie vieles, was man nach dem berühmten Gouverneur Macquarie benannt hatte.

Normalerweise lief das Leben in Windsor beschaulich ab. Es war eben eine Stadt, nach der kaum ein Hahn krähte. Auch wenn sie nach dem Nachnamen der englischen Königsfamilie benannt war.

An dem Mai-Sonntag, als Audrey und Lionel diese Stadt besuchten, geriet sie fast aus den Fugen. Sie feierte nämlich ein Stadtfest, wie man es nur selten dort erlebte. Geschah das, weil Muttertag war? Lionel wusste es nicht. Er war selbst verblüfft über den heutigen Trubel. Nein, davon hatte er nichts gewusst.

Windsor schien wie aus einem Dornröschenschlaf erwacht. Menschenmassen strömten durch die Straßen, flossen in geöffnete Geschäfte, die ihre Waren feilboten. Andere Menschen versammelten sich auf Wiesen und lauschten Sängern, die Lieder schmetterten. Wieder andere picknickten mit ihren Müttern und der ganzen Familie am Ufer des Nepean Rivers (das ist ein Fluss). Sie packten Leckereien aus ihren Körben und Taschen und genossen ihr Festmahl, während ein leichter Wind leise durch die Eukalyptusbäume säuselte.

Audrey und Lionel liefen durch die Stadt, genehmigten sich irgendwo echt australisches Eis und fuhren anschließend weiter nach Richmond, einer weiteren australischen Kleinstadt.

Dort herrschte sonntägliche Ruhe. Häuser, wie aus Wildwestfilmen entstiegen, reihten sich aneinander. Sie waren in Pastellfarben oder knalligen Tönen angestrichen. Ihre Dächer flirrten im hellen Licht des Tages.

Im Park hatte man eine alte Kanone zur Schau gestellt, ein schwarzes Ungetüm, eine Erinnerung an längst Vergangenes, an Krieg und an Siege, an Freud und Leid. Ruhige Alleen mit dicht belaubten Bäumen, deren Äste manchmal wie Zeltdächer wirkten, luden zu Spaziergängen ein. Bäume, deren Blätter in Herbstfarben wie bunte Tupfen an den Himmel gemalt zu sein schienen.

Lionel kramte in seinem Sammelsurium an Kleinstädten, denn er wollte Audrey noch etwas bieten, um ihren Urlaub hier unvergesslich zu machen. Für den Fall, dass sie eines Tages für immer nach Australien zöge, sollte sie schon jetzt einen optimalen Eindruck von Land und Leuten erhalten.

Am zweitletzten Tag ihres Aufenthalts fuhr er mit ihr in die Kleinstadt „The Oaks", was auf Deutsch „Die Eichen" heißt. Es handelte sich hier um eine ziemlich unbedeutende Stadt. Das war zumindest Audreys Meinung. In Deutschland würde man diesen Ort als „Dorf" bezeichnen. Ein Dorf, in dem noch weniger los war als in Windsor oder Richmond.

Ihr Zwischenstopp am „Nurraginy Reserve", einem Aussichtspunkt, der den Blick auf einen tiefblauen See freigab, mit dichten Wäldern im Hintergrund, versetzte Audrey jedoch wieder in Hochstimmung. Erinnerte jener Anblick nicht an den mysteriösen australischen Film „Picknick am Valentinstag"? Audrey liebte diesen Film.

Schließlich brach Audreys letzter Urlaubstag in Australien an. Sie trug es mit Fassung, sie wollte jede Sekunde genießen. Für Wehmut war heute noch keine Zeit.

Lionel lotste Audrey in einen Bus, der sich während der Fahrt mit Schulkindern aller Altersgruppen füllte. Schulkinder in unmodernen grauen, olivgrünen oder dunkelblauen Uniformen. Schulkinder, die sich artig auf die Plätze im Bus setzten oder lärmten, bis sie vom Busfahrer zurechtgewiesen wurden.

Wie unmodern diese Schuluniformen wirkten! Als stammten sie aus den hintersten Ecken der Schränke, wo sie offenbar schon seit 20 Jahren oder länger lagerten! Warum bot ein modernes Land wie Australien solche langweiligen Schuluniformen an? Blusenröcke und formlos herunterhängende Jacken! Hatte man da nicht etwas Besseres?

Lionel und Audrey verließen den Bus in „Watson's Bay", einer der zahlreichen Buchten Sydneys. Wieder ein faszinierender Ort, wenn auch etwas abgelegen.

Sie schlenderten vorbei an Büschen und Palmen, an ruhig daliegenden Einfamilienhäusern. Und sie blickten auf den Horizont. Dorthin, wo sich die Wolkenkratzer Sydneys in den Himmel erhoben. Stolz und selbstbewusst – genau wie Sydney und die Einwohner dieser Stadt.

Verträumt schaukelten bunte Boote auf dem blauen Wasser. Audrey nahm den Anblick der Bucht, der Wolkenkratzer, der Büsche und Häuser in sich auf. Zum letzten Mal. Denn sie wusste nicht, wann sie wiederkommen würde. Nach Sydney, dieser liebenswerten australischen Großstadt, die sie in ihr Herz geschlossen hatte.

Wieder unterhielt sie sich mit Lionel. Über ihren Aufenthalt, über die Leute, die sie getroffen hatte. Und über alle Sehenswürdigkeiten, die sie besichtigt hatte.

Audrey und Lionel waren sich einig: Ihr Urlaub war gelungen.

„Wenn du wiederkommst, wirst du Ted nicht mehr treffen!" Lionel lächelte und strich über sein türkisfarbenes Sweatshirt. „Ehrenwort! Ich habe gemerkt, dass dir dieser Tag keinen Spaß gemacht hat!"

„Das stimmt!" Versonnen sah Audrey über das Wasser und stieg hinter ihm auf das Felsplateau, von dem aus man noch eine bessere Aussicht auf die Bucht genießen konnte.

„Aber ich wollte nicht egoistisch sein. Immerhin hast du dich an diesem Samstag amüsiert – und du hast es verdient!"

Er umarmte sie. Wieder wehte der leichte Wind, der ihnen schon so vertraut war. So vertraut wie ein guter Freund, der sie immer begleitete.

Zum letzten Mal erlebte Audrey, wie die Nacht über Sydney hereinbrach, wie unzählige Sterne am Himmel leuchteten und sich mit dem flirrenden Licht aus den vielen Fenstern der Stadt mischten. Wie Weihnachten – bunt und getragen von den Wellen, bis hin zu dem Felsplateau, auf dem sie beide standen. Dem Felsplateau, auf dem sich Audrey und Lionel immer noch umarmten, küssten und streichelten.

Schließlich gingen sie zur Bushaltestelle und fuhren in die Stadt zurück. Audrey grüßte noch die breiten Einkaufsstraßen, die „Harbour Bridge", das Opernhaus und „Circular Quay." Plätze und Sehenswürdigkeiten, die sie nie vergessen würde.

„Ich werde nie den Eindruck loswerden, dass ich hier – in Australien – auch ein Stück Europa kennen gelernt habe!", dachte Audrey laut.

„Vergiss nicht – wir kommen alle ursprünglich aus Europa!" Lionel fasste ihre Hand.

Mit Lionels Eltern in Concord feierten sie Audreys Abschied. Bei australischem Wein und Lammkotelett. Es war ein lachender Abschied – voller Hoffnung auf ein Wiedersehen, auf ein nächstes Mal.

Auch Roger meldete sich. Er sandte Grüße durch das Telefon. Roger, den eine Erkältung ans Bett fesselte.

Wehmut senkte sich in Audreys Herz – langsam und schwer. Und diese Wehmut blockierte ihre Leidenschaft. So sehr, dass sie keinen sexuellen Höhepunkt erleben konnte.

29. Kapitel

Der Morgen brachte es Audrey knallhart zu Bewusstsein: Abreisetag. Ihr graute vor dem ungefähr 23-stündigen Flug nach Deutschland, dem Alleinsein – und natürlich dem Abschied von Lionel. Sie wusste: Er war das Liebste, das sie besaß. Aber sie konnte ihn nicht mitnehmen. Sie musste ihn in Sydney zurücklassen.

Tränen schossen ihr in die Augen – heiß, salzig und brennend. Sie schienen ihre Augen beinahe zu verätzen. Wie ungerecht diese Welt doch war! Audrey rief sich zur Vernunft, mahnte sich, standhaft und tapfer zu bleiben. Nur jetzt nicht weinen! Seit jenem „Tag der Wahrheit" in Davos hatte sie sich geschworen, nie wieder vor Lionel in Tränen auszusprechen.

Sie bemühte sich, die Tränen hastig herunterzuschlucken. Tränen, die ihre Kehle auf einmal verstopften wie Klöße. Tränen, die in ihrem Hals brannten wie Feuer, die Wunden rissen in ihrem Herzen. Wie ein unversiegbarer Quell rannen sie über ihre Wangen und tropften leicht auf ihre lilafarbene Sweatshirtjacke. Die Tränen verschleierten ihren Blick. So wie der unerbittlich prasselnde Regen draußen wie ein Vorhang über den Häusern der Nachbarschaft hing.

Sydney schien zu trauern, dass Audrey heimfliegen musste. Der Regen machte ihren Abschiedsschmerz nicht leichter. Es gab Pausen, in denen sie nicht weinte. Pausen, in denen sie ihrem Spiegelbild aufmunternd zulächelte. Aber das waren nur wenige Minuten. Minuten, bevor die nächsten Tränensturzbäche unaufhörlich aus ihr herausbrachen.

Lionel schlich in ihr Zimmer. Er küsste sie auf den Mund, sah ihre verquollenen Augen und fühlte den Salzgeschmack, der auf ihren Lippen war. Sie riss sich zusammen, rang sich ein gequältes Lächeln ab, um sofort wieder los zu schluchzen. Diese Minuten des Abschieds waren so kostbar, sie sehnte sich nach Lionels Körper, danach, seine Männlichkeit zu spüren. Andererseits war sie zu traurig, jegliche sexuelle Leidenschaft war durch den Abschiedsschmerz in ihrem Körper erstickt worden.

Lionel verstand sie so gut, aber er fühlte sich hilflos. Von irgendwoher zauberte er ein Taschentuch hervor, das sie auf ihre Augen presste. Er küsste ihre Tränen von den Wangen, tröstete sie, streichelte sie.

„Bitte, höre auf zu weinen! Wir sehen uns doch bald wieder!"

Bald? Wann und wo sollte dieses Wiedersehen stattfinden? Er wusste es selbst nicht. In seinem Kopf purzelten die Gedanken wild durcheinander wie Gegenstände, die von einer Lawine mitgerissen werden. Ein klarer Gedanke über ein Wiedersehen formte sich noch nicht. Er kam aber nicht los von dieser Frau, aber er wusste keine Lösung. Keine Lösung, die Audrey und ihn für immer zusammenbringen würde und jegliche Abschiedszeremonien ausschließen konnte. Nein, er war ratlos...

Heiraten wollte er nicht. Noch nicht.

Vom Himmel prasselten immer noch Regentropfen, als Audrey in Lionels Armen lag und ihre Tränen durch sein kariertes Flanellhemd sickerten.

„Es ist beinahe wie vor fünfeinhalb Monaten, als Lionel Aalen verließ", dachte Audrey wehmütig. „Derselbe Regen, dieselbe Traurigkeit. Nur – jetzt gehe ich."

„Komm, wir fahren zum Flughafen", schlug er vor. „Wenn du vor dem Flughafenschalter stehst, alle Formalitäten erledigst, dein Gepäck abgibst und so weiter, wird der Abschied vielleicht nicht so schwer. Weil du beschäftigt bist."

Nicht so schwer? Audrey bezweifelte das. Sie trottete hinter Lionel her, verabschiedete sich von seinen Eltern, die zu einem Ausflug in die „Blue Mountains" aufbrachen. Lionel würde die kommenden Tage allein sein. Alleine mit seinem Abschiedsschmerz.

Sie schaffte den Abschied von den beiden Nortons - Lionels Eltern – tapfer und ohne Tränen, mit einem dankbaren Lächeln. Wie schade, dass sie diese glückliche Zeit in Australien nicht für immer festhalten konnte! Diese Momente lebten nur in ihrem Herzen, in Tagebuchaufzeichnungen und auf Fotos.

Im Auto fühlte sie sich erschöpft. Nun ließ sie sich nur noch gehen, floss mit dem Tag, wie er kommen musste, mit.

Lionel bahnte sich seinen Weg hindurch an Blechlawinen vorbei zum Flughafen. Zielsicher steuerte er, er kannte den Weg im Schlaf. Auch er funktionierte nur noch – der Abschiedsschmerz hatte ihn tiefer getroffen, als er sich selbst eingestehen wollte.

„Ich habe mir Vorwürfe gemacht", gestand er. „Dafür, dass ich damals angefangen habe, dich zu küssen, dich zu streicheln, dich zu lieben. Im Oktober vor 18 Monaten. Sonst wären wir mit unserer Beziehung nicht an den Punkt gelangt, an dem wir heute sind. Außerdem habe ich gemerkt, dass ich kein guter Liebhaber sein kann. Wie kann ich das denn auch sein – bei der Entfernung, die uns normalerweise trennt? Ein guter Liebhaber sollte viel mehr Zeit mit seiner Freundin verbringen…"

Er schluckte und wusste nicht, wie er seine Rede fortsetzen sollte. Audrey antwortete nicht. Lionel hatte recht, die Liebe hatte einen Verlauf genommen, den sie beide nicht mehr unter Kontrolle hatten. Alles war menschlich, denn sie waren Menschen. Ihre Gefühle konnten sie nicht steuern, nicht mehr. Alles schien aus den Fugen geraten.

In Sydney schüttete es immer noch wie aus Kübeln. Wie Tausende von Tränen, die auf Lionels schwarzen Datsun prallten, die wie kleine Perlen für einen kurzen Moment liegen blieben und dann schnell herunter kullerten. Sie gesellten sich zu den Pfützen auf den Straßen und verschmolzen mit dem Wasser wie zu einer Einheit.

Endlich erreichten Audrey und Lionel den Flughafen. Lionel hievte Audreys schwarzen Koffer aus seinem Kofferraum und schleifte ihn in die Flughafenhalle, während Audrey den aufgespannten roten Schirm über Lionel und seine Last hielt.

Audrey riss sich zusammen, als ihr wieder die Tränen in die Augen schossen. Sie trabte hinter Lionel an den vielen Flughafenshops vorbei. Vor dem „Cathay-Pacific-Schalter" stellte sie sich in die lange Warteschlange. Es lenkte ab, all die wartenden Leute zu beobachten. Eine Gruppe junger Chinesen beispielsweise, die kichernd voneinander Fotos schossen. Oder gehetzte Ehepaare, deren Kinder ungeduldig am Rockzipfel hingen.

Lionel wartete mit dem tropfenden Regenschirm vor der Absperrung. Schließlich kam Audrey an die Reihe, zeigte ihr Flugticket und den Reisepass. Sie stellte ihren Koffer auf das schwarze Rollband. Der Computer der netten Dame am Schalter funktionierte nicht, und so ließ sie die Kofferaufkleber an einem anderen Computer ausdrucken.

Audrey erhielt ihre „Boarding Card" – eine Karte, die sie berechtigte, die 13-Uhr-Maschine nach Hong Kong zu betreten. Ihr Ticket für die Rückreise nach Hong Kong. Traurig gesellte sie sich wieder zu Lionel.

„Schade", schniefte sie und blickte auf die Uhr. „Nicht einmal mehr für einen Drink im Flughafenrestaurant reicht die Zeit! Gleich kann ich zum Flugzeug gehen."

„Wir haben die Zeit wirklich haarscharf kalkuliert." Lionel schüttelte erstaunt den Kopf. „Später hätten wir nicht zum Flughafen aufbrechen dürfen."

Zielstrebig schritten sie zum Ausgang – zu der Tür, die sie voneinander trennen würde. Audrey entrichtete noch 27 australische Dollars für Flughafensteuer an einem anderen Schalter und erhielt als Quittung einen Aufkleber auf der Rück-seite ihres Flugtickets.

Dann stand sie wieder Lionel gegenüber. Zum letzten Mal. Für wie lange? Sie wussten es beide nicht.

Dicke Tränen liefen erneut über Audreys Wangen und tropften auf ihren blauen Anorak. Lionel und sie hatten schon einige Abschiede hinter sich gebracht, aber dieser hier war der schwerste. Sie wussten nicht, wann sie sich wiedersehen würden.

„Ich reise nach Deutschland – bald!", raunte Lionel in Audreys Ohr und umfasste behutsam ihre Taille. Er legte seine Arme tröstend auf ihre Schultern. Wieder versuchte er, ihre salzigen Tränen weg zu küssen. Die Tränen, die nie zu versiegen schienen.

Audrey schluchzte. Die Worte brachen aus ihr heraus, stockend, unzusammenhängend. Sie würde Australien gleich verlassen. Und dann?

„Ich werde eine Lösung finden müssen!", murmelte Lionel bestimmt. „Nein, so kann es nicht weitergehen!" Seine Stimme brach beinahe.

Die Passagiere wurden aufgefordert, in das Flugzeug nach Hong Kong einzusteigen. Deutlich blinkten die Buchstaben hinten auf der Anzeigetafel. „Boarding", sagten sie – was so viel heißt, wie „einsteigen, bitte!"

Aber Audrey und Lionel hielten sich immer noch umarmt und küssten sich. Immer und immer wieder. Wie schön kann Liebe sein – aber wie sehr kann sie auch schmerzen! Liebe kann grausam sein, besonders, wenn zwei Menschen auseinander gerissen werden.

Zum letzten Mal strich Audrey andächtig über Lionels kariertes Flanellhemd. Sie spürte seine starken Schultern, streichelte seinen Rücken und die blonden gewellten Haare.

„Letzter Aufruf für die Passagiere nach Hong Kong!", blinkte die Anzeige auf der Tafel plötzlich. Es klang wie eine Drohung. Audrey riss sich los von Lionel, ein Kuss noch – und dann verschwand sie durch die Ausgangstüre.

Sie schämte sich der Tränen nicht, als sie mit ihrem Rucksack am Bodenpersonal zum Ausreiseschalter hastete. Jemand drückte einen Stempel in ihren Reisepass. Einen Stempel, der bescheinigte, dass sie hiermit Australien verließ.

Mechanisch schob sie einer lächelnden Asiatin ihren „Boarding Pass" hin. Wenige Minuten später saß sie im Flugzeug.

Tief atmete sie durch, trocknete hastig ihre Tränen und entspannte sich auf ihrem Sitz in der Economy Class (Touristenklasse).

Heimreise – die musste sie jetzt durchstehen. Aber ihre Gedanken und Gefühle waren immer noch bei Lionel. Lionel der durch den prasselnden Regen zurück in sein Elternhaus fuhr.

Über Sydney hingen immer noch Regenwolken – wie Tausende nicht geweinter Tränen -, als das Flugzeug sich in die Lüfte schwang.

In Audrey keimten immer noch die Tränen auf, die sie tapfer hinunterschluckte. Sie dachte an Lionels Worte, während sie versuchte, ihre Gefühle zu ordnen:

„Ich komme bald!"

Zweites Buch: Hoffnung?

1. Kapitel

Audrey saß im Flugzeug. Sie fühlte sich wie ein Roboter. Innerlich litt sie, innerlich weinte sie bitterlich – und nach außen hin gab sie sich normal gegenüber dem deutschen Ehepaar neben ihr.

Die beiden stammten aus Nordrhein-Westfalen, und Audrey konnte sich gut mit ihnen unterhalten. Das lenkte Audrey sehr gut ab, und sie war dankbar dafür.

In Australien hatte sie Deutsche gemieden, denn sie fühlte sich wohl unter den Australiern und gab sich ihren Landsleuten gegenüber nie zu erkennen. Genug Deutsche waren ihr begegnet – auf dem „Sydney Tower", im botanischen Garten und anderswo. Stets jedoch war sie untergetaucht. Lionel versetzte das in Erstaunen.

„Ich verstehe nicht, warum sich Deutsche im Urlaub meiden. Wenn wir Australier uns im Ausland treffen, begrüßen wir uns ausgesprochen herzlich. Wahrscheinlich, weil es nicht viele von uns gibt."

So unterschiedlich also verhalten sich Leute!

Das Essen wurde von den freundlich lächelnden chinesischen Stewardessen serviert. Audrey griff zu, obwohl sie keinen Hunger hatte. Zum Trinken wurde unter anderem australischer Wein gereicht.

„Unser Urlaub in Australien war fantastisch!", schwärmte die deutsche Sitznachbarin. Sie und ihr Mann mussten die 50 gerade überschritten haben. Zum ersten Mal hatten auch sie den „Fünften Kontinent" besucht. Mit einer Reisegruppe.

„Diese Reise war ein Volltreffer!", pflichtete der grauhaarige Gatte der Sitznachbarin bei. „Besonders der Service – alles tipp-topp organisiert!" Er spießte eine Kartoffel auf seine Gabel. „Die Hotels strahlten vor Sauberkeit und uns stand ein Mietwagen zur Verfügung. Aber nie wieder buchen wir einen Flug mit dieser Fluglinie!"

„Warum nicht?" Audrey setzte verdutzt ihre Kaffeetasse ab.

„Stellen Sie sich vor, auf dem Flug von Frankfurt nach Hong Kong vergaß man, uns das zweite Essen zu servieren!" Der Mann fuchtelte ärgerlich mit seinen Armen herum. „Wir wären beinahe verhungert!"

„Ja, haben Sie denn nicht protestiert?"

„Natürlich!" Der Mann nickte eifrig und griff nach seinem Weinglas. „Aber die Stewardessen fuhren mit dem Wagen voller Essen erst kurz vor der Landung auf – und mussten umdrehen, weil es sich nicht mehr lohnte!"

Audrey seufzte innerlich. Sie reiste nach Deutschland zurück und dieses Ehepaar neben ihr bereitete sie wieder unsanft auf die Deutschen und ihr Land vor. Hatten nicht die Deutschen ständig irgendwas zu meckern? Sie, Audrey, war mit der „Cathay Pacific" sehr zufrieden gewesen!

Aber sie hatte auch jede Mahlzeit im Flugzeug bekommen.

Audrey bemerkte ebenfalls, dass sie ihre Landsleute nicht immer verstand. Nach vier Wochen in Australien hatte sie schon beinahe eine australische Denkweise angenommen. Diese Deutschen neben ihr hatten Australier nur in Geschäften, Hotels und Tankstellen getroffen. Wie konnte man die ganze Zeit vorwiegend unter Deutschen weilen, wenn man in Australien war?

Welch großartiges Vorrecht hatte Audrey genossen, in Australien Leute zu kennen und in deren Familien wie eine enge Verwandte aufgenommen zu werden! So hatte sie vieles über die Australier und ihr Land erfahren. Vieles, was nicht im Reiseführer stand.

Das Ehepaar schwelgte weiter in Erinnerungen. Man hatte Queensland bereist und auch das „Great Barrier Reef", das größte Korallenriff der Welt, gesehen. Eine Attraktion, die Audrey bei ihrem nächsten Australienaufenthalt besichtigen wollte.

Audrey bemerkte, dass diese Leute neben ihr sie nicht verstanden. Sie verstanden die Art und Weise, wie sie ihren Urlaub verbracht hatte, nicht. Sydney und ein Stück New South Wales und auch Canberra. Alles präsentiert von Leuten, die in Australien lebten.

Filme flimmerten vorne an der Leinwand, aber Audrey konnte sich nicht darauf konzentrieren. Am liebsten hätte sie wieder angefangen zu weinen, aber sie wollte sich hier in dem großen Flugzeug unter vielen Menschen keine Blöße geben.

Niemand sollte bemerken, wie sehr sie litt.

Der Herr neben ihr bestellte ein Getränk nach dem anderen. Schnell brachten die Stewardessen das Gewünschte. Irgendwann jedoch wurde er wieder ungeduldig – da brach es aus ihm heraus wie ein Geysir:

„Ich denke, das zweite Essen bekommen wir wieder nicht! In einer Stunde landen wir in Hong Kong!"

Audrey sah auf ihre Armbanduhr.

„Das stimmt nicht. In zwei Stunden erreichen wir Hong Kong!"

Jedoch blieb der Mann stur. Felsenfest beharrte er auf seiner Meinung.

Audrey behielt recht. Das Essen wurde serviert. Es war lecker und sättigend. Wieder gab es zwei Gerichte zur Auswahl.

Genau zwei Stunden später, um 19 Uhr Ortszeit, landete die Maschine in Hong Kong. Es lohnte sich nicht, den Flughafen zu verlassen, denn schon drei Stunden später startete das Anschlussflugzeug nach Frankfurt.

Audrey bummelte durch die Flughafenshops, vorbei an Seidentüchern, Parfümflaschen, Postkarten und anderen Dingen.

Im Flugzeug nach Frankfurt saß sie neben zwei Chinesen, die kein Wort Deutsch oder Englisch sprachen. Aber der Film „Enthüllungen" mit Demi Moore und Michael Douglas bot genug Abwechslung. Danach sank Audrey erschöpft in einen unruhigen Schlaf.

Einen unruhigen Schlaf, gespickt mit Träumen voller Wehmut und Schmerz.

2. Kapitel

„Liebste Audrey,

ich weiß, dass du diesen Brief nicht erwartest. Dies ist doch ein Grund mehr, ihn dir als kleine Überraschung zu senden!

Ich vermisse dich wirklich sehr. Unser Abschied war traurig, aber er gab Grund zur Hoffnung. Mein Herz brach beinahe, als ich dich weinen sah. Aber mache dir keine Gedanken – das ist ganz normal in einer solchen Situation.

Fast weinte ich selbst.

Nach unserem Abschied packten mich viele Gefühle. Außerdem fiel starker Regen. Dennoch gelang es mir, ohne Probleme zum Schwimmbecken im Stadtteil Roselands zu fahren. Dort schwamm ich 16 Male hin und her im Regen – es swar nicht kalt, und der Pool war etwas beheizt.

Danach fühlte ich mich ein bisschen besser, ging einkaufen und fuhr nach Hause. Es half mir, mich unter die Menschenmassen zu mischen.

In meinem leeren Elternhaus überkamen mich wieder traurige Gefühle. Die Abwesenheit meiner Eltern und der ständig prasselnde Regen halfen nicht. Aber deine Abwesenheit war zu 90 Prozent schuld an meiner Traurigkeit. Ich aß spät zu Mittag, dann überfiel mich eine Müdigkeit. Ich legte mich hin und schlief eineinhalb Stunden.

Es gelang mir danach, etwas zu Abend zu essen. Alles, was ich sah, erinnerte mich an dich. Der rote Regenschirm, den du dagelassen hattest, weil er kaputt war. Der Raum, in dem du geschlafen hattest. Dinge, die du mitbrachtest oder zurückließest. Ich nahm an, dass du gerade Hong Kong erreichen würdest.

Später sah ich einen Film an und zwang mich, einige gymnastische Übungen zu machen. Anschließend ging ich zu Bett.

Um acht Uhr erwachte ich am nächsten Morgen, stand jedoch erst um zehn Uhr auf. Zu müde fühlte ich mich. Zu müde, um aufzustehen. So blieb ich noch ein wenig liegen, um meinen Körper und meinen Geist zu entspannen. Ich ließ meine Gedanken einfach wandern, ließ ihnen freien Lauf – und das klärt den Geist.

Nach dem Frühstück rief mich mein Chef an, warum ich nicht zur Arbeit käme. Ich erklärte, dass ich noch einen Tag Urlaub hätte. Er hatte es vergessen. Alles war in Ordnung. Einige Dinge, die er sagte, riefen mir wieder mein Arbeitsleben in Erinnerung. Wahrscheinlich ist die Lage im Moment doch nicht so schlecht, wie ich dachte. Das ist gut. Mehr weiß ich, wenn ich wieder arbeite.

Ich machte in der Wohnung ein wenig sauber. Eigentlich wollte ich mein Zimmer putzen, bevor du abfliegst und nicht später. Aber ich denke, es fehlte mir auch die Zeit dazu.

Heute fühlte ich mich ein bisschen besser, jedoch immer noch etwas traurig. Bisher ist meine Putzaktion zu unvollendet, zu unorganisiert. Kein Wunder, ich bin zu müde. Jedoch weiß ich: Unser erster Trennungstag wird sich als der schlimmste Tag erweisen, danach wird alles langsam besser werden.

Nämlich dann, wenn wir unser nächstes Treffen planen.

Jetzt hatten sich unsere Positionen verändert. Ich weiß nun genau, wie du dich gefühlt haben musste, als ich Aalen 1993 und 1994 verließ. Es ist nicht leicht, und du warst stark.

Bitte entschuldige, dass ich so viel von mir berichte. Ich dachte nur, dass dich meine Gedanken und Gefühle seit deiner Abreise interessieren würden.

Es ist 12.20 Uhr. Wahrscheinlich nähert sich dein Flugzeug gerade Deutschland, vielleicht bist zu bald daheim. Ich hoffe und bete, dass du einen angenehmen und entspannenden Flug gehabt hast. Ich hoffe ebenfalls, dass du nicht zu traurig bist. Die vielen Zerstreuungen, die während eines Fluges angeboten werden, helfen sicherlich.

Wenn du ankommst, versuche, Dinge zu tun, die du gern tust. Widme dich solchen Dingen mehr als gewöhnlich. Trinke zum Beispiel eine gute Tasse Kaffee und genieße ein heißes Bad. Ich werde schwimmen gehen und meinem Körper eine Massage gönnen. Das sind Dinge, auf die ich mich freue.

Dann, wenn uns unsere tägliche Routine wieder gepackt hat, können wir Pläne für ein neues Treffen machen. Ich glaube ernsthaft, dass wir uns in Kürze wiedersehen.

Heute Morgen regnete es kaum. Einige Male schaute sogar die Sonne durch die Wolken. So, als ob sie mir Mut zusprechen wollte.

Ich werde nun diesen Brief zur Post bringen. Vergiss nicht, dass ich dich sehr, sehr lieb habe. Ich werde dich immer lieben!

In Liebe – dein Lionel."

3. Kapitel

Die Uhr der Stadtkirche schlug elf, als der Zug in Aalen eintraf. Aalen, Audreys Heimatstadt, die ihr allerdings nach mehr als vier Wochen in Australien so fremd erschien wie nie zuvor.

Immer noch klatschte Regen auf die Straße und verwandelte diese in riesige Spiegelflächen. Audrey wuchtete ihren Koffer aus dem Zug und blieb auf dem Bahnsteig stehen. Sie atmete Luft. Luft, die nach Regen und Autoabgasen roch.

„Aalen – hier bin ich wieder!" Diese Gedanken hatten einen bitteren Nachgeschmack. Aber es half nichts – hier in

Deutschland lebte sie, arbeitete sie, wirkte sie. Daran ließ sich vorläufig nichts ändern.

Nur wenig Betrieb herrschte auf dem Bahnhof. Ein Bettler saß an der Ecke, unter einem Dach, und hielt Audrey bittend seinen zerlumpten Hut entgegen. Sie warf eine Münze hinein, ebenso gab sie einer Dame von der Bahnhofsmission eine Spende. Diese Dame klimperte geschäftig mit ihrer Sammelbüchse.

Regentropfen klopften auf Audreys Schultern, als sie hinaus ins Freie trat. Sie fühlte sich wie eine Fremde in ihrer eigenen Heimat. Hastig spannte sie den Schirm auf – einen neuen, den sie in Australien gekauft hatte. Jedoch wurde das Koffertragen durch die regennassen Straßen mit dem Schirm in einer Hand noch beschwerlicher.

„What a nice welcome!", dachte sie in Englisch. Sie fühlte Ironie in sich aufsteigen. Ja, was für ein netter und nasser Empfang war das, der ihr hier geboten wurde! Ein fröhliches Willkommen bereitete ihr Deutschland – wirklich! Diese Gedanken spukten in ihren Gedanken – genauso wie der nicht enden wollende Regen. Regen überall, so weit das Auge reichte. Ein ungemütliches Schmuddelwetter! Wie sehr Audrey in diesem Moment die Australier beneidete!

Irgendwie gelang es ihr, abwechselnd ihren Koffer zu schleppen und auf beiden Rollen zu schieben. An der Haustüre angelangt, fingerte sie ihren Schlüssel aus der Hosentasche und öffnete den Briefkasten. Fünf Briefe flogen ihr entgegen. Ihre Freunde aus nah und fern hatten sie auf jeden Fall nicht vergessen.

Langsam stieg sie die Stockwerke hoch bis zum dritten Stock. Die 20 Kilogramm Gewicht des Koffers hingen an ihren Armen wie ein dicker, behäbiger Felsbrocken.

Vor der Wohnungstüre wartete ein großer Pappkarton voller Briefe auf sie. Alles Post, die während der vergangenen vier Wochen hier eingetroffen war. Langweilig würde es Audrey somit nicht werden. Die Lektüre all dieser Briefe würde sie sicherlich ein wenig über ihren Abschiedsschmerz von Lionel hinweg trösten.

Wie spät es wohl in Sydney war? Abends acht Uhr, rechnete Audrey. Lionel saß jetzt sicherlich vor dem Fernseher und sah sich einen Spielfilm an. Jede Viertelstunde wurde ein Film im australischen Fernsehen unterbrochen von australischer Werbung über die „Telecom Australia", Katzenfutter und Damenbekleidung in Target-Geschäften.

Audrey vermisste Lionel mehr, als sie sich eingestehen wollte. Es war, als habe man ihr das Herz aus dem Leibe gerissen.

Seufzend stellte sie ihren Koffer auf den Teppichboden und platzierte den Karton mit den Briefen daneben. Müde ließ sie sich anschließend in ihren bequemen Sessel plumpsen. Zu tun gab es sicherlich für heute genug. Auch wenn sie die Zeitumstellung heftig spürte und die Erschöpfung sie beinahe umwehte wie eine gebrochene Eiche, so wäre es jetzt falsch gewesen, ins Bett zu kriechen und in gemütliche Träume zu tauchen.

Audrey beschloss, den Kampf gegen den „Jetlag" aufzunehmen und begann, langsam ihren Koffer auszupacken.

Später ging sie einkaufen.

4. Kapitel

Lionel löschte das Licht und drehte sich auf die Seite. 22 Uhr. Gerade die richtige Zeit, um ins Reich der Träume zu entfliehen. Noch ein Tag Urlaub verblieb ihm, und am Montag würde er wieder zur Arbeit fahren, sich durch die morgendlichen Blechschlangen Sydneys bis zum Zollamt wälzen. Sein schöner Urlaub mit Audrey würde ihn lange Zeit aufrecht halten, ihm die Kraft geben, sein Leben fortzusetzen. Solange, bis ein neues Treffen in Aussicht stand.

Er fühlte sich unbehaglich, wenn er an seinen Bürojob dachte, den täglichen Papierkrieg, der ihm nicht gefiel. Selten hatte ihm die Tätigkeit auf dem Zollamt wirklich Spaß gemacht. Eine Tätigkeit, die so von Eintönigkeit geprägt war wie Fließbandarbeit. Aber sie garantierte ihm seinen Lebensunterhalt, gab ihm das nötige Kleingeld für die schönen Seiten des Lebens, für seine Reisen, für Eintrittsgelder zu Fußballspielen und vieles mehr. Es gab mehr und mehr Arbeitslose, auch in Australien. Man musste sich glücklich schätzen, einen Job zu haben – auch wenn dieser keinen Spaß machte.

Lionels Gedanken schwebten nach Deutschland zu Audrey. Wie so oft. 14 Uhr in Deutschland war es gerade. Wahrscheinlich schlenderte Audrey schläfrig von Lebensmittelgeschäft zu Lebensmittelgeschäft, mit vollen Einkaufstaschen beladen. Aufrecht gehalten von dem letzten Bündel Energie, das in ihr loderte. Aufrecht gehalten wie eine Marionette, die an Fäden hing.

Nach vier Wochen Abwesenheit musste sie sich wieder einen Essensvorrat anschaffen. Oder sie räumte gerade ihren Koffer aus, betrachtete wehmütig die Souvenirs, die sie sich aus Australien mitgebracht hatte. Postkarten, Bildbände, T-Shirts, Kassetten und andere Kleinigkeiten.

Vor zwei Tagen lag Audrey noch hier neben ihm. Nun schien sie Welten entfernt zu sein – wie auf einem anderen Stern. Rasend und leidenschaftlich waren sie übereinander hergefallen, getrieben von wilder Ekstase. Ihre Körper hatten sich in Liebe vereint – zwei Körper, die füreinander geschaffen waren.

Lionel lag noch lange wach. Der Schlaf wollte ihn nicht in wohltuende Träume entführen – die Wirklichkeit hielt ihn mit Gewalt wach. Wie sollte es zwischen Audrey und ihm weitergehen? Er musste sich etwas einfallen lassen. Nicht nur, weil er Audrey am Flughafen hoch und heilig versprochen hatte, sich darum zu kümmern. Sondern, weil er es wollte.

Immerhin hatte er es geschafft, ihr einen Überraschungsbrief zu schreiben. Er hatte eine wunderschöne Karte als Kompliment für ihren Besuch, als Erinnerung für die schöne Zeit, die sie miteinander erlebt hatten, beigefügt. Alles hatte er sich von der Seele geredet – seinen kompletten Abschiedsschmerz. Und seine Hoffnung auf ein baldiges Wiedersehen.

Erst nach Mitternacht erlöste ein wohltuender Schlaf Lionel von seinen Grübeleien.

5. Kapitel

Die Waschmaschine ratterte gleichmäßig vor sich hin, als Audrey müde ihre Post sortierte. Sie überflog die Zeilen der Briefe ihrer Bekannten und Verwandten. Sie zerriss Werbebriefe und warf die Schnipsel gleichgültig in den Abfalleimer.

Mechanisch streifte sie ihren Mantel über, packte einige Einkaufstaschen und wanderte in einen Supermarkt. Sie fühlte sich schrecklich. Aber sie war fest entschlossen, bis abends durchzuhalten und wach zu bleiben.

In einem Supermarkt im Stadtzentrum kaufte sie die wichtigsten Lebensmittel ein: Brot, Butter, einige Bananen, Joghurt, Müsli. Ein halbes Päckchen Kaffee stand noch in ihrem Küchenregal.

Zurück in ihrer Wohnung blickte sie erschöpft auf ihre Uhr. 15 Uhr, das bedeutete 23 Uhr in Sydney. Lionel würde seinen wohlverdienten Schlaf genießen.

Manchmal beschlich sie das Gefühl, sie habe nur geträumt. Ihr schöner Urlaub in Australien sei nur Einbildung gewesen. Ein wunderbarer Traum, mehr nicht. Ein Hirngespinst. Aber verschiedene Souvenirs zeugten von ihrem Aufenthalt auf dem Fünften Kontinent: T-Shirts mit Aborigine-Motiven und „Australien-Emblemen", Musikkassetten mit australischer Musik, die ihr Lionel aufgenommen hatte. Koalabären aus Plüsch und vieles andere.

Lionel – allein der Gedanke an ihn verursachte starke Schmerzen. Schmerzen, die drohten, ihr Herz auszuwringen wie einen nassen Schwamm. Wehmut zog ihre Gedanken nach Australien. Bisher hatte sie stets gewusst, wann sie Lionel wiedersehen würde. Diese Tatsache wiegte ihre Gefühle in Sicherheit. Doch diesmal war alles anders. Über ihrem nächsten Treffen lag ein großes Fragezeichen.

Audrey fühlte sich wie die Hälfte eines Zwillingspaares, das sich nach seiner anderen Hälfte verzehrte. Lionel und sie waren auseinander gegangen mit Herzen, schwer von Trauer, von Tränen, von Liebe. Ohne das tröstliche Wissen, dass irgendwann alles gut werden würde.

Wie ein Roboter schob sie die Videokassette mit zwei australischen Fernsehshows in ihr Gerät. „Full Frontal", die witzige Comedy-Show, flitzte über ihren Bildschirm. Aber sie war zu müde, um sich darauf konzentrieren zu können.

Nach einem hastigen Abendessen schlüpfte sie um 20 Uhr in ihr Bett.

6. Kapitel

Sechs Uhr an einem Montagmorgen. Der Wecker rasselte. Lionel kroch wie erschlagen aus den Federn.

„Guten Morgen, Arbeitstag!", dachte er ironisch und schlurfte in die Küche, um Kaffee und Toastbrot zuzubereiten.

Im Radio plärrte ein nichtssagender Discohit. Ärgerlich schaltete Lionel einen anderen Sender ein. Seine Eltern weilten immer noch in den „Blue Mountains", aber morgen würden sie zurückkehren und ihn von seiner traurigen Einsamkeit erlösen.

Bis dahin stand erst einmal ein Arbeitstag ins Haus - jedoch würde ihn Lionel überstehen. Die Zeit verging viel schneller, wenn man arbeitete, dachte er. Und – ehe er sich versah – würde er Audrey wiedersehen. Zumindest war das bisher immer passiert.

Ob man sich im Büro einige neue Aufgaben für ihn hatte einfallen lassen? Er bezweifelte das, denn Staatsverwaltungen waren auch in Australien sehr unflexibel. Noch immer bearbeitete er kein festes Sachgebiet, sondern spielte das „Mädchen für alles."

Das Toastbrot hüpfte munter aus dem Toaster, und das Kaffeewasser kochte. Lionel brühte sich eine Tasse „Bushell's

Kaffee" auf und setzte sich an den Tisch. Gelangweilt kaute er an seinem Toastbrot, das er dünn mit Marmelade bestrichen hatte.

Sein Arbeitsalltag hatte unweigerlich begonnen.

7. Kapitel

Während Lionel im Stau stand und die Autoschlange vor ihm im Blick behielt, dachte er an Audrey. Einerseits liebte er sie unsagbar, er sehnte sich unaufhörlich nach ihr. Andererseits erschreckte ihn die Vorstellung, sie werde in Deutschland alle Zelte abbrechen und seinetwegen nach Australien auswandern.

War er nicht seit Jahren das Alleinsein gewohnt? Ein „Nesthocker", der nach Strich und Faden verwöhnt wurde und sich um nichts zu kümmern brauchte. Er war gewohnt, alleine in einem Zimmer zu schlafen. Er war gewohnt, seinen Tag alleine zu planen. Sicherlich wohnte er noch bei seinen Eltern, aber sie ließen ihm jeden erdenklichen Spielraum.

Und nun hatte er sich an Audrey während der vergangenen vier Wochen gewöhnt. So, als sei sie schon ein fester Bestandteil seines Lebens geworden. Deswegen war ihm schwer gefallen, sich nach ihrer Abreise wieder an sein Junggesellendasein zu gewöhnen.

Außerdem fühlte er viel mehr für Audrey als für all die anderen Frauen, mit denen er einst eine enge Beziehung begonnen hatte. Er wusste außerdem genau, dass an seiner Liebe zu Audrey, an seinen innigen Gefühlen zu ihr nicht nur die Entfernung schuld war. Nein, zwischen Audrey und ihm bestanden ein Band tiefer Liebe, viele Gemeinsamkeiten und Harmonie. Ein Gefühl, das ihn bei anderen Frauen nie ergriffen hatte. Ein Gefühl, das ihn auf seltsame Weise beglückte. Ein Gefühl, das schon zu ihm gehörte – ein Teil von ihm.

Aber gleichzeitig packte ihn immer noch die Angst. Angst vor etwas Ungewohntem, Angst vor der Zukunft, Angst, zu seinen Gefühlen zu stehen.

Angst, sich mit Flügeln wie Adler aus seinem warmen Nest daheim zu schwingen und endlich einmal selbständig zu werden.

Er musste seine Angst überwinden. So, wie man einen hohen Berg erklimmt. Um Audreys und um seinetwillen.

Tief atmete er durch, sog die abgestandene Luft in seinem Auto in seine Lungen und öffnete angewidert ein Schiebefenster. Abgase strömten ihm entgegen. Abgase, die jedoch gleich wieder verschwanden, weil sich die Blechschlange vor ihm aufzulösen begann und in einen fließenden Verkehr überging.

Musste sich Lionel nicht wieder einmal im Leben einer neuen Herausforderung stellen?

Und plötzlich hatte er eine Idee.

8. Kapitel

Die Kollegen empfingen Audrey fröhlich bei der Arbeit. Und sie lullten sie ein mit Fragen über ihren Urlaub im fernen Australien.

„Na – wie war es?" – „Was hast du gesehen?" – „Warst du auf dem Ayers Rock?" – „Wie war es in Sydney?"

Audrey beantwortete alle Fragen geduldig und lächelnd. Innerlich aber nagte der Schmerz an ihrem Herzen und ihrer Seele. Der Alltag ohne Lionel erwies sich als trüb, der Alltag ohne Lionel machte keinen Spaß. Audrey musste sich mit Gewalt zwingen, die Kurve zu ihrem Alltag wieder zu bekommen.

Ihrem Alltag in Deutschland.

Zuerst wehrte sie sich – zu frisch waren alle Erinnerungen an Lionel und seine atemberaubende Heimat. Ein Land ohne viel Regen, gesegnet mit Sonnenschein, mit Wärme, faszinierenden Landschaften und der Herzlichkeit der Bewohner.

Audrey hoffte inständig, Lionel möge eine Lösung für ihr weiteres gemeinsames Leben finden.

„Lass uns wieder in unser Alltagsleben zurückgleiten", hatte er vorgeschlagen. „In eine Position, in der wir den anderen, also ich dich und du mich, aus der Distanz sehen. Wenn wir dann immer noch die Meinung vertreten, dass wir zusammen gehören, werden wir eine Lösung finden müssen. Eine Lösung, die uns für immer zusammenbringt."

Audrey hoffte jeden Tag auf diese Lösung. Eine Heirat schien auch ihr zu überhastet. Aber gab es nicht noch andere Wege für zwei Menschen aus verschiedenen Kontinenten, die sich liebten?

Audrey hoffte auf eine Lösung jeden Tag, wenn der Wecker klingelte und sie aus ihren Träumen riss. Zurück in einen Alltag ohne Lionel. Einen Alltag, vor dem ihr graute.

Immer noch regnete es stark in Deutschland. Der Regen ergoss sich auf die Äcker der fleißigen Bauern und machte ihr Saatgut zunichte. Der Regen trieb die Schnecken auf die Beete der Hobbygärtner und versetzte diese in Schrecken.

Endlich erreichte Audrey ein Brief von Lionel, der ihr Hoffnung gab.

9. Kapitel

„Liebste Audrey,

zuerst möchte ich dir ganz herzlich für deinen lieben Brief danken.

Ich bin sehr froh, dass dich mein letzter Brief glücklich machte. Er brachte meine Traurigkeit zum Ausdruck, aber das war normal, denn ich fühlte in diesem Moment wirklich so, wie ich schrieb. Nun hat mich mein Arbeitsleben wieder gepackt, es ist besser, als ich dachte (mehr darüber später). Ich denke, in der Zwischenzeit hast du viele Fragen über Australien beantworten müssen und einigen Leuten Fotos gezeigt.

Hoffentlich waren diese Leute nicht allzu neugierig – aber ich bin sicher, dass du damit fertig wirst.

Dein Brief klang sehr interessant. Wie schön, dass du deine Eltern besuchen konntest! Auch ich habe ein lustiges Tagebuch am Ende dieses Briefes verfasst. Es enthält meine neuesten Erlebnisse. Jedoch sollte ich zuerst wichtigere Dinge erwähnen.

Ich war so glücklich, als du schriebst, dass du fantastische Ferien erlebt hättest. Diese Aussage bedeutet mir so viel – ich freue mich, dass dir dein Aufenthalt gefallen hat. Auch mir hat die Zeit mit dir Spaß gemacht.

Haben wir nicht viel zusammen gesehen? Ich wollte dir vielfältige Eindrücke bieten und wollte jeden Tag etwas Neues zeigen. Ich denke, dass mir das gelungen ist.

Dennoch habe ich einige Dinge gelernt, und ich glaube, dass ich mich gebessert habe, wenn du mich das nächste Mal besuchen kommst.

Zum Beispiel wirst du Ted nicht mehr treffen müssen. Stattdessen würde ich einen Besuch der Küstenstadt Kiama empfehlen – ein wunderbares Fleckchen Erde! Im Moment stelle ich eine Liste der malerischsten Orte auf, die wir dieses Mal nicht besichtigen konnten. Ich würde auch in Zukunft nicht mehr so viele Fußballspiele ansehen.

Wie ich bereits erwähnte, dachte ich nach deiner Abreise viel über uns beide nach und darüber, wann und wo wir uns beim nächsten Mal wiedersehen könnten. Mir wurde einiges klarer – aber zuerst möchte ich wissen, was du darüber denkst.

Ich fühle, dass sich unsere Beziehung mehr als zuvor vertieft hat. Das ist wundervoll, jedoch entstehen dadurch ebenfalls einige Fragen. Ich denke, als Paar haben wir vier klare Möglichkeiten:

1. Wir machen genauso weiter wie immer – mit gelegentlichen Urlaubstreffen.
2. Ich ziehe für eine bestimmte oder unbestimmte Zeit nach Deutschland.
3. Du ziehst für eine bestimmte oder unbestimmte Zeit nach Australien.
4. Wir beenden unsere Liebesbeziehung.

Für mich ist die vierte Möglichkeit undenkbar. Sie würde mein Herz brechen, also wage ich nicht, nur einmal daran zu denken.

Außerdem bin ich der Meinung, dass auch die erste Lösungsmöglichkeit für uns nicht mehr die passende ist. Unsere gelegentlichen Treffen symbolisierten eine Zeit, in der wir gerade Brieffreunde waren. Jedoch hat sich unterdessen unsere Liebe vertieft, also sind gelegentliche Urlaubstreffen keine gute Lösung. Ich fühle auch, dass du mehr verdienst als nur ein Treffen hier und dort.

Hatten wir nicht auch die zweite Möglichkeit als unmöglich betrachtet? Ich spreche die deutsche Sprache nicht, hätte also in deinem Land kaum Möglichkeiten, eine Arbeitsstelle zu finden.

Wie ein Hammer traf mich die Erkenntnis, dass nur noch Lösung Nummer drei übrig bleibt. Und ich denke, uns beiden ist das schon längst bewusst geworden, aber zum ersten Mal erschien mir diese Lösung als die einzig mögliche. Weil dein Besuch ein solcher Erfolg war, möchte ich, dass wir mehr Zeit miteinander verbringen können.

Also entwickelte ich einen klugen Plan. Ich möchte dich einladen, mit mir zwölf Monate in Australien zu verbringen. Wenn wir beide am Ende dieser Zeit immer noch der Meinung sind, dass wir zusammen bleiben sollten, verlängern wir deinen Aufenthalt oder versuchen, für dich eine unbefristete Aufenthaltsgenehmigung zu erhalten.

Natürlich ist das keine perfekte Lösung. Sie bedeutet nämlich, dass du deinen Job in Deutschland aufgeben müsstet und ebenfalls deine Familie und Freunde für lange Zeit nicht mehr sehen würdest. Ich habe selbstverständlich kein Recht, ein solches Opfer von dir zu verlangen. Ich mache dir einfach dieses Angebot, weil ich dich liebe und weil ich hoffe, dass du es akzeptieren wirst.

Wenn du gerne ein Jahr nach Australien kommen willst, erkundige ich mich beispielsweise, wie man eine Arbeitserlaubnis erhält – welche Bedingungen man dafür erfüllen muss und so weiter.

Alles, was du dafür tun musst, ist „ja" zu sagen. Dann werde ich mich um ein Flugticket kümmern, das auf dich am Frankfurter Flughafen wartet.

Aber bitte übereile deine Entscheidung nicht. Ich will keinen Druck auf dich ausüben. Lass dir Zeit mit der Antwort.

Jetzt schreibe ich dir eine kurze Zusammenfassung über mein Leben seit deiner Abreise:

Montag, 22. Mai 1995:

Wie ich bereits erwähnte, war die Rückkehr an meine Arbeitsstelle nicht so alptraumhaft, wie ich sie mir vorgestellt hatte. Zuerst unterhielt ich mich mit meinem Vorgesetzten über meinen gerade erlebten Urlaub und andere Dinge. Danach erklärte mir meine Arbeitskollegin Elaine mein neuestes Arbeitsgebiet. Ich bin künftig zuständig für die Erstellung wichtiger Listen.

Dienstag, 23. Mai 1995:

Meine Eltern kehrten von ihrem Ausflug in die „Blue Mountains" zurück. Sie waren unter anderem in Blackheath. Erinnerst du dich an diese Stadt?

In der Nacht schlief ich kaum. Ich vermisste dich so sehr. Um halb fünf am frühen Morgen wachte ich auf und sah unsere Situation mit neuer Klarheit. Einige Ideen schossen durch meinen Kopf, und beruhigt legte ich mich wieder schlafen.

Mittwoch, 24. Mai 1995:

Ich fühlte mich nicht gut, denn vor einer Woche hatten wir Abschied voneinander genommen.

Nach der Arbeit ging ich zum Fußballfeld in unserem Stadtteil. Die Mannschaft aus Strathfield spielte heute gegen die Südamerikaner im Stadtteil Colo Colo. Obwohl dieses Spiel gut war, fühlte ich Langeweile aufkommen, denn ich hatte jede Menge Fußballspiele während der vergangenen Jahre angesehen.

Donnerstag, 25. Mai 1995:
Bei der Arbeit fragte ich Elaine erneut, ob sie mir die Erstellung der Listen erklären könnte.

„Was – schon wieder?", fragte sie mich schockiert. Ihre bisherige Einweisung war allerdings unzureichend gewesen. Deswegen fühlte ich mich noch nicht sicher genug, diese Listen am Computer auszuarbeiten.

Elaine bereitete die Listen am Computer vor, während ich ihr zusah. Aber sie tippte und sprach so schnell, dass ich nicht alles begreifen konnte, obwohl ich mich sehr konzentrierte.

Das ist ein typischer Fehler, den viele Kollegen begehen, wenn sie andere einweisen wollen. Sie kennen sich in ihrem Arbeitsgebiet hervorragend aus, und sie schließen daraus, dass auch jeder andere das tut. Deswegen erklären sie alles sehr schnell. Jemand, der seine Sache wirklich richtig erledigen will, sollte darauf achten, dass die Person, der diese Kenntnisse beigebracht werden sollen, wirklich alles begreift.

Anschließend erklärte sie mir, dass ich noch in anderen Sachgebieten eine neue Einweisung bekommen würde. Im Moment erschien mir alles aber ein bisschen zu viel. Beinahe hätte ich schon aufgegeben – aber dann beruhigte ich mich selbst. Denn mir viel ein, dass – trotz aller seiner Nachteile – mein Job bislang immer noch die beste Einnahmequelle bietet. Deswegen sollte ich mich zusammenreißen und versuchen, alles Wissen in mich aufzunehmen und lernen, meine Arbeit zu mögen.

Nachdem mir Elaine hastig alles gezeigt hatte, verschwand sie sehr schnell.

Freitag, 26. Mai 1995:
Ich versuchte, meine erste Liste selbständig zu erstellen. Und es gelang mir! Ich machte nur einige kleine Fehler. Elaine

jedoch hielt mir die kleinsten Fehler brühwarm vor, anstatt meine Arbeit zu loben.

Später fragte ich sie wieder um Rat. Sie seufzte und rollte mit den Augen, als ob sie zu beschäftigt sei, um ständig unterbrochen zu werden. Jedoch beobachtete ich später, wie sie Spiele am Computer machte. Also konnte sie nicht allzu sehr im Stress sein. Sie hatte auch keinen Grund dazu, denn sie ist nicht so beschäftigt oder wichtig, wie sie immer vorgibt.

Dennoch zeigt mir mein Erfolg mit den Listen einen neuen Sinn meiner beruflichen Tätigkeit. Ich fühle mich wieder nützlich. Vorher kämpfte ich oft mit dem Problem, mich nicht wichtig genug zu fühlen, denn nie hatte ich genug zu tun. Wenn man nichts zu tun hat, kann das eine Weile Vergnügen bereiten. Jedoch kann man dadurch auch mehr und mehr das Vertrauen in sich selbst verlieren.

Jetzt bin ich wieder beschäftigt – und das hat mein Selbstvertrauen erneut aufgebaut. Sogar die anderen neuen Aufgaben, in die ich so nach und nach eingearbeitet wurde und noch werde, erwiesen sich als problemlos.

Montag, 29. Mai 1995:

Bei der Arbeit fiel mir auf, dass nicht nur tägliche Listen erstellt werden müssen – sondern auch einige wöchentliche, die in einigen Abteilungen hängen. Elaine jedoch hatte nie erwähnt, dass ich auch wöchentliche Listen erstellen muss.

Wahrscheinlich werden solche Listen immer montags erstellt, stellte ich fest. Später stellte sich heraus, dass ich recht hatte.

Ich ging in den Computerraum und fand diese wöchentlichen Listen, sauber in einem Ordner abgelegt. Ohne Elaine Fragen zu stellen, gelang es mir, die neueste Wochenliste anzufertigen. Elaine war sehr überrascht, dass ich das selbst herausgefunden hatte. Im selben Moment fiel ihr nämlich ein, dass sie mir über diese Listen nichts gesagt hatte.

Hoffentlich habe ich dich mit all meinen Ausführungen über mich selbst, besonders über meine Arbeit, nicht allzu sehr gelangweilt.

Ich freue mich schon auf deinen nächsten Brief. Bitte vergiss nicht: Ich liebe dich!

Lionel."

10. Kapitel

Zitternd hielt Audrey Lionels Brief in der Hand. Sie las ihn wieder und wieder.

Seine Lösung klang plausibel, und sie war die einzig richtige.

Audrey antwortete sofort:

„Wie erstaunt war ich, deine Lösung zu lesen. Auch ich grübelte über unsere gemeinsame Zukunft nach – aber mir fiel nichts Brauchbares ein.

Nie dachte ich, dass auch du dir Gedanken machen würdest. Ich fürchtete, dass unsere Beziehung wieder dahinplätschern würde wie immer.

Aber nun sollst du meine Meinung zu deinem Vorschlag hören. Du hast recht: Es ist wirklich sinnvoll, wenn ich für zwölf Monate in Australien lebe, bevor wir uns entscheiden, ob wir für immer zusammenbleiben wollen.

Drei Monate sind zu kurz. Denn auch für diese Zeit müsste ich bereits meinen Arbeitsplatz kündigen. Aber das habe ich dir schon geschrieben und gesagt.

Wir sollten wirklich versuchen, ob ich eine Arbeitserlaubnis für Australien erhalten kann. Die Eloys sollten Gott jeden Tag danken, dass sie in Australien wohnen dürfen. Vor einigen Jahren war es noch wesentlich einfacher, Aufenthalts- und Arbeitsbewilligungen für Australien zu bekommen.

Eure Regierung reagiert jetzt strenger, aber ich weiß nicht, ob es nicht doch noch Möglichkeiten gibt.

Wenn wir uns wirklich nach zwölf Monaten trennen sollten, hätte ich bessere Chancen, einen Job in Deutschland zu finden als nur nach drei Monaten. Er kommt nur darauf an, ob du mich wirklich zwölf Monate ertragen willst. Aber ich verspreche dir, dass ich so wenige Probleme wie möglich machen werde.

Mein Job ist zur reinen Routine geworden. Man bietet mir keine Möglichkeit zu einer Karriere. Wenn man mir aber die atemberaubende Chance böte, in Australien für eine Firma zu arbeiten, würde ich sofort mit fliegenden Fahnen annehmen.

Du hast recht, unsere gelegentlichen Treffen werden zu nichts mehr führen. Ich bin ein starker Charakter, aber ich fühle, dass ich in der Zukunft nicht mehr zu viele Abschiede ertragen kann.

Euren Staat möchte ich nicht ausnutzen. Ich will wirklich arbeiten und konstruktiv sein. Ich möchte euer Sozialsystem nicht ausnutzen. Ich will dich nur mehr als nur einmal im Jahr sehen!

Wahrscheinlich wird es Monate oder sogar ein Jahr dauern, bis ich eine Arbeits- und Aufenthaltsgenehmigung für Australien erhalten werde, aber wir müssen es probieren!

Du kannst sicher sein: Ich werde niemandem über unsere Pläne ein Wort verraten.

Als ich meine Eltern besuchte, fragte meine Mutter, ob wir beide – du und ich – immer noch verliebt seien.

Ich erzählte ihr die Wahrheit. Nämlich, dass wir beide uns sehr lieben und dass ich Sturzbäche heulte, als wir uns am Flughafen in Sydney verabschiedeten.

Sie reagierte sehr erstaunt:

„Aber, wenn ihr euch immer noch liebt, dann muss es doch einen Weg geben, dass ihr für längere Zeit zusammen sein könnt! Die Liebe findet immer einen Weg!"

Ich wusste keine Antwort darauf."

Audrey schrieb weiter an Lionel. Über Belangloses am Arbeitsplatz, Treffen mit vielen Freunden und vieles andere.

Das Hauptthema ihres Briefes jedoch blieb Lionels aufregender Vorschlag. Ein Vorschlag, der sie – die beiden Liebenden aus zwei Kontinenten, die füreinander bestimmt waren – für immer vereinen konnte.

11. Kapitel

„Liebste Audrey,
vielen Dank für deinen lieben Brief!

Überraschte dich mein Vorschlag? Ich war selbst von mir überrascht. Normalerweise stellt die morgendliche Frage, ob ich Toastbrot oder Vollkornbrot zum Frühstück essen will, bereits eine große Entscheidung für mich dar. Und jede Entscheidung von größerer Tragweite macht mir schon Angst.

Aber für uns beide bleibt nur diese eine Möglichkeit. Und jetzt weiß ich, dass du an meinem Vorschlag Interesse hast. Ich werde also beginnen, Erkundigungen über eine Arbeitserlaubnis und andere Dinge einzuziehen.

Du erwähntest, dass es eventuell viele Monate dauern könnte, bis man eine derartige Erlaubnis in den Händen hält. Ich hoffe, dass das nicht der Fall sein wird. Und wenn doch, dann werde ich dich zuerst in Europa besuchen. Das würde unsere Wartezeit etwas verkürzen. Mir schwebt vor, zum Beispiel Finnland zu besuchen. Dort war ich noch nie. Vielleicht könnte ich dich vorher in Deutschland oder in der Schweiz treffen. Wir würden in Davos viele Wanderungen unternehmen, die wir aus Zeitmangel im letzten Jahr nicht machen konnten.

Wenn du an einer solchen Reise interessiert wärst, könnten wir sie durchführen, bevor du nach Australien reist. Es wäre sinnvoller, von Europa aus nach Australien zu reisen, anstatt zuerst nach Australien und dann nach Europa in den Urlaub zu fahren.

An den vergangenen Samstagen unternahm ich lange Wanderungen – zusammen mit meinem Vater, meinem Onkel George und einigen anderen Leuten.

Einmal wanderten wir durch die „Munmorah Recreation Area", ein Landstrich zwischen Gosford und Newcastle. Es handelt sich dabei um eine wunderschöne Küstengegend, und die malerische Aussicht wurde durch die beiden rauchenden Kraftwerke in der Nähe nicht verdorben. Wir sahen atemberaubende Strände, eine faszinierende große Insel mit dem

Namen „Vogelinsel" (Bird Island), zerklüftete Buchten und raue Felsen.

Eine schöne Gegend, die ich dir bei deinem Besuch zeigen werde.

Mit Roger ging ich einige Tage später wandern. Wieder von Oatley bis nach Como, über die Eisenbahnbrücke, über die ich bereits mit dir gewandert bin. Wieder regnete es, aber dieses Mal hatte ich leider meine Jacke vergessen. Auch die Autofenster beschlugen – genau wie damals -, aber wir schafften es, sie so zu reinigen, dass ich etwas sehen konnte. Es ist gefährlich, bei Regenwetter zu fahren, wenn die Autoscheiben beschlagen.

Sonntags sehe ich mir viele Fußballspiele an. Allerdings war das Wetter hier in letzter Zeit nicht besonders schön. Am liebsten schaue ich Sport an sonnigen Winternachmittagen an. Ende Mai profitierten wir von einigen sonnigen Tagen. Seit einigen Wochen jedoch ärgert uns kaltes, regnerisches und windiges Wetter in verschiedenen Kombinationen.

Tatsächlich war der vergangene Mittwoch der kälteste Tag dieses Jahrhunderts.

Wie ich hörte, hattet ihr bisher keinen tollen Sommer. Hoffentlich habt ihr jetzt im Juni besseres Wetter.

Die Listen bei der Arbeit halten mich beschäftigt. Sie geben meinem Berufsleben einen neuen Sinn. Auf einmal fühle ich mich erschöpft, wenn ich abends nach Hause komme.

Leider habe ich im Moment sehr wenig Energie."

Lionel antwortete noch auf diverse Vorkommnisse, die Audrey in ihrem vorherigen Brief angeschnitten hatte.

Er schloss seine Zeilen an Audrey mit dem ehrlichen Satz: „Ich liebe dich!"

12. Kapitel

Die Zeit verrann. Lionel verschob sein Vorhaben immer wieder. Das Vorhaben, sich zu erkundigen, wie Audrey ein Arbeits- und Aufenthaltsvisum für Australien erhalten könne. Viele Dinge gewannen die Oberhand in Lionels Leben. Sie lenkten ihn ab von der wichtigen Frage, wie es in der Beziehung zwischen ihm und Audrey weitergehen sollte.

Deswegen vergaß er seinen mühsam ausgedachten Vorschlag schnell. Dieser wurde aus seinen Gedanken geweht, so wie der Ostwind im Herbst die bunten Blätter in den Vororten Sydneys durch die Straßen wirbelte.

Lionel ließ sich vom Fernsehen, Rugby League, Fußball und Rockkonzerten ablenken. Diese Dinge drängten sich in den Vordergrund seines Freizeitlebens. Viermal pro Woche stürzte er sich außerdem in ein Fußballtraining, danach fiel er wie erschossen auf sein ungemachtes Bett.

Der Herbst raste vorbei in Windeseile. Der Winter nahte. Sydney wurde von kühler Luft geschüttelt, jedoch fiel kein Schnee. Wann hatte es das letzte Mal in Sydney geschneit? Lionel wusste es nicht. Vielleicht hatte es dreimal in diesem Jahrhundert in Sydney geschneit. Wenn überhaupt Schnee in Sydney fiel, dann waren es gerade ein paar sanfte Flocken. Schnee, der nicht liegen blieb und sofort wieder verdunstete. Einen Winter wie in Nord- und Mitteleuropa hatte man im australischen Bundesstaat New South Wales noch nie erlebt.

Immer spärlicher tropften Lionels Briefe in Audreys Leben. Vielleicht einmal im Monat. Darüber war Audrey erschüttert. Was war denn los mit Lionel? Sie war immer noch sehr verliebt in ihn – und litt unsäglich, wenn sie so wenig von ihm hörte.

Und mehr und mehr begann sie, an Lionel und seiner Liebe zu zweifeln.

Vielleicht lag doch ein Funken Wahrheit in Isabellas Behauptung, dass Australier oberflächlich seien.

13. Kapitel

Wie eine Verrückte hackte Isabella von Schlichting in ihren Computer. Neben ihr lagen in einem heillosen Durcheinander viele Briefe und ein Haufen Fotos. Männer aller Altersklassen lächelten ihr entgegen.

Zwei Uhr am Nachmittag. Ihr jüngster Sohn schlief, und so blieb ihr viel Zeit zum Briefeschreiben.

„Lieber Klaus", schrieb sie beispielsweise. „Vielen Dank für deinen Brief und dein aufregendes Foto. Natürlich bin ich an einem Treffen mit dir interessiert. Rufe mich abends einfach an – ab 18 Uhr -, wenn du Zeit hast. Dann können wir einen Termin vereinbaren.

Ich freue mich auf dich!"

Was war los? Wollte Isabella, die sich selbst als „Audreys beste Freundin" bezeichnete, ihren Mann Roberto betrügen? Die fromme Isabella, die sich „Christin" schimpfte und eine vorbildliche Ehe führte?

Nein, nein, ganz und gar nicht. Sie wollte nur Audrey etwas ärgern. Wie einfach war es doch, Briefe mit dem Computer zu schreiben. Briefe an 20 Herren, die sie für Audrey ausgesucht hatte. Lauter potentielle Liebhaber aus Deutschland!

Isabella hatte eine Kontaktanzeige aufgegeben – unter Chiffre selbstverständlich. Die Briefe wurden an eine Postfachadresse gesandt. Anschließend traf Isabella eine Auswahl aus den über 100 Einsendungen.

So einfach fand man einen deutschen Partner für Audrey! Warum war Audrey nicht schon längst selbst darauf gekommen?

Isabella schnaufte. Ja, wenn man nicht alles selbst erledigte! Die gute Audrey würde sich eines Tages dankbar zeigen. Dankbar dafür, dass Isabella sie von einem oberflächlichen Australier erlöst hatte.

Was Audrey jetzt wohl machte? Seit Audreys Rückkehr aus Australien hatte sie sich nicht mehr bei Isabella gemeldet. Und das ärgerte Isabella. Also musste sie aktiv werden und eine Kontaktanzeige für Audrey aufgeben.

Mit viel Geduld wählte sie Männer aus, die sie als passend für Audrey erachtete, und schrieb die Antwortbriefe. Als Unterschrift setzte sie „Audrey" darunter. Sie hatte lange geübt, bis sie Audreys Unterschrift perfekt beherrschte.

Ja – wenn Audrey Isabella nicht hätte! Dann sähe es traurig aus in Audreys Leben, dachte Isabella.

14. Kapitel

Die Zeit zerrann wie Sand zwischen den Fingern – die Tage schienen sich förmlich in Luft aufzulösen.

Audrey hatte ihre Gefühle für Lionel wie in einem Schmuckkästchen verschlossen – den Schlüssel dafür bewahrte sie in ihrem Herzen auf. Manchmal fühlte sie nichts mehr – weder für Lionel, noch für andere Dinge. Sie wandelte durch ihren Alltag wie ein Roboter.

Aber sie wusste: Würde sie Lionel wiedersehen – und wäre dies nur für zwei Sekunden – würde die alte Liebe neu aufflackern. Dann würde sie seine Unzuverlässigkeit schlagartig vergessen.

Audrey kam von diesem Mann nicht los. Je mehr sie gegen die Liebe kämpfte, desto verzweifelter wurde sie. Ihr Eigensinn, ihre Verschlossenheit, ihr forsches Benehmen waren nur ein Schutzmechanismus. Ein Schutzmechanismus, um sich selbst und ihre Seele zu schützen.

Die Zeit raste vorbei. Die Wochen wurden von der Schwärze und Hoffnungslosigkeit des Alltags verschlungen. Niemand konnte Audrey sagen, wann sie Lionel erneut treffen würde.

Sicherlich hatte sich Lionel wieder hervorragend in sein Junggesellenleben eingefügt. Ein Leben, geprägt von Fernsehen, Rugby League, Fußball und Bequemlichkeit. Ein Leben ohne jegliche Verantwortung. War es nicht weit bequemer, von den Eltern nach Strich und Faden verwöhnt zu werden? Bequemer, als eine Entscheidung zu treffen, wie es zwischen ihm und Audrey weitergehen sollte?

Plötzlich drangen in die traurige Stille von Audreys einsamen Feierabenden Anrufe. Anrufe, mit denen sie nichts anfangen konnte.

„Ja – hallo! Ich bin's, der Horst! Danke für deinen netten Brief. Wann hättest du Zeit, mich zu treffen?"

„Treffen?" Audrey stutzte. Dieser Horst hatte sich wohl verwählt!

„Sie haben sich sicher in der Telefonnummer geirrt!" Ihre Stimme klang ruhig und bestimmt. „Ich habe keinem Horst einen Brief geschrieben! Warum sollte ich Sie treffen wollen?"

„Sie haben mir einen Brief geschrieben!", beharrte die Männerstimme am anderen Ende der Leitung. „Ihre Anschrift ist…." Der unbekannte Horst zitierte exakt Audreys Anschrift.

„Irgendjemand hat mir einen üblen Streich gespielt!" Audrey schüttelte ärgerlich den Kopf. „Bitte seien Sie nicht enttäuscht – jemand hat meinen Namen und meine Anschrift missbraucht!"

„Schade!", seufzte Horst.

Eigentlich klang dieser Mann sympathisch, aber Audrey stand im Moment nicht der Sinn nach einer neuen Bekanntschaft. Nicht, solange sie nicht wusste, wie es zwischen ihr und Lionel weiterginge.

„Sie haben wirklich kein Interesse an einem Treffen?", versuchte die Männerstimme am anderen Ende der Leitung noch ein letztes Mal zaghaft ihr Glück.

„Nein! Wirklich nicht! Es tut mir leid!" Rigoros knallte Audrey den Hörer auf die Gabel und huschte in ihr Wohnzimmer, um den gerade unterbrochenen Spielfilm im Fernsehen weiterzuverfolgen.

Aber sie konnte sich nicht auf den Inhalt des Films konzentrieren. Stets kreisten ihre Gedanken um den mysteriösen Anrufer.

Wer hatte ihm einen Brief geschrieben? Einen Brief, in dem ihr Name verwendet wurde – aber von dem sie nichts wusste?

15. Kapitel

Lionel fiel das zierliche Mädchen sofort auf, als er an einem Sonntagabend bei den Eloys speiste. Ihre Haare verbargen sich unter einem Kopftuch, aber das Gesicht war wunderschön. Sicherlich hatte sie schwarze Haare. Dichte schwarze Haare, die wie ein Strom über ihren Rücken flossen.

Ihre zartgliedrigen Finger zitterten, als sie das Abendessen zu sich nahm. Zartgliedrige Finger, wie aus Ebenholz geschnitzt, die aus den Ärmeln eines blauen, schweren Samtkleides ragten.

‚Eine Libanesin', dachte Lionel. ‚Wer ist sie und was tut sie hier?'

Aleynas und Samis Geplapper plätscherte wie ein munterer Gebirgsbach an seinen Ohren vorbei. Unmerklich wanderten seine Augen zu der Libanesin, die stumm wie ein Fisch artig das Abendessen in sich hineinlöffelte.

Die Libanesin, die ihm nicht vorgestellt worden war.

Lionel merkte nicht, wie Aleyna und Sami vielsagende Blicke tauschten. Viel zu sehr war er damit beschäftigt, die fremde Dame anzustarren.

„Eine gute Nachricht!" Sami räusperte sich laut. „Ich werde wieder damit beginnen, meine Schulden abzubezahlen. Zweitausend australische Dollar befinden sich bereits auf deinem Sparkonto, Lionel. Und jetzt folgt nach und nach der Rest. Na, was sagst du dazu?"

„Damit wurde auch langsam Zeit!", grummelte Lionel. „Ich bin schließlich kein Wohlfahrtsunternehmen!"

„Meine Geschäfte gehen gut!" Sami nahm lächelnd einen Schluck Zitronenlimonade aus seinem Pappbecher. „Entschuldige meine Langsamkeit, aber ich musste in letzter Zeit aussetzen. Schließlich habe ich noch eine Familie zu ernähren."

„Okay!" Lionel nickte. Ändern konnte er jetzt auch nichts mehr. Er war froh, wenn er überhaupt sein Geld wieder bekam.

„Hast du je an meiner Ehrlichkeit gezweifelt, Lionel?", fragte Sami.

„Manchmal schon…" Lionel war ehrlich. Hatte er nicht beinahe schon aufgegeben zu glauben, er würde sein Geld wieder bekommen?

Eines jedoch musste er zugeben: Die Einladungen zu den Abendessen bei den Eloys gefielen ihm außerordentlich gut.

Die kleine Libanesin hatte er fast vergessen. Noch immer hatte sie keinen einzigen Ton von sich gegeben.

„Wer ist das Mädchen?", fragte Lionel und deutete mit der Hand auf sie. „Den ganzen Abend warte ich darauf, dass sie mir vorgestellt wird."

„Ach ja, entschuldige!", meldete sich Aleyna. „Sie ist meine Cousine Fatima aus dem Libanon. Seit einer Woche ist sie bei uns in den Ferien."

„Ferien?", grunzte Lionel. „Sie muss reich sein!"

„Nein!" Aleyna schüttelte ihre schwarzen Haare. „Wir haben ihr den Flug bezahlt. Warum soll sie nicht einmal Australien kennen lernen?"

Lionel nickte. „Guten Abend, Fatima!" Höflich neigte er seinen Kopf in die Richtung des Mädchens. „Willkommen in Australien. Wie gefällt dir unser Land?"

Fatima blieb stumm. War sie taub?

„Sie versteht kein Englisch", warf Aleyna rasch ein.

„Wie soll sie Australien kennen lernen, wenn sie kein Englisch spricht und versteht?" Ungläubig schüttelte Lionel den Kopf. „Manchmal verstehe ich euch Libanesen nicht. Ihr habt wirklich komische Ideen! Warum ladet ihr jemanden ein, die unsere Sprache nicht beherrscht?"

„Fatima muss kein Englisch lernen!" Aleynas Stimme klang sehr bestimmt, mit einem harten Unterton. „Für ihre Zukunft ist Englisch belanglos!"

„Ich verstehe nicht. Für ihre Zukunft? Was soll das heißen?" Hastig spülte Lionel einen Schluck Mineralwasser hinunter.

„Lionel – Fatima sucht einen Ehemann. Und dafür benötigt sie keinerlei Englischkenntnisse!", schaltete sich Sami ein.

„Dafür braucht sie keine Englischkenntnisse? Wer hat euch diesen Schwachsinn erzählt?" Lionel schrie die Worte fast – so laut, dass ihn Fatima erschreckt anblickte.

„Eine Frau muss kochen, putzen, waschen, bügeln und aufräumen können!", erklärte Aleyna. „Die Sprache spielt dabei keine Rolle. Und natürlich sollte eine Frau auch hingebungsvoll im Bett sein und ihren Gatten zufriedenstellen!"

Lionel schüttelte seinen Kopf und strich sich hastig eine blonde Strähne aus der Stirn. Er schwitzte beinahe vor Empörung.

„Dann wünsche ich euch viel Glück bei der Partnersuche!", meinte er sarkastisch und erhob sich. „Das arme Ding tut mir bereits jetzt leid. Sie wird total unter ihrer Würde gehandelt – verscheppert wie eine Milchkuh!" Er zögerte und biss sich auf die Lippen. „Eines allerdings ist mir nicht ganz klar. Aleyna, erkläre mir doch, warum du englisch sprichst. Eine Sprache, die für eine Frau anscheinend nicht wichtig ist, wie du sagst!" Seine Augen blickten hart wie Stahl.

„Ich bin hier geboren – das ist etwas anderes!" Aleyna stützte stolz ihre Hände in die Hüften. „Ich wuchs hier auf und wurde australisch erzogen!"

„Meldet das arme Mädchen wenigstens zu einem Sprachkurs an!", bettelte Lionel und lehnte sich gegen einen Stuhl.

„Lionel – du verstehst überhaupt nichts!" Hastig räumte Aleyna den Tisch ab. „Fatima kennt ihre Aufgaben als Frau. Sie will an keinem Sprachkurs teilnehmen!"

Fatima saß nur da – wie eine Schaufensterpuppe. Besaß sie keinen eigenen Willen?

Sami nippte immer noch lächelnd an seiner Limonade.

In welches Irrenhaus war er hier geraten?, fragte sich Lionel. Er verstand die Welt nicht mehr und schoss kopfschüttelnd aus der Wohnung, nachdem er hastig „auf Wiedersehen!" gesagt hatte.

Ihm war schlecht. In seinem Auto raste er durch die pechschwarze Nacht nach Hause.

Fatima ging ihm nicht aus dem Kopf. Er hatte Mitleid mit ihr.

„Entschuldigung – hier muss ein Irrtum vorliegen! Ich habe weder eine Kontaktanzeige aufgegeben, noch einen Brief an Sie geschrieben!" Genervt schmiss Audrey den Hörer auf die Gabel ihres Telefons. Wie viele Männer hatte sie schon auf diese Art und Weise abgewimmelt? Wahrscheinlich fünfzehn. Hoffungsvolle Anrufer, die am anderen Ende der Telefonleitung mit ihrer Traumfrau sprechen wollten. Wie enttäuschend musste es für diese Männer sein, wenn sie dann die Wahrheit erfuhren. Die Wahrheit, dass jene „Traumfrau" gar nichts mit ihnen zu tun haben wollte.

Wer aber hatte diese Verwirrung angezettelt? Audrey saß auf dem Stuhl neben dem Telefon und überlegte fieberhaft. Wenn sie allerdings weiterhin Leute abwimmelte, würde sie die Wahrheit nie erfahren.

Also verabredete sie sich mit dem nächsten Anrufer. Im Café um die Ecke.

„Bringen Sie bitte diesen Brief, den ich angeblich geschrieben haben soll, mit!", bat sie jenen Heinrich am anderen Ende der Leitung.

„Ich freue mich schon, Sie kennen zu lernen!" Heinrich schien hörbar glücklich zu sein. „Bis zum Samstagnachmittag! Sie werden es nicht bereuen!"

Er hängte auf. Audrey schüttelte ärgerlich ihren Kopf. Warum war ihr die Idee mit einem Treffen nicht schon früher gekommen? Als zum Beispiel der sympathische Programmierer Wolfgang anrief? Oder der charmante Ulrich, der Audrey an ihren Lieblingsradiosprecher erinnerte?

Nun war es bereits zu spät. Die beiden erwähnten Herren würden sich sicherlich bereits um Treffen mit anderen Damen bemühen.

Der Samstag nahte. Pünktlich um 15 Uhr erschien Audrey im „Café Sonnenschein" um die Ecke. Ganz in der Nähe ihrer Mietwohnung also. Sie setzte sich an einen Tisch und bestellte sich eine Tasse mit schwarzem Kaffee.

Ein Mann steuerte auf ihren Tisch zu. Aber halt – war das nicht Brandolf, der Angeber aus Isabellas doofem „Hausbibelkreis"? Audrey graute vor diesem Kreis. Die Leute dort stahlen Informationen über andere Menschen, um sie hinter deren Rücken durch den Schmutz zu ziehen und darüber zu lästern und zu tratschen. Audrey mochte diesen Kreis nicht, sie wollte diese Leute auch nie duzen – und auf einmal stand einer der Mitglieder dieser Gruppe vor ihr!

„Brandolf – was machen denn Sie hier in Aalen?", wunderte sich Audrey.

„Ich habe mich mit Ihnen verabredet!", verkündete er triumphierend.

„Nein, das muss ein Irrtum sein!" Audrey schüttelte den Kopf. „Ich warte nicht auf einen Herrn, namens Brandolf. Und mit jemandem, der über andere Leute tratscht, würde ich mich nie verabreden!"

„Aber es stimmt tatsächlich! Ich bin Heinrich!", sagte er.

„Warum wollen Sie mich mit mir treffen – und vor allem: warum haben Sie mir nicht Ihren richtigen Namen genannt?"

„Weil Sie dann sofort aufgelegt hätten, als Sie mit mir telefonierten. Und so leicht wollte ich mich nicht abwimmeln lassen!" Schuldbewusst sah er sie an. „Darf ich mich setzen?"

„Ja, bitte!", lenkte Audrey ein. „Aber ich bin jetzt verwirrt. Erstens habe ich diese Briefe nicht geschrieben, denn ich suche im Moment keinen Partner – und zweitens verstehe ich nicht, warum Sie mich treffen wollen. Sie haben sich nie für mich interessiert – weder für mich als Mensch, noch als Frau, noch als Kameradin. Sie haben sich mir nie vorgestellt – für Sie und Ihren blöden Hauskreis sind andere Menschen doch nur Lästerobjekte. Christlich ist das nicht! Solch eine Person ist eine Horrorvorstellung – so jemanden kann man einfach nicht lieben!"

Eine Kellnerin kam, und Brandolf bestellte sich eine Tasse Kaffee, die prompt an den Tisch geliefert wurde.

„Es tut mir leid, dass Sie so über mich – über uns - denken!", presste er hervor. „Ich habe nicht gedacht, dass das, was unser Hausbibelkreis sagt und tut, für andere Leute so schrecklich ist. Aber glauben Sie mir, ich wollte Sie treffen, ich wollte einfach eine andere Frau treffen!"

Audrey schüttelte verwirrt den Kopf. „Aber Sie wissen schon, dass das nicht das Rendezvous ist, von dem Sie geträumt haben! Ich dachte immer, Sie seien glücklich mit Ihrer Partnerin. Wie heißt sie doch gleich? Ich habe sie in Gedanken immer als Blödi betitelt und Sie als Gröli – wie gesagt, Sie haben sich mir nie näher vorgestellt! Sie waren immer sehr unhöflich und frech zu mir. Dass Sie Brandolf heißen, habe ich nur zufällig von Isabella erfahren!"

Brandolf grinste. „Es ist mir ein Vergnügen, Sie zu treffen. Sie sind ehrlich und geradeheraus. Und Sie sind sehr hübsch!"

Audrey errötete leicht, lachte jedoch dann über seine gespreizte Redeweise. Ihr Traummann saß ihr nicht gegenüber – ihr Traummann weilte in Australien. Aber Brandolf schien plötzlich ein sympathischer, kumpelhafter Mensch zu sein. Vielleicht lohnte es sich doch, ihn näher kennen zu lernen.

„Sie haben mir die Frage nach Ihrer Freundin noch nicht beantwortet", beharrte sie.

„Ach – Gudrun!" Er schnaufte. „Ja, sie heißt Gudrun. Ein außergewöhnlicher Name – und eigentlich auch eine außergewöhnliche Frau. Aber im Moment weiß sie nicht so richtig, was sie wirklich im Leben erreichen will und hat sich eine Pause in unserer Beziehung erbeten."

„Okay, dann soll ich wohl die Lückenbüßerin sein? Die Frau, die Sie bespaßen soll, bis Gudrun weiß, was sie will?", sinnierte sie. „Andererseits möchte ich wirklich herausfinden, wer mir diesen Streich mit der Kontaktanzeige gespielt hat!"

Sie freute sich, ihm ihre ehrliche Meinung sagen zu können. Denn bisher hatte sie ihn nie gemocht. Sie wusste nur, dass er bei einer Bank arbeitete und ziemlich eingebildet war. Ein Angeber eben. Da sie nicht seine Freundin sein wollte, hätte er dieses Treffen jederzeit verweigern können. Nach einer kurzen Pause meinte sie:

„Sie klingen manchmal philosophisch. Sie sind wohl ein Büchernarr, nicht wahr?"

„Richtig!" Er nickte. „Ich liebe Bücher – sie sind meine geheime Leidenschaft. Bücher bereichern mein Leben, sie geben mir sehr viel. Und ich liebe Reisen in ferne Länder. Einmal im Jahr zieht es mich ganz weit weg. Es ist beinahe wie Magie – verstehen Sie?"

„Ja!" Sie verstand ihn nur zu gut. Ihre Gedanken flogen wieder ins ferne Australien, zu Lionel – und ein schmerzlicher Zug huschte über ihr Gesicht. „Vor einem halben Jahr besuchte ich Australien. Es war traumhaft!" Sie seufzte laut.

„Das klingt beinahe, als ob jener traumhafte Aufenthalt eine tiefe Wunde in ihre Seele gerissen hat!" Dieser Brandolf schien doch einfühlsamer und vorausschauender zu sein, als Audrey bisher gedacht hatte. Aber wie konnte er von ihrem Kummer mit Lionel wissen? Stand ihr im Gesicht geschrieben, wie sehr sie litt?

„Ich weiß nicht, woran Sie das erkannt haben." Sie zögerte. „Aber Sie haben tatsächlich recht. Ich habe mich mit Haut und Haaren in einen Australier verliebt. Noch immer fühle ich, dass wir füreinander geschaffen sind – dass wir zusammengehören. Jedoch gewinne ich immer mehr den Eindruck, dass er auf einmal das Interesse an unserer Beziehung verloren hat."

Versonnen starrte sie aus dem Fenster. November in Deutschland. Es war kalt, regnerisch und ungemütlich. Für heute Nacht hatten die Wetterdienste sogar Schnee und Glatteis vorhergesagt.

„Wie schade, dass dieser Mann aus Australien immer noch einen solch großen Platz in Ihrem Herzen einnimmt!" Brandolf schüttelte bedauernd seinen Kopf. „Dadurch entgeht Ihnen vieles. Sie leiden, während das Leben draußen an ihnen vorbeifließt. Und Sie verschließen sich dadurch neuen Bekanntschaften – Männern, die eine Frau wirklich verdienen!"

Sie zuckte ein wenig zusammen, denn er hatte recht. Was lag Lionel noch an ihr? Sicherlich wälzte er sich gerade in seinem Bett in Sydney. Später würde er sich langsam erheben, laut gähnen, frühstücken und ein ungemachtes Bett zurücklassen. Ob er noch an sie dachte?

„Mich würde der Brief interessieren", sagte sie. Damit versuchte sie, von dem heiklen Thema rund um Lionel abzulenken. „Sie wissen schon, welchen Brief ich meine. Den, der angeblich von mir stammen soll. Eigentlich verabscheue ich Detektivarbeit – aber in diesem Fall muss ich einfach die Wahrheit wissen! Sie können sich nicht vorstellen, wie lästig es ist, wenn dauernd wildfremde Herren anrufen. Herren, denen ich geschrieben haben soll – was jedoch in Wirklichkeit eine andere Person getan hat!"

„Ich kann Sie gut verstehen!" Brandolf nahm einen Schluck aus seiner Kaffeetasse und kramte in seiner Jackentasche. „Natürlich dachte ich nie, dass dieser Brief eine Fälschung ist. An so etwas denkt man nicht im Traum. Denn man glaubt an die Aufrichtigkeit der Leute!"

„Sie sind in Ihrem Hauskreis auch nicht aufrichtig", erinnerte ihn Audrey.

„Ja, Sie haben recht. Ich muss darüber nachdenken", sagte er und streckte ihr den Brief entgegen – gemustertes Umweltschutzpapier, das offensichtlich mit dem Computer beschrieben worden war. Darunter prangte ihre Unterschrift, die tatsächlich wie ihre aussah.

„Die Unterschrift sieht aus wie meine", stellte Audrey sachlich fest. „Aber ich habe keinen Computer. Allerdings habe ich einen Verdacht, wer mir diesen Streich gespielt haben könnte." Sie biss sich auf die Lippen. „Innerlich wusste ich es immer, aber nun bin ich mir völlig sicher!"

„Wer immer Ihnen diesen Streich gespielt hat, ist ein übler Charakter", erklärte Brandolf. „Was werden Sie jetzt unternehmen?"

„Sie kennen diese Person auch", stellte Audrey klar. „Ich werde sie zur Rede stellen und ihr gründlich die Leviten lesen."

„Wer ist es denn?"

„Isabella von Schlichting. Ich wundere mich, dass sie Sie anhand Ihres Briefes und Ihres Fotos nicht erkannt hat!", wunderte sich Audrey.

„Als ich auf die Kontaktanzeige antwortete, schickte ich kein Bild von mir mit", erklärte Brandolf. „Das mache ich nie. Ein Bild kann vieles verderben. Es kann einen falschen Eindruck über eine Person geben." Und er fügte noch hinzu. „Bitte bestrafen Sie Isabella nicht zu hart. Eigentlich ist sie eine total liebenswerte Person…"

„Das war sie mal", berichtigte ihn Audrey. „Aber seitdem ich in einen Australier verliebt bin, ist sie ausgerastet. Sie ist nicht mehr die Isabella, wie ich sie kennen- und schätzen gelernt habe. Sie bekommt die Strafe, die sie verdient!"

Hastig trank Audrey ihren Kaffee aus. „Ich muss gehen!"

„Werden wir uns wiedersehen?", fragte Brandolf. „Ohne Isabellas Aktion hätten wir uns nie miteinander so gut unterhalten."

Das stimmte. Audrey runzelte die Stirne. Lionel kam ihr in den Sinn. Lionel und ihre Einsamkeit. Warum sollte sie nicht ab und zu einen Mann treffen und mit ihm angeregt plaudern, durch Diskotheken ziehen oder Kaffee trinken? Sie hatte Brandolf schon mehr erzählt, als sie ihm ursprünglich erzählen wollte. Vielleicht entwickelte sich doch etwas wie eine Freundschaft zwischen ihnen, zumal er sehr höflich war.

„Gut, das können wir!", sagte sie.

Sie vereinbarten ein Treffen für das kommende Wochenende.

17. Kapitel

Ständig kreisten Audreys Gedanken von nun an um den Brief, den ihr Brandolf gezeigt hatte.

Eine Person hatte sie am meisten in Verdacht. Eine Person, die als Autorin in Frage kam. Eine Person, die Urheberin dieser Verwirrung ein konnte: Isabella.

Schon lange hatte Audrey nichts mehr von Isabella gehört. Oder besser gesagt: Audrey hatte sich schon lange nicht mehr bei Isabella gemeldet. Isabella, eine Schulfreundin, mit der sie früher Freud und Leid geteilt hatte. Aber soweit würde es wohl nicht mehr kommen.

In der Beziehung zwischen Isabella und Audrey war irgendetwas zersplittert. Zersplittert in 1.000 Scherben wie dünnes Glas.

Audrey wählte Isabellas Telefonnummer – Zahlen, die sie schon lange vergessen hatte. Am anderen Ende meldete sich Isabella mit glockenheller Stimme:

„Ja, hallo! Von Schlichting!"

„Isabella – ich bin's. Audrey."

„Audrey?" Verblüffung steckte in Isabellas Stimme. „Hier spricht ja eine total Unbekannte! Audrey, altes Haus, wie geht es dir denn?"

Audrey zögerte, meinte dann lässig:

„Ganz gut. Ich bin nur im Moment am Rätselraten."

„Rätselraten? Und du denkst vielleicht, ich könne dein Rätsel lösen, oder?" Isabella gluckste laut. So laut, dass Audrey erschreckt den Hörer von ihrem Ohr riss.

„Ja, vielleicht!", meinte sie ruhig, nachdem sich Isabella wieder beruhigt hatte.

Wie sollte sie Isabella erklären, dass sie sie verdächtigte? Wie sollte sie jene rätselhaften Anrufe erläutern?

„In letzter Zeit erhalte ich viele merkwürdige Anrufe", begann sie. „Einige Leute behaupten, ich hätte ihnen Briefe geschrieben."

Audrey sagte bewusst „Leute', denn sie wollte noch nicht, dass Isabella Verdacht schöpfte. Vielleicht war sie doch unschuldig?

„Anrufe? Ich verstehe nicht so ganz." Isabella stellte sich absichtlich dumm. Sie wusste sehr wohl, worauf Audrey hinauswollte.

„Isabella, sage mir ganz ehrlich: Hast du in letzter Zeit für mich eine Kontaktanzeige aufgegeben?" Audrey wollte endlich auf den Punkt kommen, sie brannte vor Neugierde.

„Eine Kontaktanzeige? Warum sollte ich eine für dich aufgeben?"

„Weil du etwas gegen meinen australischen Freund hast."

„Ach – dein Känguru! Bist du unterdessen nach Australien gereist? Und hat dein Australier gelobt, dich zu heiraten?"

„Isabella – bitte beantworte zuerst meine Frage! Hast du eine Kontaktanzeige für mich aufgegeben? Ja oder nein?"

„Warum sollte ich das tun?", fragte Isabella scheinheilig.

„Isabella, stelle dich nicht so dumm an! Ich habe es dir gerade erklärt!"

Isabella stöhnte durch den Telefonhörer. Dann lachte sie: „Aha, endlich hatte jemand die glänzende Idee, für dich eine Kontaktanzeige aufzugeben! Toll! Und wie waren die Reaktionen?"

„Dauernd werde ich von irgendwelchen Männern belästigt, die behaupten, einen Brief von mir bekommen zu haben. Männer, die mich treffen wollen!"

„Und du hast keinen Brief geschrieben?", fragte Isabella wieder scheinheilig.

„Nein! Das sagte ich doch gerade!" Audrey wurde langsam zornig. Isabella benahm sich wirklich wie ein bockiger, begriffsstutziger Esel. „Irgendjemand hat das unter meinem Namen gemacht!"

„Und jetzt kannst du dich vor vielen Verehrern nicht retten?" Isabella prustete vor Lachen. „Freue dich doch!"

„Nein, ich freue mich nicht!" Wütend schlug Audrey mit der Faust auf den Tisch, auf dem das Telefon stand. So laut, dass Isabella es am anderen Ende der Leitung hören konnte. „Isabella – hast du diese Anzeige aufgegeben? Hast du diese Briefe verfasst und verschickt – oder nicht?"

Isabella zögerte. Zu lange, wie Audrey meinte.

„Ja!", kroch es schließlich durch den Telefonhörer. Es war ein leises „Ja", beinahe schon verschämt.

„Isabella!", schrie Audrey. „Warum tust du mir das an? Warum lässt du mich nicht meine Liebe leben? Ich funke doch auch nicht in die Beziehung zwischen Roberto und dir!"

Schweigen am anderen Ende. Dort, wo Isabella saß. Audrey hörte ein leises Klicken. Isabella hatte aufgelegt.

Wütend legte Audrey den Hörer auf. Sie schwor sich, nie wieder mit Isabella in Kontakt zu treten.

Diese Freundschaft war gestorben.

18. Kapitel

Lionel fuhr wieder zu den Eloys. Diesmal bei Tageslicht. Er holte Fatima ab. Das Mädchen, das ihm leid tat.

„Ich möchte mit ihr zum Eis-Essen gehen", erklärte er Aleyna.

„Eis-Essen?" Aleyna runzelte ihre Stirn. „Fatima wird kein Eis essen, aber sicherlich freut sie sich, wenn ihr jemand etwas von der Stadt zeigt."

Ihr selbst blieb dafür kaum Zeit – der Haushalt und die Kinder verschlangen unerbittlich jede Minute.

Lionel fuhr mit Fatima in die Stadt. Sie saß neben ihm und sprach kein Wort. Sie saß da, als sei sie zur Salzsäule erstarrt. Fatima, ein Mädchen, das an Traditionen hing und nicht gewillt war, seinen Schleier zu lüften.

Sengende Sonne knallte auf die Dächer Sydneys, als Lionel einen Parkplatz fand. Automatisch stieg Fatima aus dem schwarzen Datsun, automatisch folgte sie Lionel. So wie ein Hund, der seinem Herrchen folgt. Ihr langes, heute in Pastellfarben gehaltenes, Kleid pendelte gegen ihre Knöchel.

Sie schritten zum Opernhaus. Ein monumentales Gebäude moderner Architektur, das Audrey sehr ins Herz geschlossen hatte. Lionel schnitt dieser Gedanke ins Herz. Er zuckte kurz zusammen. So sehr hatte ihn ein Gedanke an Audrey lange nicht mehr bewegt.

Er wollte Fatima fragen, wie ihr das Opernhaus gefiele. Doch dann kam ihm in den Sinn, dass sie ihn ja nicht verstehen würde. Deswegen wanderte er mit ihr weiter zum „Circular Quay" und wies mit dem Finger auf die vielen Fähren, die an- und ablegten.

Fatima jedoch blieb immer auf Distanz. Ihre Haare waren verhüllt, aber das hübsche Gesicht war sichtbar. .

Lionel fühlte sich unwohl. Was trieb er hier mit einem Mädchen, das vom Alter her seine Tochter sein konnte? Was tat er hier mit einem Mädchen, das nicht zu ihm passte? Verstohlen blickte er auf die 17-jährige Fatima, die stumm am Geländer lehnte, während der Wind leicht an ihrem Kopftuch und ihrem Kleid zupfte.

Sie hielt sich auf Distanz zu ihm. Entweder war sie zu schüchtern. Oder sie merkte ebenfalls, dass sie beide nicht zueinander passten. Zwei Personen, die unterschiedlicher kaum sein konnten. Sie wirkten beide, als ob sie zufällig beieinander standen – inmitten im Gewirr der umher eilenden Menschen in Sydneys Innenstadt.

Lionel trug seine schlabbrigen grünen Jogginghosen, kombiniert mit einem dunklen Flanellhemd. Fatima in ihrem arabischen Kleid wirkte eher gediegen – umgeben von einer stillen, geheimnisvollen Anmut.

Plötzlich fiel Lionel wieder ein, was er Audrey vor einigen Monaten versprochen hatte. Wie hatte er nur vergessen können, sich bei den Behörden zu erkundigen, wie sie eine Arbeits- und Aufenthaltserlaubnis erhalten könne?

Schließlich suchte er eine Eisdiele, in die er sich mit Fatima setzen konnte. Während sie beide eine große Portion Eis in einem Eisbecher verzehrten, notierte Lionel auf einem Zettel, welche Behörden er kontaktieren wollte.

19. Kapitel

„Hätten Sie Zeit?". Diese Frage hörte Audrey sehr oft am Telefon und bald ging sie ihr auf die Nerven.

Der Fragesteller war Brandolf. Brandolf, der Banker und Angeber, der unermüdlich ihre Nummer wählte und versuchte, sie in Restaurants, Discotheken oder sonst wohin zu lotsen. Er war anhänglich wie eine Klette, wanderte wie selbstverständlich neben ihr und plauderte unentwegt.

Wieder saßen sie in dem „Café Sonnenschein", wo sie sich vor einigen Wochen getroffen hatten.

„Mir gefällt es nicht, wenn Sie mitten in der Fußgängerzone auf mich warten!", kritisierte Audrey. Hinter ihr lag ein stressiger Arbeitstag, von dem sie sich nur mit Mühe pünktlich losreißen konnte. „Die Kollegen denken sonst, Sie seien mein Liebhaber!"

Brandolf nahm einen tiefen Schluck aus seinem Bierglas. „Ich dachte, es macht Ihnen ein wenig Freude, abgeholt zu werden. Das lenkt Sie ab! Zumal sich Ihr Liebhaber vom anderen Ende der Welt sehr rar macht!"

Audrey nickte – beinahe ärgerlich. Brandolf ahnte mehr, als ihr lieb war. Er wusste, wo er sie verletzen konnte. Manchmal wünschte sie sich, sie hätte ihm gegenüber „ihren" Lionel nie erwähnt. Aber wäre er sonst nicht noch aufdringlicher geworden?

Warum ging sie überhaupt mit ihm aus, wenn er sie nicht interessierte? Wenn sie ihn nicht mochte? Sie wusste es selbst nicht. Ein Ersatz für Lionel würde er niemals sein. Ihr graute vor der Vorstellung, Brandolf näher zu kommen. Eines Tages seine angeberischen Pranken auf ihrer Haut zu spüren. Der Haut, die Lionel so liebevoll streicheln konnte.

Andererseits musste sie Brandolf dankbar sein, dass er sie auf Isabellas Fährte gelockt hatte. Isabella, die sie jetzt vollständig aus ihrem Leben verbannt hatte.

„Wollen wir uns jetzt nicht endlich duzen?", unterbrach Brandolf ihren Gedankengang. Erschreckt fuhr sie hoch. Für einen Moment hatte sie tatsächlich vergessen, wo sie sich befand und sich von Gedanken hinweg treiben lassen wie ein Boot, das führungslos eine Flussströmung hinunter schwimmt.

Für einen Moment hatte sie geglaubt, Lionels feingliedrige, sanfte Hände auf ihrer Haut zu spüren.

„In Ordnung – duzen wir uns!" Sie räusperte sich. Warum sollte sie dem Mann, der ihr über ihre Einsamkeit hinweghalf wie ein Rettungsring nicht das Du anbieten? Das klang logisch, auch wenn sie Brandolf nicht mochte.

Brandolf zog einige Prospekte aus seinem schwarzen Lederrucksack und breitete diese auf dem Tisch aus.

„Reiseangebote über Vietnam – ich habe sie mir vorhin aus einigen Reisebüros geholt."

„Vietnam?" Sie runzelte die Stirn. „Warum denn Vietnam?"

„Vietnam war schon immer eines meiner Traumländer", erklärte Brandolf lebhaft.

Fasziniert blätterte er in den Prospekten und tippte mit seinen Fingern auf bunte, geheimnisvolle Bilder mit prächtigen Tempeln, sattgrünen Landschaften und lächelnden Asiaten.

Audrey lauschte staunend seinen Ausführungen – geheime Pagoden, riesiger und undurchdringlicher Dschungel und bizarre Städte. Das war Vietnam.

„Ist es nicht gefährlich, durch Vietnam zu reisen?", fragte sie. „Ich hörte, dass aus Zeiten des Vietnam-Krieges immer noch etliche Gifte in der Landschaft schlummern sollen."

„Man muss ja nicht in diese Gegenden reisen!" Brandolfs Augen glühten vor Begeisterung wie brennende Fackeln. „Die Städte und weite Landstriche sind frei von irgendwelchen Giften. Audrey, dieses Land ist riesig!"

„Gut", meinte sie tonlos. „Dann flieg doch dorthin!"

„Ich möchte nicht alleine reisen", gestand er. „Deshalb wollte ich dich fragen: Möchtest du mich begleiten?"

„Dich begleiten? Nach Vietnam?" Vor Staunen blieb ihr Mund offen stehen. „Wie stellst du dir das vor? Nein, Brandolf, ich werde nicht mit dir nach Vietnam reisen!"

„Aber – warum denn nicht?" Seine Stimme klang beinahe flehend, hallte durch den Raum und schien sich auf der dunkelroten Samttapete festzusetzen. „Bitte, Audrey! Ich werde dich auch während der ganzen Reise nicht belästigen. Wir reisen wie zwei Freunde durch Vietnam – mit großen Rucksäcken. Wirklich, du wirst diese Reise nicht bereuen!"

Sie schwieg und überlegte. Wahrscheinlich handelte es sich nur um eine fixe Idee, die Männer manchmal vor Begeisterung ausbrüten und dann wieder vergessen. Andererseits klangen Brandolfs Ideen ansprechend und die Fotos wirkten verlockend. Wollte sie nicht schon immer mehr von Asien sehen als das, was sie flüchtig auf ihrer Reise nach Australien sah?

„In Ordnung – ich werde dich begleiten!" Sie seufzte. „Allerdings nur, wenn wir an einer Gruppenreise teilnehmen!"

„Abgemacht!" Er strahlte sie glücklich an und legte seine Hand auf ihre.

Audrey steckte den Gedanken an die Vietnam-Reise in die hinterste Schublade ihres Gedächtnisses. Und sie hoffte, dass auch Brandolf diese Reise vergessen würde.

20. Kapitel

Lionel fühlte sich gut. Er aalte sich in seiner Bequemlichkeit, und er genoss es, keine Verantwortung übernehmen zu müssen. Für gar nichts.

Sein Tag verlief immer gleich. Aufstehen, arbeiten, abends essen und fernsehen. Am Wochenende schwimmen, ein Fußballspiel sehen und Freunde treffen. Und ab und zu hastete er direkt nach der Arbeit zum Fußballtraining.

Je mehr die Zeit verrann, desto mehr nagte das schlechte Gewissen an ihm. Warum erkundigte er sich nicht über Arbeits- und Aufenthaltsmöglichkeiten für Deutsche in Australien? Oder wäre es besser, zuerst eine Europareise zu unternehmen, Audrey zu treffen und sie zu fragen, ob sie überhaupt noch an einem Leben mit ihm interessiert war?

Er liebte Audrey immer noch, aber er konnte nicht feststellen, wie sehr er sie liebte.

Mit Fatima dagegen hatte er Mitleid. Lebte sie nicht wie ein eingesperrter Vogel? Eingesperrt in Traditionen und in falschen Vorstellungen. Den Vorstellungen, eine Frau habe die Sklavin eines Mannes zu sein, ohne seine Sorgen und Wünsche mit ihm zu teilen. Denn sie durfte seine Sprache nicht erlernen. Lionel vermutete stark, dass die Eloys einen australischen Ehemann für Fatima suchten.

Er schüttelte den Kopf. Nein, Fatima und Audrey konnte man nicht miteinander vergleichen. Audrey würde ihr Leben in Australien meistern, darüber war er sich im Klaren. Würde sich aber ihr Liebesverhältnis verbessern, wenn sie beide – Audrey und Lionel – einige Monate lang miteinander leben würden? War ihre Liebe stark genug, um sich den Höhen und Tiefen des Alltags zu stellen? Würde ihre Liebe standhalten, wenn es Probleme gab?

Was würde aber passieren, wenn sie sich beide – Audrey und Lionel – nach zwölf Monaten oder einer längeren Zeit trennen würden? Audrey müsste sicherlich Australien verlassen und wieder zurück nach Deutschland reisen. In ihre Heimat, in der sie jedoch alle Zelte abgebrochen hatte.

Was für ein Risiko! Die Angst krallte sich in Lionels Herz. Je mehr er zögerte, desto mehr wuchs seine Angst, desto mehr wuchs auch seine Trägheit.

Länger als sonst ließ er Audreys Briefe unbeantwortet liegen. Nein, er wollte sich von nichts und von niemandem drängen lassen!

Deswegen tauchte er gerne ein in die Fantasiewelt der Fernsehprogramme. Er verbrachte viele Stunden vor der Flimmerkiste, die ihm Trost und Freude zugleich spendete.

Vielleicht würde er morgen oder übermorgen eine Entscheidung treffen. Oder vielleicht in einem Monat. Oder nie.

21. Kapitel

Während Brandolf Vietnam-Pläne schmiedete, Kataloge wälzte und Reiseführer las, demonstrierte Lionel in Sydney mit Tausenden von anderen Australiern gegen das Erschießen von

2.000 Koala-Bären auf der südwestlich von Adelaide gelegenen Känguru-Insel.

„Wir können so etwas nicht zulassen!", tobte die Menge erbost und schritt aufgeregt durch Sydneys Innenstadt. Vorbei an Circular Quay, dem Opernhaus und Darling Harbour. Lionel befand sich mitten unter den Demonstrierenden. Er ließ sich treiben, ließ sich mitreißen von den Kampfparolen. Enthusiastisch fühlte er mit der Menge, fühlte mit den Koalas, die so typisch für Australien sind. Seine Gedanken waren aufgewühlt – wie die aller Tierschützer.

„Die Koalas haben sich so stark vermehrt, dass auf der Känguru-Insel mittlerweile 5.000 Tiere leben. Die Nahrung jedoch reicht gerade für 3.000 Tiere", lautete die Begründung der australischen Regierung. Die Begründung für das grausame Tun, einige Tiere herzlos abzuknallen. Dafür, dass die anderen überleben konnten.

„Diese Behauptung ist falsch!", stand auf einem der großen Transparente zu lesen, die eifrig durch die Straßen getragen wurden. „Es gibt nicht zu viele Koalas auf der Insel, sondern zu wenige Manna-Eukalyptusbäume, die den Tieren die Nahrung bieten!"

„Das Töten der Koalas ist empörend und eine nationale Schande!", las man auf einem anderen Schild.

„Leben für die Koalas – Leben für die Koalas!", begannen einige Demonstranten zu singen. Diese Parole setzte sich fort wie ein Lauffeuer und verbreitete sich blitzschnell in der Menge. Am Schluss brüllten alle nur noch:

„Leben für die Koalas!"

Touristen blieben erstaunt stehen, klatschten dann aber begeistert in die Hände. Andere Vorübergehende schlossen sich den Parolen an.

Immer noch weilte Lionel mitten in der aufgepeitschten Menge. Es war einer der seltenen Momente, in denen er fühlte, dass er ein Australier war und dass er für das zu kämpfen hatte, was Australien ausmachte. Zum Beispiel für Koalas.

Weiter allerdings reichte sein Mut nicht.

22. Kapitel

Audrey konnte nicht sagen, zum wievielten Mal sie sich bereits mit Brandolf in jenem Café traf. Beinahe schon zählten sie zu den Stammgästen. Die Kellnerin jedenfalls grüßte immer freundlich.

Audrey fühlte sich fast schon mulmig. Und sie wünschte, dieses Treffen würde schnell vorbeigehen. An diesem Mittwochnachmittag schwenkte Brandolf erfreut Vietnam-Prospekte in seiner Hand.

„Diese Prospekte hast du mir schon gezeigt", meinte sie trocken, als Brandolf freudestrahlend eines nach dem anderen vor ihr ausbreitete.

„Ich habe ein konkretes Angebot für eine vierwöchige Reise im Februar!" Brandolf stotterte aufgeregt. Einige seiner mit Pomade zurückgekämmten Haare lösten sich und hingen wirr in sein Gesicht. „Mit Flug und einer zehntägigen Gruppenreise kostet sie gerade 3.500 D-Mark (das sind ungefähr 1.750 Euro). Beinahe geschenkt!"

„Moment mal!" Audrey versuchte, seine Freude etwas zu bremsen. „Du meinst, wir sollen nach zehn Tagen Gruppenreise noch einige Wochen im Dschungel herumirren? Ohne mich!"

„Warum willst du eine Gruppenreise nicht mit einer harmlosen Abenteuer-Tour kombinieren?"

„Weil das eine verrückte Idee ist! Ich traue diesem Land nicht!"

„Du hattest aber versprochen, mich zu begleiten!" Brandolf verzerrte seine Lippen zu einem Schmollmund. „Bitte sag ja! Ich muss bald buchen, sonst sind alle Plätze reserviert. Audrey, solch eine Gelegenheit bietet sich selten! Wir müssen zugreifen!"

„Brandolf, mit der zehntägigen Gruppenrundreise bin ich einverstanden. Mehr hatte ich dir allerdings nicht versprochen. Ich bin nicht gewillt, fast drei Wochen durch eine total fremde Kultur, durch ein zerklüftetes, unbekanntes Land zu wandern! Ich bin nicht lebensmüde!"

Brandolf blickte enttäuscht und rührte laut scheppernd in seiner Kaffeetasse.

„Ich dachte, du würdest dich freuen!", brach es schließlich aus ihm heraus. „Du verkomplizierst alles! Was soll uns schon passieren?"

„Gut!" Sie seufzte. „Zehn Tage Gruppenreise und elf Tage auf eigene Faust, das ergibt drei Wochen. Zu mehr fehlt mir einfach der Mut!"

Brandolf strahlte.

„Danke!", flüsterte er. „Danke, dass du mich begleiten wirst! Dann kann ich also die Reise buchen?"

„Ja!" Audrey begann, sich mit dem Gedanken anzufreunden. Sie wusste, dass Lionel ihr entschieden von dieser Reise abraten würde. Aber zeigte er überhaupt noch Interesse an ihr?

Andererseits konnte er beruhigt sein. Ihre Freundschaft mit Brandolf war rein platonischer Art.

Sie erörterte weitere Einzelheiten mit Brandolf. Sie wählten Anfang Februar als Reisetermin.

Ihnen blieben noch nahezu zwei Monate, um Reisevorbereitungen zu treffen.

23. Kapitel

„Lieber Lionel,

das Weihnachtsfest ist vorbei, und ich bedanke mich herzlich für dein Geschenk: das hübsche T-Shirt mit der Aufschrift ‚Sydney 2000'."

Die Vorweihnachtszeit war sehr hektisch. Die Leute rasten gestresst durch die Straßen, beladen mit vielen Geschenken.

In der Firma gab es viel zu tun. Die Inventur stand ins Haus, und bis zum Jahresende mussten noch viele buchhalterische Vorgänge abgeschlossen sein.

Auch meine nächste Urlaubsreise habe ich bereits gebucht. Mit einem Bekannten – Brandolf heißt er – werde ich im Februar nach Vietnam reisen. Ich hoffe, du hast nichts dagegen. Brandolf ist nur ein Kamerad, mehr nicht. Vietnam ist sein ganz persönlicher Traum. Er suchte jemanden, die oder der ihn auf dieser Reise begleitet. Deswegen fragte er mich.

Am 5. Februar werden wir abreisen und drei Wochen in Vietnam verbringen. Zehn Tage mit einer Gruppe, den Rest der Zeit alleine.

Sonst geht es mir gut. Auch meine Eltern sind gesund und munter."

Zitternd hielt Lionel Audreys Brief in den Händen. Einen Brief, verfasst auf gemustertem Umweltschutzpapier.

Er las weiter, aber er konnte sich nicht mehr konzentrieren. Audrey berichtete über weitere Treffen mit Briefkontakten und Freunden. Ein sorgloser Brief, aber Lionel war beunruhigt.

Warum reiste sie nach Vietnam mit irgendeinem Unbekannten, an dem ihr nichts lag?

Gut, sie hatte Brandolf als einen Kameraden geschildert. Sie liebte ihn nicht. Dennoch bohrte sich Eifersucht wie ein Stachel in sein Herz.

Dabei dachte er, nach so vielen Monaten über diese Liebe zwischen zwei Kontinenten hinweggekommen zu sein.

24. Kapitel

An einem Samstagabend ließ sich Lionel wieder auf die mit dunkelgrünem Stoff bezogene Couch in Rogers Appartement plumpsen. Roger hantierte geschäftig in seiner kleinen Küche und erschien dann mit zwei Tassen Kaffee.

„Möchtest du Milch oder Zucker – oder beides?" Rogers große Augen blickten Lionel hinter den dicken Brillengläsern fragend an.

„Milch, bitte!", antwortete Lionel und bediente sich selbst.

Schweigend genossen die beiden Freunde das dampfende und wärmende Getränk. Lionel sah sich in Rogers Wohnung um. Die letzten Sonnenstrahlen fielen durch die große gläserne Balkontür auf den braunen Teppich und malten ein eigenwilliges Muster auf den Boden. Rogers Wohnung wirkte wie immer sehr aufgeräumt. Kein Wunder, Roger besaß nicht viel. Beinahe lebte er schon wie ein Mönch, fand Lionel.

„Wie geht es Audrey?", unterbrach Roger ihr Schweigen. Gerne erinnerte er sich an die quirlige Deutsche mit den braunen glatten Haaren. Haare, die sie streng zu einem Zopf geflochten hatte.

„Oh – ich schulde ihr noch einen Brief!" Lionel zuckte beinahe ein wenig zusammen, obwohl er doch geahnt hatte, dass Roger diese Frage stellen werde. Roger fragte jedes Mal, wenn sie sich sahen, nach Audrey.

Lionel stellte seine Kaffeetasse ab und sagte:

„Ich bin wütend auf sie. Stell' dir vor – sie hat einen Flug nach Vietnam gebucht. Mit einem Bekannten, namens Brandolf. In Vietnam lauern etliche Gefahren – und dann reist sie noch mit einem anderen Mann dorthin..."

„Lionel, ich möchte dir nicht zu nahe treten. Aber du bist wirklich hoffnungslos!" Roger setzte seine Brille ab und blickte ernst. „Du lässt die beste Frau, die du bekommen kannst, mit irgendeinem Idioten nach Vietnam reisen!"

„Aber Roger, was soll ich tun?"

„Sie heiraten, du Idiot! Oder drei Monate nach Deutschland reisen und in Audreys Nähe leben! Du kannst jederzeit drei Monate Urlaub am Stück nehmen! Du arbeitest doch im Staatsdienst!"

Lionel saß da wie ein begossener Pudel. Nein, diese Standpauke von Roger hatte er nicht erwartet. Seine Finger umklammerten angestrengt seine Tasse. Forsch meinte er:

„Was soll das Gerede, Roger? Solche Töne habe ich noch nie von dir gehört. Ich dachte, du seist mein Freund!"

„Und als Freund muss ich dir auch einmal die Leviten lesen! Mensch, Lionel, willst du verkommen in deinem Single-Dasein? Willst du ewig der Nesthocker bleiben, der immer hoffnungsloser wird? Schau doch nur deine Kleidung an, du vernachlässigst dich total!"

Lionel starrte brüskiert auf sein blau-graues Flanellhemd und die grasgrüne verwaschene Jogginghose, die manch anderer bereits mit gutem Gewissen in die Kleidersammlung gegeben oder im Müll entsorgt hätte.

„Nun ja, die schicksten Klamotten sind das nicht gerade", gab er kleinlaut zu. „Aber sie sind bequem."

„Damit kannst du allerdings keinen toten Hund aufreißen – geschweige denn eine Frau!" Roger beugte sich nach vorne. „Mensch, Lionel, was ist aus dir geworden? Ein von Angst umgetriebener Nesthocker, der stets bedient werden will und nicht mehr fähig ist, eigene Entscheidungen zu treffen!" Er kratzte sich am Kinn. „Entschuldige, so, wie du dich jetzt gibst, hast du keine Frau verdient! Sei froh, dass sich Audrey überhaupt noch für dich interessiert! Sie ist viel zu gut für dich!"

„Aus diesem Blickwinkel habe ich die Situation noch nie betrachtet…"

„Mensch, Lionel, wach' endlich auf! Werde endlich erwachsen! Da hast du die Frau fürs Leben gefunden – kümmere dich gefälligst um sie! So eine wie Audrey findest du nie mehr!" Roger zögerte. „Merkst du es nicht – sie hat dich und eure Liebe bereits aufgegeben! Sonst hätte sie keine Reise mit einem anderen Mann gebucht!"

„Meinst du wirklich?"

„Lionel, dir ist fast nicht zu helfen. Du schläfst am helllichten Tag! Entschuldige meine harten Worte, aber du entwickelst dich zurück in ein unselbständiges Baby, das erwartet, dass man ihm die Windeln wechselt!"

„Roger, bitte…"

„Unterbrich mich nicht! Wach auf – entwickle dich endlich zum Mann und nicht zur Memme! Tu es für Audrey und für dich!"

Lionel atmete tief durch. Er fühlte sich wie eine Pflanze nach einem Gewitterregen. Einem Regen, der ihn aus seinem Winterschlaf geweckt hatte.

Was war nur aus ihm geworden? Wohin hatte er sich treiben lassen? Ins Meer der Faulheit, Bequemlichkeit und Hoffnungslosigkeit.

„Du hast recht, Roger!" Lionel stand auf, schwankte beinahe schon wie ein Betrunkener. Aber Rogers Worte hatten
ihn hart getroffen. So hart, dass er das Gesagte, diese neue
Erkenntnis, erst einmal verdauen musste.

Freundlich schüttelte er seinem Freund die Hand. Warum
musste ihn Roger immer mit der Nase auf wichtige Dinge sto-
ßen? Warum fielen ihm solche Dinge nicht selbst ein? Dinge,
die Roger endlich beim Namen genannt hatte.

Warum hatte er nicht selbst gemerkt, wie es um ihn
stand?

Er gelobte, sich zu bessern.

25. Kapitel

„Lionel, diese Reise nach Vietnam ist fest gebucht! Ich
kann jetzt keinen Rückzieher mehr machen!" Audreys Stimme
klang ein bisschen verzweifelt. „Außerdem habe ich Brandolf
versprochen, ihn zu begleiten. Er ist wirklich nur ein Freund,
Lionel, ich liebe ihn nicht!"

Lionel seufzte am anderen Ende der Leitung.

„Ich muss gestehen, dass ich Angst um dich habe! Vietnam
– Audrey, überlege doch! Dort lauern etliche Gefahren!"

Sonntagabend in Deutschland, Montagmorgen in Sydney.
Lionel hatte Audreys Nummer gewählt, bevor er zur Arbeit
fuhr. Er musste mit ihr reden.

„Lionel, diese Reise wird nicht gefährlich werden. Wir
nehmen doch zehn Tage an einer Gruppenreise teil. Danach
erst machen wir uns auf eigene Faust auf den Weg! Außerdem
bereitet sich Brandolf sehr gut auf diese Dschungelwanderung
vor. Wirklich, alles wird gut gehen!"

Schweigen. Nein, Lionel war sich absolut nicht sicher, dass
alles gut gehen würde.

„Audrey, bitte passe auf dich auf! Ich brauche dich!",
brach es schließlich aus ihm hervor. Es war die Wahrheit, und
er freute sich, dass er sie ausgesprochen hatte.

„Du brauchst mich?" Audreys Stimme zitterte. „Davon habe ich schon lange nichts mehr gemerkt. Lionel – ich war oft so verzweifelt! Ich wusste nicht, wie es mit uns weitergehen sollte! Wann wir uns wiedersehen werden und ob wir als Paar überhaupt eine Zukunft haben! Immer mehr gewann ich den Eindruck, du hättest das vergessen! Erinnerst du dich noch an dein Versprechen?"

„Ja, natürlich!" Lionel klang schuldbewusst, beinahe beschämt. Aber er riss sich zusammen. Als Mann konnte und wollte er keine Schwäche zeigen. Besonders nicht vor Audrey. „Audrey, bitte verstehe, dass ich in den letzten Monaten sehr beschäftigt war! Mit meinem Job, dem Fußballspielen,…"

Das Wort „Fernsehen" wollte er nicht aussprechen. Warum sollte er seine Hauptschwäche zugeben?

„Ich werde mich bald erkundigen, wie du für Australien eine Arbeits- und Aufenthaltsgenehmigung bekommen kannst. Damit wir uns noch besser kennen lernen."

Dies waren die befreienden Worte aus Lionels Mund – die Worte, auf die Audrey lange, quälende Monate sehnsüchtig gewartet hatte. Und Audreys Herz machte einen Sprung vor Freude. Endlich, endlich zeigte Lionel wieder die Gefühle, die sie sich wünschte. Die Gefühle, die für einen Mann ganz normal sind, wenn er eine Frau wirklich liebt.

Vielleicht gab es noch eine Chance für sie beide – für Audrey und Lionel – das Liebespaar aus zwei Kontinenten. Eine Chance, ihre Liebe in Australien leben zu können.

Nach dem Gespräch schwebte Audrey im siebenten Himmel. Lionel interessierte sich immer noch für sie!

Mit diesem Glauben, mit dieser Hoffnung bereitete sich Audrey auf ihre Vietnam-Reise vor.

Drittes Buch: Vietnam

1. Kapitel

Vom ersten Augenblick an merkte Audrey, dass es eine dumme Idee gewesen war, mit Brandolf auf Reisen zu gehen. Er näherte sich ihr nicht. So hatte er es ja versprochen. Dafür jedoch unterbrach er sie laufend bei ihrer Lektüre und flirtete lautstark mit seiner rechten Nachbarin im Flugzeug. Diese hieß Gretel. Sie war blond und hatte üblen Mundgeruch. Ihr Reiseziel lautete Thailand.

„Wie schade, dass Sie nicht nach Vietnam fliegen", bedauerte Brandolf zum zwanzigsten Male und schloss mit einem traurigen Grunzen ab. Ein Grunzen, das wohl einen Seufzer darstellen sollte.

Gretel lächelte ihn an. Ihre falschen Zähne strahlten im Schein der Deckenlampen.

Audrey versuchte, sich in ihren spannenden Roman zu vertiefen, konnte sich aber wegen Brandolf kaum darauf konzentrieren. Ständig brüllte und gackerte er. Einmal klopfte er ihr mit seinen angeberischen Fingern auf die Schultern.

„Na, schon müde?", gellte er an ihr Ohr wie eine Polizeisirene und lachte schallend.

Audrey verneinte, aber Brandolf hörte ihr schon nicht mehr zu und grapschte Gretel am Knie. Gretel kicherte kokett und ließ dadurch noch mehr üblen Mundgeruch entweichen. Audrey wurde fast schlecht davon. Gretel war offenbar eine Frau für jede Gelegenheit und sichtlich stolz darauf.

„Sie – bringen Sie mir noch ein Mineralwasser! Oder besser ein Bier!", röhrte Brandolf den hübschen asiatischen Stewardessen entgegen. Er fasste sein Anliegen in brüchiges Englisch. Die anmutigen Damen brachten folgsam und schnell das Gewünschte: eine Dose Bier.

Audrey stöhnte innerlich. Sollte das etwa in Vietnam so weitergehen? Wo war der nette, gebildete Mann, den sie einige Male im Café getroffen hatte? Dieser Brandolf neben ihr entpuppte sich als derber und billiger Typ. Laut und ungehobelt. So wie jemand, der dem Dorftratsch huldigte. Ein Mann also, von dem man sich eher distanzierte.

Audrey wünschte, sie hätte Brandolf nie versprochen, mit ihm nach Vietnam zu reisen. Dabei hatten die Reisevorbereitungen Spaß gemacht. Selbst dann, als der Hausarzt ihr eine Impfung gegen Hepatitis A und B verpasste und ihr Typhus- und Malaria-Tabletten verschrieb. Die Malaria-Tabletten nahm sie immer noch ein – genau nach Vorschrift.

„Ein gut verträgliches Mittel", hatte der Arzt gesagt, und Audrey spürte keinerlei Nebenwirkungen.

Das Flugzeug trug die Passagiere nach Thailand durch ein Wolkenmeer. Filme flimmerten vorne auf einer Leinwand. Zum Beispiel „Nine Months" mit Hugh Grant und „Apollo 13" mit Tom Hanks. Zwischen den beiden Hollywood-Streifen erschien ein Nachrichtensprecher, anschließend eine Sendung, die mit versteckter Kamera gedreht worden war. Man versuchte, den Passagieren den langen Flug so gemütlich wie möglich zu machen.

Es war Februar. In Deutschland fegte ein eisiger Wind, der viele Straßen in Rutschbahnen verwandelte. Viele Menschen bekamen die Grippe und mussten das Bett hüten. Wie durch Zauberhand blieb Audrey verschont. Es war so, als sollte sie nach Vietnam fliegen.

Vielleicht sollte sie dorthin fliegen, um Lionel aus seiner Lethargie zu reißen? Die Lethargie, durch Fernsehen verursacht. Die Lethargie, die ihn langsam vergessen ließ, dass er noch ein großes Versprechen einzulösen hatte.

Tatsächlich machte sich Lionel auf den Weg in die Behörde für Einwanderungsfragen nach Sydney.

2. Kapitel

Während Audrey und Brandolf in Bangkok zwischenlandeten, Brandolf sich höflich von Gretel verabschiedete und anschließend mit Audrey nach Hanoi weiterflog, hastete Lionel zur Behörde für Einwanderungsfragen in Sydney.

Niemand sollte sagen können, er sei wortbrüchig und er würde seine Versprechen nicht halten. Und niemand sollte sagen, er sei ein von Schwachheit geprägter Mann, der für keine Sache kämpfen konnte.

Niemand sollte sagen, er sei ein Schlappschwanz.

Deshalb hatte er heute den Nachmittag frei genommen, die Fehlzeit würde er nacharbeiten. So tat er es auch, wenn er mit Roger spazieren ging und einige Stunden Gleitzeit nahm. „Flexible Arbeitszeit" – so nannte man das. Das gab es auch in Australien.

Lionel glitt lautlos durch die große Schwingtür des verglasten Gebäudes. Die Behörde für Einwanderungsfragen war mit anderen Behörden in einem riesigen Wolkenkratzer mit entspiegelten Fenstern untergebracht. Fenster, in denen sich das Sonnenlicht Australiens brach.

Er kletterte in den Aufzug und studierte die Stockwerksangaben. Aha – im zehnten Stock befand sich die Einwanderungsbehörde. Die Behörde, die ihm Auskunft geben konnte, ob es eine Möglichkeit gab, mit Audrey ohne Trauschein in Australien zusammenzuleben.

Geräuschlos stoppte der Aufzug im zehnten Stock. Lionel trat in einen langen Gang, der mit einem grünen Teppich ausgelegt war. Hohe, weiß getünchte Wände spannten sich wie ein Zelt zu beiden Seiten. Hinter dunkelbraunen Holztüren verbargen sich die Büros einiger Behörden, auch der Einwanderungsbehörde.

Lionel wählte eine Türe aus, neben der in sauber geschriebenen Druckbuchstaben „Allgemeine Auskunft – Herr S. Brown" stand. Höflich klopfte er.

„Herein!", ertönte von drinnen eine dunkle, aber freundliche Männerstimme.

Lionel drückte sanft die Klinke herunter und trat in einen hellen Raum, der mit braunen Büromöbeln ausgestattet war. Hinter einem Schreibtisch und einem Berg von Akten thronte ein entwaffnend lächelnder Mann, dessen dunkelbraunes Haar mit Pomade zurückgekämmt war und im Tageslicht leuchtete. Einige graue Strähnen durchzogen die Haarpracht, aber das verlieh dem ungefähr 45-jährigen Mann etwas Weisheit, etwas Hoheitsvolles.

„Guten Tag, womit kann ich dienen?", lächelte er Lionel freundlich an.

„Ich hoffe, ich störe Sie gerade nicht!", stotterte Lionel.

„Aber nein! Setzen Sie sich doch!"

Lionel nahm Platz, holte tief Luft und fragte:

„Es geht um meine deutsche Freundin. Was kann ich tun, damit sie eine Arbeitserlaubnis für zwölf Monate für Australien bekommt?"

„Für zwölf Monate?" Der Beamte schüttelte den Kopf. „Sie müssten die Dame heiraten, ansonsten sehe ich keine Möglichkeit!"

„Gar keine? Darf sie nicht einmal für zwölf Monate als Au-Pair-Mädchen arbeiten?"

„Leider nein. Australien gestattet Au-Pair-Mädchen keine Arbeit!"

Lionel stöhnte. „Wie sieht es mit einem Praktikum aus?"

„Praktikantenstellen gibt es." Der Beamte lächelte. „Allerdings sind diese Studenten oder Leuten, die eine Weiterbildung absolvieren, vorbehalten. Gehört Ihre Freundin zu einer dieser Personengruppen?"

„Nein, sie hat eine feste Arbeitsstelle!" Lionels Stirn zog sich in Falten. Er überlegte fieberhaft.

„Auch wenn Ihre Freundin einige Jahre Berufserfahrung vorweisen kann, würde ich ihr nicht raten, ihren Arbeitsplatz in Deutschland aufzugeben und eine Praktikantenstelle in Australien anzunehmen. Das gälte als Rückschritt – die Deutschen sind meistens qualifizierter als wir Australier. Und sie sind nur selten mit ihrer Arbeit als Praktikanten in Australien zufrieden. Viele bleiben nur hier, weil ihnen die Mentalität und die Lebensweise der Australier gefällt. Eigentlich – und das sage ich Ihnen im Vertrauen…." Sein Kopf beugte sich vor. Lionel tat das ebenfalls. Der Beamte flüsterte:

„Wir Australier können viel mehr von den Deutschen lernen als die Deutschen von uns. Denn die Ausbildungen in Deutschland sind meistens von viel höherer Qualität. Außerdem sind die Deutschen fleißige und ehrgeizige Arbeitskräfte."

Lionel senkte seinen Kopf. Er dachte an seine Arbeit und seine Motivation. Gleichzeitig dachte er an Audrey. Daran, wie sie sich abhetzte im Arbeitsalltag, obwohl diese Anstrengungen niemand würdigte. Die Australier dachten selten daran, sich für die Firma, in der sie arbeiteten, aufzuopfern.

„Irgendwann habe ich den Begriff ‚Working Holiday' gehört." Lionel gab nicht auf. Endlich hatte er sich zum Besuch dieser Behörde durchgerungen – und nun wollte er sich nicht so einfach abwimmeln lassen. Alles wollte er erfahren. Jetzt. Sofort.

„Working Holidays – ja, die gibt es." Der Beamte blätterte ein einigen Unterlagen auf seinem Schreibtisch. „Jedoch leider nicht für Deutsche. Australien hat kein Abkommen mit Deutschland darüber geschlossen. Nur mit Großbritannien, den Niederlanden, Irland, Japan und Kanada."

„Warum ausgerechnet nur mit diesen fünf Staaten?"

„Diese Staaten waren eben am schnellsten und schlossen das Abkommen mit Australien ab, solange das noch möglich war."

Lionel schüttelte den Kopf. „Gibt es eine zeitliche Begrenzung für diese Working Holidays?", fragte er.

„Ja, 18 Monate höchstens. Der Zeitraum für diese Working Holidays muss vorher genehmigt werden. Die meisten Leute, die ein Working Holiday in Australien machen, reisen und arbeiten ein Jahr lang in Australien."

„Ich werde nie begreifen, warum Japaner und Holländer gegenüber Deutschen bevorzugt werden! Gäbe es dieses Abkommen auch mit Deutschland, wäre das eine Chance für

Audrey gewesen!" Lionel blickte traurig drein. „Sie machen mir keinen Mut. Hilft es nicht, wenn ich für meine Freundin bürge?"

„Sie können für drei Monate bürgen. Aber dann muss klar ersichtlich sein, dass Sie die Dame heiraten werden!"

„Wie soll ich nach drei Monaten beurteilen können, ob ich heiraten will oder nicht? Verstehen Sie – die Zeit ist dafür viel zu kurz! Würden Sie jemanden aus dem Ausland heiraten, mit dem Sie gerade drei Monate zusammenleben? Das ist doch ein Risiko!"

„Ich verstehe Sie wirklich, junger Mann." Der Beamte atmete tief ein. „Auch ich würde nach solch einer kurzen Zeit niemanden heiraten. Das ist ja beinahe so, als ob man eine Katze im Sack kauft! Aber die australische Regierung lässt sich in dieser Hinsicht nicht erweichen. Jahrelang ließ man viele Leute einwandern. Möglichkeiten boten sich in unserem großen Land für jedermann, dann jedoch überrollte uns eine Arbeitslosenwelle. Also verschärfte man die Einwanderungsbedingungen drastisch. Nur noch Spezialisten für bestimmte Berufe dürfen einwandern. Besitzt Ihre Freundin vielleicht derartige Kenntnisse?" Er reichte Lionel ein Blatt, auf dem Berufe, wie „Aircraft Maintenance Engineer", Autoelektriker, Computerfachmann, Elektroingenieur, Lehrer für Chinesisch und Japanisch, erwähnt waren. Audreys Beruf jedoch nannte sich „Industriekauffrau". Sie konnte also als Angestellte in einem Büro arbeiten. Solche Leute gab es jedoch in Australien bereits genug.

Lionel saß verzweifelt auf seinem Stuhl und gab dem Beamten das Blatt Papier zurück.

„Nein, meine Freundin ist Angestellte in einem Büro", sagte er. „Sie ist eine Bereicherung für jeden Arbeitgeber, sie besitzt perfekte Sprachkenntnisse in Englisch und Französisch und eine perfekte Auffassungsgabe. Sie gäbe die perfekte Sekretärin ab – sie opfert sich auf und kann arbeiten wie eine Besessene. Aber, wenn ich Sie richtig verstanden habe, ist das den Einwanderungsbehörden egal."

„Leider ja!" Der Beamte schüttelte bedauernd den Kopf. „Ich glaube Ihnen, was Sie über Ihre Freundin erzählen. Wir jedoch setzen andere Maßstäbe an, um die Leute auszuwählen, die längere Zeit hier arbeiten und leben dürfen. Sie müssten schon Ihre Freundin heiraten, damit sie die gleichen Privilegien erhält."

„Das kann ich nicht!" Lionel schossen Tränen in die Augen. Aber er beherrschte sich. Wie sähe es denn aus, wenn er jetzt hier weinen würde? „Ich will nicht heiraten! Jetzt auf jeden Fall nicht!"

Der Beamte zuckte mit den Schultern.

„Wenn Sie die Dame wirklich lieben, wäre es dann das Risiko nicht wert? Das Schicksal scheint sie zusammengeführt zu haben. Zwei Menschen aus zwei Kontinenten. Ich habe das Gefühl, dass Sie innerlich mit sich ringen. Heiraten ist nicht so schlimm, wie Sie denken. Ich selbst bin glücklich verheiratet!"

Lionel hauchte ein „Danke für Ihre Bemühungen!" in den Raum, drückte dem Beamten die Hand und schoss zur Türe hinaus. Er raste durch den Flur wie von der Tarantel gestochen, fuhr mit dem Lift ins Erdgeschoss und hastete durch den Haupteingang.

Draußen lehnte er sich erst einmal gegen einen Laternenpfahl und holte tief Luft.

Was der Beamte ihm gesagt hatte, war zu starker Tobak, den er erst einmal verdauen musste. Traurig und mit hängenden Schultern trottete er zum Parkplatz, auf dem sein schwarzes Auto auf ihn wartete.

Warum wurde es Leuten, die sich liebten, so erschwert, ihre Liebe zu leben?

Lionel wollte nicht heiraten. Noch nicht. Aber welche Entscheidung sollte er treffen?

Die Neunziger Jahre waren in dieser Hinsicht ein kompliziertes Jahrzehnt. Schon bald nach dem Jahr 2000 war es möglich für Deutsche, für Australien ein Work- und Travel-Visum zu bekommen. Ein Jahr lang auf jeden Fall konnten Deutsche in Australien arbeiten und reisen.

Aber das wussten Audrey und Lionel im Februar 1996 noch nicht. Audrey weilte gerade mit Brandolf in Vietnam, und Lionel wollte sich wieder Gedanken machen. Vielleicht fiel ihm doch noch etwas ein.

3. Kapitel

Endlich erreichte das Flugzeug der „Thai Airways" Hanoi. Die Temperatur zeigte 21 Grad, und die übermüdeten Passagiere schälten sich aus ihren Winterjacken und streiften ihre warmen Strickpullover über die Köpfe.

Vietnam empfing die Besucher laut und lärmend. Audrey und Brandolf hetzten zum Flughafen-Ausgang, zur so genannten „Welcome-Area". Die „Welcome-Area", ein Bereich, in dem sich nur ankommende Reisende und Personen, die diese abholen wollten, einzufinden hatten.

Einige gut gekleidete Vietnamesen standen davor und schwenkten Schilder und Plakate, auf denen Namen von Hotels oder Reiseveranstaltern zu lesen waren.

Audrey und Brandolf erspähten einen lächelnden Vietnamesen, der ein Schild mit der Aufschrift „Huber-Reisen" in der Hand hielt, und sie gesellten sich zu ihm. Immer mehr Deutsche erschienen, verschwitzt und etwas übermüdet, aber in guter Laune. Sie bildeten einen immer größer werdenden Kreis um den Vietnamesen. Audrey erkannte einige Leute aus dem Flugzeug wieder – die Reisegruppe schien sich jetzt erst richtig zu beschnuppern. Schade, dass man sich nicht schon in Frankfurt wahrnehmen und im Flugzeug Bekanntschaft schließen konnte!

Wäre der Reiseführer bereits in Frankfurt an Bord gewesen, wäre das kein Problem gewesen. Aber er stand offensichtlich erst in Hanoi zur Verfügung. Er zählte die Teilnehmer auf Vietnamesisch durch und begrüßte dann alle in einwandfreiem Deutsch:

„Willkommen in Vietnam! Ich bin Hue Xu Minh, Ihr Reiseleiter. Ich werde versuchen, Ihnen so viel wie möglich von meinem faszinierenden Heimatland zu zeigen. Wenn Sie Fragen haben, fragen Sie bitte!"

„Warum sprechen Sie so gut deutsch?", fragte ein Reiseteilnehmer.

Der Reiseleiter entblößte strahlend weiße Zähne und fuhr sich über sein rabenschwarzes Haar.

„Jahrelang habe ich in der DDR gelebt und kehrte erst vor eineinhalb Jahren wieder nach Vietnam zurück. In der DDR lernte ich deutsch und absolvierte auch eine Ausbildung als Fachmann im Hotelwesen."

Einige aus der Reisegruppe nickten bewundernd. Wenn nur einer von ihnen so gut vietnamesisch spräche!

„Steigen wir in den Bus ein, der Sie ins Hotel bringen wird!", schlug Herr Minh vor. „Sicherlich sind Sie müde und möchten sich ein wenig ausruhen!"

Die Gruppe erhob keinen Einspruch, jeder packte seinen Koffer und stolperte aus dem Flughafengebäude. Wärme umfing sie wie in einer Sauna – und Staub. Einige ärmlich gekleidete Vietnamesen, deren Kleidung teilweise zerrissen um ihren Körper waberte, schwärmten aus allen Ecken, stellten sich vor die deutschen Reisenden auf und ließen auf sie einen Wortschwall niederregnen wie Hagelschauer. Verdutzt blickten sich die Reisenden an. Was wollten diese Leute?

„Bitte kommen Sie hierher!" Herr Minh winkte ungeduldig. „Lassen Sie sich von diesen Kofferträgern und Rikschafahrern nicht aufhalten! Sie bieten den ankommenden Passagieren ihre Dienste an und wollen ein bisschen Geld dafür haben. Manche von ihnen müssen eine ganze Kinderschar ernähren. Allerdings werden wir heute auf ihre Dienste verzichten. Der Bus wartet gleich hier – und Ihre Koffer können Sie sicherlich selbst schleppen!"

Die Reisenden nickten. Die vietnamesischen Kofferträger und Rikschafahrer verstanden schnell. Sie verschwanden so schnell, wie sie gekommen waren. Sicherlich würden sie auf die nächsten Reisenden losgehen, die aus dem Flugzeuggebäude traten. So mancher Reisender empfand diese Leute sicherlich als Schwarm lästiger Fliegen.

Die deutsche Reisegruppe händigte ihre Koffer dem eifrigen vietnamesischen Busfahrer aus, der diese geschickt in einem Klappfach unten im Bus verstaute.

Im Bus ließen sich die Reisenden auf die gepolsterten weinroten Sitze nieder. Der Reiseführer griff nach dem Mikrofon und stellte sich breitbeinig vorne neben den Fahrer, als der Bus anfuhr.

„Nochmals willkommen in Vietnam, meine Damen und Herren!", rief er. „Die Huber-Reisen-AG, mein Land und ich wünschen Ihnen einen angenehmen und informativen Aufenthalt. Wir hoffen, dass Sie viele positive Eindrücke mit nach Deutschland nehmen können und Vietnam Ihren Freunden und Bekannten weiterempfehlen!"

Raschelnd kramte er einen Zettel hervor.

Der Bus raste durch staubige Straßen, an baufälligen und modernen Hotel- und Geschäftsbauten vorbei. Hanoi war offensichtlich eine Stadt der Kontraste. Eine Stadt, die es schaffen wollte, den Anschluss an die Weltwirtschaft zu bekommen.

„Wir werden einige Ausflüge miteinander unternehmen", fuhr Herr Minh fort. „Besichtigungen in Hanoi stehen auf dem Programm. Ebenfalls reisen wir nach Tam Coc, übers Gebirge – und Sie dürfen sich auf eine Bootsfahrt entlang der Halong-Bucht freuen. Natürlich werden wir Huè, die alte Kaiserstadt, und Saigon – die berühmte Stadt, die jetzt Ho-Chi-Minh-Stadt heißt – besuchen. Wir fahren mit dem Boot durchs Mekong-Delta.

Meine Damen und Herren, das sind im Moment nur Namen und Ortsbezeichnungen, aber nach unserer Tour werden Sie von diesen Sehenswürdigkeiten schwärmen. Jeder Name wird eine andere schöne Erinnerung in Ihnen wachrufen, wenn Sie wieder in Deutschland in Ihrem Alltagsleben sind. Vietnam ist mit Sicherheit eines der faszinierendsten Länder Südostasiens mit einer Vielfalt an Landschaftsbildern.

Vietnam repräsentiert eine Mischung aus chinesischen, indischen, aber auch französischen Einflüssen. Alles zusammen verleiht Vietnam seinen unverwechselbaren Charakter."

Die Deutschen lauschten gebannt Herrn Minhs Ausführungen. Und jeder begann, sich auf die Reise zu freuen, auf die Wunderwerke und den Zauber Vietnams.

Nach einer halben Stunde Fahrt erreichte der Bus das Hotel, einen in einem mondänen Stadtviertel gelegenen Wolkenkratzer.

Etliche Angestellte flitzten herum – Kofferträger, Liftboys und einige Damen an der Anmeldung. Alle trugen blaue Anzüge oder Kostüme – in derselben Machart, sauber und adrett.

Die Zimmerschlüssel wurden verteilt. Audrey dankte ihrer Voraussicht, sich schon bei der Buchung der Reise für ein Einzelzimmer entschieden zu haben. Brandolf wäre einem Doppelzimmer nicht abgeneigt gewesen. Audrey jedoch lehnte dankend ab – nein, mit diesem Angeber wollte sie keine einzige Nacht in einem Doppelzimmer verbringen!

Der Lift brachte sie hinauf in den 23. Stock. Das Zimmer gefiel ihr auf Anhieb. Es war blitzsauber, mit rosa Tapete, rosa Bettwäsche, rosa gekacheltem Bad, sogar mit einer Badewanne.

Audrey fühlte sich müde. Der lange Flug hatte sie geschlaucht. In Vietnam zeigte die Uhr acht Uhr am Abend. Zwölf Uhr mittags war es erst in Deutschland. Audrey würde sich schnell an die Zeitumstellung gewöhnen. Mit Jet-Lag-Erscheinungen hatte sie nämlich nicht zu kämpfen, wenn sie der Zeit vorausflog.

Zufrieden schlief sie ein, glitt sanft in das Reich der Träume. In einem Traum erschien ihr Lionel. Lionel, der ihr sagte, dass sich zwischen ihnen beiden alles zum Guten wenden würde. Sie glaubte ihm.

Erstaunlicherweise erhielt Isabella von Schlichting immer die Informationen, die sie erhalten wollte. Auch über Audrey.

Auch wenn sie schon seit Monaten keinen Kontakt mehr zu Audrey hatte.

Diesmal hatte ihre Mutter zufällig Audreys Mutter auf dem Wochenmarkt getroffen. Ein Wiedererkennen blitzte in den Augen beider Mütter, als die eine goldgelbe Bananen begutachtete und die andere nach Blumenkohl suchte. Bald schon vergaßen die beiden den eigentlichen Grund ihres Besuches auf dem Marktstand und vertieften sich in eine lebhafte Unterhaltung. Eine Unterhaltung, die sich auch um ihre Töchter drehte.

„Wusstest du, dass Audrey in Vietnam Urlaub macht?", fragte Isabellas Mutter ihre Tochter am Telefon. „Audreys Mutter ist absolut nicht begeistert von dieser Reise."

„Nein, Audrey hat mir nichts davon erzählt", antwortete Isabella wahrheitsgemäß.

Konnte sie ihrer Mutter erzählen, welche Dummheit sie mit ihrer Kontaktanzeige gemacht hatte? Eine Dummheit, die sie Audreys Freundschaft endgültig gekostet hatte. Nein, Isabella würde ihren Fehler nie zugeben – vor allem nicht vor ihrer Mutter.

„Frau Hoffmann sorgt sich sehr um ihre Tochter. Obwohl Audrey mit irgendeinem Bekannten unterwegs ist. Brandolf heißt er, glaube ich. Audrey lernte ihn durch eine Kontaktanzeige kennen."

„Durch eine Kontaktanzeige?" Isabellas Herz machte auf einmal einen Freudensprung.

„Ja, Frau Hoffmann erzählte mir sehr ausführlich, wie ihre Tochter durch Anrufe einiger Herren belästigt wurde. Nur, weil sich irgendjemand einen Scherz erlaubt hatte und eine Kontaktanzeige für Audrey aufgab. Schließlich traf sie sich doch mit einem dieser Männer. Es war Brandolf, der sie auch zu dieser Vietnam-Reise überredete."

„Na ja, Vietnam… Hoffen wir, dass alles gutgeht!" Isabella zwickte auf einmal ein schlechtes Gewissen. Einerseits brüstete sie sich innerlich vor Stolz, nun doch einen Partner für Audrey gefunden zu haben. Andererseits hielt sie Vietnam für ein gefährliches Pflaster.

Schnell jedoch wischte sie ihre Bedenken beiseite. Was konnte schon schiefgehen? Vietnam galt als aufstrebendes Land. Und vielleicht würde ein gemeinsamer Urlaub Audreys Liebe zu Brandolf festigen. Falls es überhaupt irgendeinen Hauch einer Liebe zwischen diesen beiden gab.

Vielleicht könnte auch aus einem Hauch Liebe mehr Liebe entstehen? Wie ein kleines Samenkorn, das zu einem prächtigen Baum emporwuchs.

Über eines war sich Isabella allerdings total sicher: Brandolf wäre sicherlich eine bessere Wahl für Audrey. Besser als Lionel.

Besser als ein Australier.

5. Kapitel

Von Anfang an erschien Audrey Vietnam als zu grell, zu unwirklich, zu warm. Vielleicht jedoch musste sie sich erst einmal an dieses Land mit all seinen Faszinationen und Gegensätzen gewöhnen.

Erfrischt wachte sie auf – von der Morgensonne gekitzelt.

„Die gleiche Sonne wie in Australien", dachte sie. „Wie verbringt Lionel wohl den heutigen Tag?"

In Sydney war es zwei Stunden später. Sicherlich brütete Lionel im Zollamt über Einfuhrpapieren und Listen. Die Sonne knallte unerbittlich durch die ungeputzten Fenster, während die Klimaanlage Lionel ein wenig kühle Luft zufächelte.

Audrey stellte sich alles lebhaft vor.

„Februar ist der heißeste Monat in Australien", hatte ihr Lionel einmal erklärt.

Acht Uhr war es gerade in Vietnam. Audrey zog die rosaroten Vorhänge zurück und erblickte moderne Hochhäuser und riesige Kräne, die Hotels und Geschäftsbauten hochzogen. Hanoi, die aufblühende Metropole, begrüßte alle deutschen Touristen mit einem sonnigen Lächeln.

Hanoi, eine riesige Baustelle, die Geschäftsstadt der Zukunft. Das jedenfalls planten die Vietnamesen. Sie träumten von einem aufstrebenden Wirtschafts- und Kulturzentrum. Ein Zentrum, gleichzeitig ein Anziehungspunkt für Touristen aus aller Welt. Zweifellos ackerten die Vietnamesen hartnäckig und verwirklichten nach und nach ihr Wunschbild.

Langsam schlüpfte Audrey in ihre Kleidung – Jeans und ein gelbes T-Shirt. Brandolf frühstückte schon – schwarzen Kaffee, dazu ein süßes Gebäck, das vor Zucker glänzte.

Audrey setzte sich zu ihm.

„Guten Morgen! Gut geschlafen?"

Er nickte mit vollen Backen und schlürfte laut seinen Kaffee. Wie konnte ein Mann sich nur so unzivilisiert benehmen und seinen Kaffee so geräuschvoll in sich hineinsaugen – wie ein Staubsauger, den man mit laufendem Motor in einen Waschzuber stellt?

Audrey verabscheute Brandolf immer mehr. Wo war seine Höflichkeit geblieben? Ein Angeber war er ja immer schon, aber sein Benehmen wurde immer schlimmer. Er schien ihr immer mehr zu laut, zu auffällig, zu ungezogen. Wie ein Elefant, den man frei in einem Porzellanladen herumlaufen lässt.

Trotzdem blieb sie an seinem Tisch sitzen, denn sie war zu schüchtern, um sich an einen anderen Tisch mit deutschen Urlaubern zu begeben. Hastig verzehrte sie ihr Frühstück – ein ähnliches Gebäck wie das, das Brandolf hatte. Dazu schwarzen Kaffee.

Vietnamesische Kellner huschten schnell umher, knallten schon beinahe das Geschirr auf die Tische. Ein Wunder, dass der Kaffee in den großen Tassen nicht überschwappte!

Um zehn Uhr traf sich die Reisegruppe vor dem Hotel. Man begrüßte sich freundlich. Jeder war mit Kamera und Rucksack behängt und harrte dem, was dieses fremde Land zu bieten hatte.

Der Bus erschien, und Herr Minh begrüßte die Gruppe. Alle zwängten sich in den bequemen Bus. Die gepolsterten Sitze aus dunkelblauem Cordsamt wirkten sehr nobel. Dann brausten sie an zahlreichen Hochhäusern und ärmlichen Hütten vorbei. Sie sahen etliche Rikscha-Fahrer und Fußgänger. Und Bettler am Straßenrand, die ihre mageren Arme den Passanten entgegenstreckten.

Kontraste über Kontraste – Arm und Reich so dicht nebeneinander. Diese Eindrücke prägten sich tief in die Erinnerungen der deutschen Touristen. Auch wenn der deutsche Staat von seinen Bürgern viele Steuern forderte, so ging es ihnen immer noch besser als vielen Vietnamesen.

Langsam fuhr der Bus durch die Stadt, vorbei an Bauten, die langsam vor sich hinvegetierten und dem Verfall preisgegeben waren.

„Schon vor Jahrhunderten ließen sich hier Handwerker und Händler nieder", erzählte Herr Minh durch ein Mikrofon. „Lauter geschäftstüchtige Leute, die ihr Geschäft verstanden. Nach dem Zukunftsprinzip siedelten sich Länden und Werkstätten eines Gewerbes direkt nebeneinander in einer Straße an. Also gab es in einer Straße beispielsweise nur Schuster, in einer anderen nur Metzger."

Aufgeregt sahen die Touristen nach draußen – auf lärmende Vietnamesen, die große Pakete und Körbe mit Waren auf ihren Schultern durch die Straßen schleppten.

Im Laufe der Jahrhunderte verschwanden die Zünfte immer mehr. Der Zeitgeist trug moderne Produkte und Entwicklungen auch nach Hanoi.

Je weiter der Bus ins Zentrum kam, desto enger wurden die Straßen.

„Hier werden wir parken!" Herr Minh deutete mit seiner rechten Hand auf einen großen Platz.

Alle stiegen aus dem Bus. Herr Minh lotste die deutsche Reisegruppe durch die Innenstadt. Durch enge Straßen und Gassen. Gassen, durch die kein Auto passte. Straßen, schwarz vor Menschenknäueln, die sich aneinander vorbeidrängten.

Die 25 deutschen Touristen pflügten durch die Menge der Vietnamesen, um Herrn Minh nicht zu verlieren.

Audrey blieb stets bei Brandolf. Er hatte sich einer Frau, namens Sidonie, aus dem Landkreis Heilbronn angeschlossen. Er schien sich mit ihr anzufreunden.

Audrey bemerkte das wohlwollend. Ihr Herz schlug immer noch für Lionel. Brandolf war doch noch nie als Kandidat für eine engere Partnerschaft in Frage gekommen. Er war einfach nicht Audreys Typ. Vielleicht entpuppte sich Sidonie als Brandolfs „Frau fürs Leben".

„Die Einheimischen nennen die Altstadt ‚Stadt der 36 Straßen und Bezirke‘." Herrn Minhs Worte rissen Audrey aus ihren Gedanken.

Die Touristen drängten sich in eine Kunstgalerie. Herr Minh kannte den Inhaber, der allen deutschen Touristen seine Werke in den blühendsten Farben schilderte. Einige Touristen kauften Bilder mit feinen asiatischen Pinselstrichen und anmutigen Motiven.

„Warum nennen wir die Altstadt ‚Stadt der 36 Straßen und Bezirke‘?", fragte Herr Minh und machte eine Handbewegung, die signalisierte, dass sich alle um ihn scharen sollten, um keine Sekunde dieser wertvollen Informationen zu verpassen.

„36 Straßennamen zeigen an, welche Waren hier in den Häusern angeboten werden", beantwortete Herr Minh seine Frage selbst. „In der Hutgasse findet man Hüte, in der Zinngasse viele Artikel aus Zinn. Und so weiter."

Die Gruppe verließ die Galerie und blickte staunend auf die schmalen Ladenfronten, die sich nebeneinander pressten. Jeder Laden maß zur Straße hin gerade vier bis fünf Meter – fast wie in einer Puppenstadt.

Die meisten Gebäude stammten noch aus dem 19. Jahrhundert, gammelten vorwiegend vor sich hin, da Geld für Renovierungsarbeiten fehlte. Es gab Häuser, die aussahen, als ob sie jeden Moment in sich zusammenfallen würden wie ein Kartenhaus. Oder wie jemand, der auf einmal ohnmächtig wird. War es nicht einfacher, die alten Bauten abzureißen und neue Bauten zu errichten? Diese Vorgehensweise hatte man schon hier und da praktiziert – traurig jedoch bemerkten die deutschen Touristen, dass dadurch der Charakter eines ursprünglichen, typisch vietnamesischen Stadtbildes verlorenging.

„Warum kümmert sich niemand darum, dass dieser Verschandelung Einhalt geboten wird?", ereiferte sich ein älterer Herr, namens Müller, und zupfte Herrn Minh aufgeregt am Ärmel. „Warum gibt es kein Geld, um diese hübschen Altbauten zu retten?"

Herr Minh zuckte mit den Schultern.

„Genau weiß das niemand. In Deutschland würde man solche Gebäude unter Denkmalschutz stellen. Aber hier spielt Geld eine größere Rolle. Teilweise errichtete man Villen, ohne zu überlegen, nachdem man Behörden bestochen hatte. Später rissen die Behörden solche Bauten wieder ab."

Die Altstadt endete an einem See, in dem sich übermütig das Sonnenlicht spiegelte. Hoan-Kim-See hieß er. Herr Minh riet allen Touristen, sich abends die Wasserspiele nicht entgehen zu lassen. Wasserspiele, die täglich von einem begeisterten, multikulturellen Publikum verfolgt wurden.

Beeindruckend ragte das neuerrichtete Rathaus gen Himmel. Herr Minh und seine „Schäfchen" wandelten über die rote Holzbrücke. Sie führte zur Tempelinsel, die Tempel mit geschwungenen Dächern beherbergte. Von außen sahen diese prächtig aus, aber auch innen boten sie etliche Schönheiten. Tempel, ausgekleidet mit rosafarbenen, gelben oder zartblauen Seidentapeten, mit goldbemalten Altären, Bildern an den Wänden und bunten oder goldenen Utensilien.

Fasziniert schlenderten die Besucher durch die Tempel und ließen die Atmosphäre auf sich wirken. Sie verhielten sich leise, andächtig, um die betenden Vietnamesen nicht zu stören. Betende Vietnamesen, die Stäbchen und Orakel-Gegenstände schüttelten, „Opfergeld" anzündeten und Fleisch und Wein mit viel Rauch dem Gott Tao weihten.

Der erste richtige Tag für die deutschen Touristen in Vietnam floss ereignisreich und ungestüm vorbei und ging langsam in einen beschaulichen Abend über. Man speiste im Hotel zu Abend. Man genoss grünen Blattsalat. Blattsalat, den man nach vietnamesischer Sitte ab und zu in eine scharfe Gemüsesauce, namens „Nuoc", tunkte.

Das vietnamesische Essen weist Parallelen zur chinesischen Küche auf. Freundliche vietnamesische Kellner servierten große Porzellanschüsseln mit Reis und Hühnchen, Fisch und gedünstetem Gemüse. Zum Schluss eines traditionellen vietnamesischen Mahles durfte Suppe nicht fehlen.

„Hast du wirklich keine Lust mehr, mich und Sidonie in die Innenstadt zu begleiten?", fragte Brandolf höflich. „Wir wollen uns noch ein wenig auf das Nachtleben einlassen!"

„Geht ihr beiden nur alleine fort und erzählt mir morgen, was ihr erlebt habt!" Audrey blieb entschlossen, heute früher ins Bett zu gehen. „Morgen Abend werde ich euch Gesellschaft leisten, wenn es euch recht ist!"

„Natürlich!" Sidonie lachte gönnerhaft. „Gerne! Warum auch nicht?"

Ja, warum auch nicht. Audrey bereute ihren schnell dahingesagten Nachsatz und verabschiedete sich von Sidonie und Brandolf.

Bevor sie jedoch schlafen ging, schrieb sie Lionel einen langen Brief.

6. Kapitel

Am nächsten Tag fühlte sich Audrey besser. Allmählich schien sich ihr Körper an die Zeit- und Klima-Umstellung anzupassen.

Nach dem Frühstück fuhr der Bus die deutsche Reisegruppe ins westliche Gebirge. Vorbei an hohen Gipfeln, steilen Felsen und kargen Landstrichen. Fasziniert hing Audrey am Fenster und nahm die aufregende Schönheit der Region in sich auf, während Brandolfs Beschreibungen langsam an ihr Ohr plätscherten:

„Gestern Abend hast du wirklich etwas verpasst! Sidonie und ich haben uns die so genannten ‚Wasserpuppenspiele‘ angeschaut. Sie sind absolut sehenswert!"

„Wasserpuppenspiele? In einem Reiseführer habe ich tatsächlich darüber gelesen. Aber – hilf mir auf die Sprünge – was passiert genau während dieser Vorführungen?" Auf einmal lauschte Audrey interessiert.

„Das sind die allabendlichen Theateraufführungen der Legende des Großgrundbesitzers Le Loi. Seinerzeit kämpfte er erfolglos gegen ein chinesisches Invasionsheer. Plötzlich tauchte aus einem See eine goldene Schildkröte auf und reichte ihm ein Schwert. Damit bekämpfte er die Eindringlinge und schlug sie in die Flucht. Als er sich zur Siegesparade rüstete, erschien die goldene Schildkröte wieder und forderte das Schwert zurück. Le Loi zögerte zuerst. Aber auf einmal flog das Schwert in hohem Bogen aus der Scheide. Diese ganze Szene spielte sich am ‚Ho Ho-an Kiem, den See des zurückgezogenen Schwerts‘ ab – den See, den wir gestern besucht haben."

„Finden denn heute diese Wasserpuppenspiele wieder statt?", erkundigte sich Audrey. „Ich hätte größte Lust, sie heute Abend anzusehen."

„Natürlich! Wenn du willst, kannst du uns begleiten."

Audrey nickte und freute sich auf dieses Schauspiel.

Der Reisebus erreichte das Ufer eines kleinen Flusses, umrahmt von grauen, mächtigen Bergen. Wie Wächter, die das Wasser ungestört hindurchfließen lassen wollten. Dennoch fand immer wieder ein Trupp Touristen unter der Leitung eines ortskundigen Führers den Weg in diese zauberhafte Landschaft, stieg in das sicher am Ufer vertäute Motorboot und fuhr durch die beeindruckende Karstkugellandschaft.

Genauso tat es auch die deutsche Gruppe in Begleitung von Herrn Minh. Aufatmend ließen sich die Reisenden auf die harten Holzsitze plumpsen, kramten ihre Kameras aus den Rucksäcken und harrten der Bootsfahrt.

Einige Moskitos schwirrten um sie herum. Sie verscheuchten diese, klatschten laut mit ihren Händen danach.

Herr Minh lachte, als er die um sich schlagenden Deutschen beobachtete:

„Moskitos haben wir überall – besonders zahlreich an Gewässern. Aber, wie ich die Deutschen einschätze, haben auch Sie Malaria-Tabletten mitgenommen und schlucken diese fleißig."

Viele Reisenden pflichteten ihm bei, während eine Flasche Mückenlotion eifrig weitergereicht wurde und sich einige Leute damit einrieben.

Herr Minh kommentierte die zweistündige Fahrt auf dem See. Sie fuhren auf dem See durch das Gebirge. Das war hochinteressant! Anschließend kletterten die Touristen müde von der Hitze von Bord.

Die Höhlen von Tam Coc boten Faszination pur – geheimnisvoll geformte Felsen ragten in die Dunkelheit. Wenn sie jedoch in das Licht verschiedener Lampen getaucht wurden, die immer dann wie durch Zauberhand angeknipst wurden, wenn die Reisegruppe um die Ecke bog oder sich sonst wie näherte, verloren die spitzen Felsen ihr gefährliches, unergründliches Aussehen. Sie wirkten auf einmal wie mit weißem Mehl übergossen, das ihnen ihre Bedrohlichkeit raubte.

Blinzelnd bahnte sich die Reisegruppe schließlich den Weg ins Freie und rieb sich die Augen vor dem gleißenden Sonnenlicht. Schützend hoben alle ihre Hände an die Stirn wie Schirme, um die Augen von der Sonne abzuschotten.

Der Bus wartete bereits auf die Reisenden, die sich erschöpft auf die Sitze fallen ließen. Die Klimaanlage lief und verbreitete angenehme Kühle, denn der Tag drohte immer wärmer zu werden. Einige Leute rieben sich die schmerzenden Hautstellen, die die Moskitos gnadenlos angegriffen hatten. Rote Quaddeln bildeten sich langsam wie runde Inseln auf der bleichen Haut. Aber hatte man nicht vorsorglich kühlende Salben im Gepäck? So würde man doch noch über die Moskitos siegen, die wie wilde Krieger über die Menschen hergefallen waren.

Anschließend steuerte der Bus das letzte Ausflugziel des heutigen Tages an: die mittelalterlichen Pagoden Bich Dong. Sie bestanden aus braunem Holz, das liebevoll von zahlreichen geduldigen vietnamesischen Händen mit Schnitzereien verziert worden war.

Und das schon vor Jahrhunderten. Noch immer existierten diese Pagoden, hoben sich vom Dunkelgrün der Laubbäume ab, die wie schützende Soldaten dahinterstanden.

Staunend wandelten die deutschen Touristen hin und her, bannten die sanft geschwungenen Dächer auf Film oder Negativ, starrten auf die geschnitzten Zäune und stiegen die starken Holztreppen hinauf und hinunter. Bilder wurden geschossen – mit und ohne Personen.

Um sechs Uhr am Abend kehrten die Reisenden nach einem ereignisreichen Tag ins Hotel zurück. Alle zogen sich in ihre Zimmer zurück. Sie cremten ihre Insektenstiche ein, nahmen eine kühle Dusche oder wuschen sich die Haare.

Dank Mückenspray hatte Audrey tagsüber keinen einzigen Stich abbekommen. Im Hotelzimmer jedoch duschte sie und vergaß, sich einzucremen.

Später am Abend fiel ihr siedend heiß ein, dass sie versäumt hatte, Insektenspray auf ihre Haut zu reiben. Es fiel ihr ein, als sie einige Moskitos am ‚Ho Ho-an Kiem' stachen. Dem See, an dem sie gebannt mit Sidonie und Brandolf die Wasserpuppenspiele verfolgte.

7. Kapitel

Audrey betrachtete irritiert die Moskitostiche – rote Trophäen, die auf ihrer Haut prangten. Wie hatte sie nur das Insektenspray vergessen können! Aber warum regte sie sich auf? Sie nahm doch fleißig Malaria-Tabletten ein!

Am dritten Tag in Vietnam fuhr der Bus die Reisegruppe über Haiphong, der Hafenstadt am südchinesischen Meer, nach Halong.

„Haiphong ist mit 370.000 Einwohnern die drittgrößte Stadt Vietnams", erklärte Herr Minh. „Das wichtigste Industriezentrum im Norden befindet sich hier. Außerdem besitzt Haiphong einen der bedeutendsten Häfen des Landes.

1874 eroberten die Franzosen die Stadt, machten sie zum wichtigsten Seehafen und siedelten Industriebetriebe an. In der Nähe liegen zahlreiche Kohleminen. Deswegen war ein Hafen zum Transport des ‚schwarzen Goldes' nötig.

Einer der Auslöser für den Beginn des Indochina-Krieges stellte die Bombardierung der ‚Eingeborenen-Viertel' durch französische Soldaten im Jahre 1946 dar. Circa 6.000 Zivilisten wurden verletzt oder getötet.

Zwischen 1965 und 1972 griffen die Amerikaner Haiphong an. Und 1972 wurde das Hafengebiet vermint, um die Lieferung von militärischen Gütern aus der Sowjetunion zu stoppen. Ab 1973 wurden die Minen entfernt – durch Beschluss im Pariser Waffenstillstandsabkommen."

Staunend starrten die Touristen auf die Mischung aus mittelalterlichen Gebäuden, Slums oder Tempeln. Der Fortschritt hatte in Haiphong offensichtlich noch nicht so sehr Fuß gefasst wie in Hanoi. Dennoch bot die Stadt gewisse Reize – zum Beispiel den von Palmen umsäumten Strand Do Son – wie eine friedliche Oase in einem von Krisen geschüttelten Land.

Der Bus erreichte die Halong-Bucht außerhalb Haiphong. Hier schien die Welt noch in Ordnung zu sein. Ruhig schimmerte endloses smaragdgrünes Wasser im flirrenden Sonnenlicht. Dies sei der Gold von Tonkin, erklärte Herr Minh. Alleine 3.000 Inseln befänden sich in der herrlichen Halong-Bucht, einem Kleinod Vietnams. Die Touristen sogen den Anblick einer der größten Naturschönheiten Vietnams in sich auf. Was für eine spektakuläre Landschaft! Kameras surrten, Fotoapparate klickten. Jeder versuchte, mindestens ein Stück Schönheit einzufangen, um dies in Deutschland stolz Freunden und Verwandten präsentieren zu können.

Die Deutschen kletterten in ein geräumiges Motorboot und schipperten an zahlreichen Inseln vorbei, deren üppige Vegetation sattgrün im Tageslicht leuchtete. Daneben gab es Strände – einer schöner als der andere. Strände mit feinem, goldgelbem Sand, der sanft durch die Finger rieselte. Einige Grotten waren zu sehen. Grotten, die von Wind und Wasser im Laufe zahlloser Jahrzehnte gebildet wurden. Geheimnisvoll und undurchdringlich wirkten sie – das jedenfalls fanden die deutschen Touristen.

An drei Höhlen legte das Boot an, und die Deutschen kletterten wie Ameisen ans Land, vertraten sich die Beine oder erkundeten die Höhlen.

Nach zehn Minuten jedoch strömten sie wieder an Bord – die lange Fahrt ging weiter. Wellen schwappten an die Bootswand. Das Boot fand seinen Weg vorbei an bizarren Inseln mit malerisch gelegenen Meeresbuchten, vorbei an kleinen Fischerdörfern, vor denen einige Dschunken langsam auf dem Wasser tanzten. Anschließend fuhr es vorbei an steil aufragenden, bis zu 100 Metern hohen Karstfelsen.

Die Bootsfahrt war wie ein Märchen, eine faszinierende andere Welt, eine Geschichte aus „Tausend und einer Nacht", die für ein Grüppchen Deutscher Wirklichkeit geworden war. Wer hatte sich so viel Schönheit, so viel Zauber, so viel Magie einer Landschaft vorstellen können, als er die Reise nach Vietnam buchte? Niemand.

Auch Audrey konnte sich diesem Zauber nicht entziehen. Manchmal jedoch gab es Momente, während derer sie sich nach Lionel sehnte.

8. Kapitel

Irgendwann verwischten sich die Eindrücke dieses Landes – die Deutschen sahen viel in kurzer Zeit. Man raste in beinahe atemberaubender Geschwindigkeit durch etliche Landschaften. Welcher Ausflug würde den ersten Platz in den Gehirnen der Deutschen während dieser Vietnam-Reise einnehmen?

Später würde niemand sagen können, was ihm am besten gefiel. War es die Stadt Da Nang, die man mit dem Flugzeug ab Haiphong erreichte? Da Nang, die viertgrößte Stadt Vietnams, die eine stattliche Ansammlung an riesigen Wolkenkratzern aufzuweisen hatte. Kein Wunder, denn etliche ausländische Investoren interessierten sich für Da Nang als Standort. Vielleicht, weil Laos und Thailand nicht allzu weit entfernt lagen.

Und das Hotel, in dem die Reisenden untergebracht waren, bot exzellenten Service.

Aber Da Nang bot nicht nur Modernes, auch Faszinierendes wie die Marmorberge, die alte Hafenstadt Hoi An, den „China Beach" - einen besonderen Strand -, die Chan-Türme und anderes.

Oder würde sich Hoi An mehr ins Gedächtnis der Deutschen brennen? Hoi An, das eine sehr gut erhaltene Altstadt aufzuweisen hatte.

Hué allerdings bildete ein absolutes Muss für jeden Vietnam-Reisenden. Hué, in dem die Reisegruppe dreimal übernachtete. Hué, die einstige Hauptstadt Vietnams.

9. Kapitel

Hués Radfahrer, die wie Ameisen die staubigen Straßen bevölkerten und atemlos gefährlich nah an den Fußgängern vorbeiradelten, bildeten eine eigene Besonderheit dieser Stadt.

Der Bus schlängelte sich vorsichtig durch den Haufen bunt gekleideter Radfahrer und brachte die Reisenden erst einmal zu den um die Stadt herum angeordneten Gräber der Nguyen-Kaiser. Diese Gräber leuchteten prächtig im Tageslicht. Drumherum standen in grellen Farben angestrichene Pagoden und die Ruinen der Zitadelle.

„Hué war von 1802 bis 1945 unter den 13 Kaisern der Nguyen-Dynastie politische Hauptstadt Vietnams," erklärte

Herr Minh der deutschen Reisegruppe. Die Touristen hatten sich um ihn geschart und lauschten aufmerksam. Die Strohhüte hingen tief in ihre Gesichter. Strohhüte, um sich vor der gleißenden Sonne zu schützen.

„Traditionell stellte Hué eines der kulturellen, religiösen, politischen und bildenden Zentren des Landes dar. Und", Herr Minh schmunzelte. „ die Frauen Hués sind heute noch für ihre Schönheit bekannt."

Die Deutschen grinsten – besonders die Männer. Für sie waren die asiatischen Frauen sowieso der Inbegriff von Schönheit, Anmut und Grazie. Und lange nicht so selbstbewusst wie viele Europäerinnen. Die Asiatinnen waren Frauen, die noch mehr eine Frauenrolle verkörperten als viele europäische Frauen. Die Frauenrolle, die viele Männer noch immer schätzten: die Unterordnung unter die Männer.

Die Reisegruppe besichtigte die Zitadellenstadt Phu Xuan. Beeindruckend war die so genannte „Violette verbotene Stadt" (Tu Camh Tanh) – eine Stadt in einer Stadt, prächtige Räume und Anlagen, die dem Privatleben des Kaisers vorbehalten waren. Heute sah man auf den einstigen Rasenflächen Gemüsebeete, zwischen denen Mimosensträucher blühten.

Herr Minh führt die Gruppe ins Kaiserliche Museum, dessen Wände mit Gedichten verziert waren. Leider verschwanden die wertvollen Ausstellungsstücke im Krieg, aber die Keramikarbeiten, die antiken Möbel und die prunkvollen kaiserlichen Gewänder waren nicht weniger sehenswert und boten erneut einen Einblick in eine fremde und faszinierende Kultur.

Die Reisenden wurden vorbeigeschleust an dem Tinh Tam See, in dem sich majestätisch zwei Inseln erhoben. Pagoden, Tempel, Hügel und faszinierende Landschaft – Hué hatte davon jede Menge. Kein Wunder, dass viele Kaiser es vorbehaltlos als Hauptstadt Vietnams akzeptiert hatten.

Zwischendrin begegnete man Drachenfiguren, bunt bemalt und schaurig blickend. Drachen-Symbole der Herrscher.

Die Touristen schlenderten durch Märkte und erhandelten sogar hier und da hübsche Souvenirs: prächtige Tücher, Wandbehänge, Korbwaren und anderes.

Brandolf schritt stets neben Sidonie her, verstohlen angelte er sich sogar ihre Hand – oft, wenn er sich unbeobachtet glaubte. Aber Audrey entging das nicht. Einerseits war sie erleichtert darüber, denn sie war froh, sich von diesem Mann distanzieren zu können. Ein Mann, der ungeniert zu allem seinen Kommentar abgab. Darüber hinaus war er schrecklich neugierig, versuchte ständig, an Geheimnisse der Mitreisenden zu gelangen – um diese dann bei der sich nächstbietenden Gelegenheit ausposaunen zu können.

Andererseits hatte Audrey ihren Halt in der Reisegruppe verloren, sie fühlte sich alleine. Wie eine Außenseiterin, obwohl sie immer wieder in das eine oder andere nette Gespräch mit anderen Mitreisenden verstrickt wurde.

Audrey konnte Sidonie nicht leiden. Ihrer Meinung nach war sie eingebildet und süchtig nach Klatsch und Tratsch. Und wenn Brandolf Geheimnisse ausplauderte, fing sie lauthals an zu gackern. Sidonie und Brandolf passten absolut zusammen, fand Audrey. Sie hatten sehr viele Gemeinsamkeiten!

Audrey sah zwar viel von Vietnam, aber für sie war diese Reise nicht rundherum gelungen. Gerade war Brandolf wieder besonders peinlich. Er verbreitete seine Meinung über Stadt Hué. Die Stadt am Südufer, deren Erscheinungsbild von breiten Alleen und gewaltigen Häusern mit großzügig angelegten Gärten geprägt wurde.

„Das ist ja fast Paris!" Laut lachend knallten seine langen Pranken auf seine Schenkel, als die Gruppe die Kathedrale „Notre-Dame" betrat.

„Psst!" Einige Besucher drehten sich erschreckt um. Brandolf schwieg, schien aber keineswegs verwirrt. Und Sidonie mochte offensichtlich seine auffällige Art.

„Mir gefallen diese Missionsgebäude aus der Kolonialzeit", meinte Frau Heiter, eine nette ältere Dame, zu Audrey. Sie war Witwe, wohnte in der Nähe von Frankfurt am Main und hatte trotz des Verlusts ihres lieben Mannes ihren Humor nicht verloren. „Zeugen diese nicht auch von der Geschichte Europas, auch wenn sie sich jetzt dunkel und verlassen ins Stadtbild integrieren?"

„Ja", stimmte Audrey zu. „Hué gefällt mir besser als Hanoi. Hué vereinigt zahlreiche Epochen, viel Geschichte und Kultur. Außerdem ist sie von der modernen Zivilisation noch nicht verschluckt worden wie Hanoi. Hat Sie Hanoi nicht auch an Hong Kong in der Aufbauphase erinnert?"

„Hong Kong in der Aufbauphase? Ideen haben Sie!" Frau Heiter schüttelte lachend ihre grauen Haare. „Sie müssen schon weit und oft gereist sein!"

„Nein, ich sah nur im letzten Jahr ein wenig von Hong Kong. Nämlich auf einem Zwischenstopp nach Australien. Sonst habe ich Asien bisher nur in Filmen oder Büchern erlebt."

„Filme und Bücher können helfen, sich weiterzubilden," meinte Frau Heiter.

Die Gruppe stieg wieder in den Bus. Audrey stieg hinter Frau Heiter hinein und setzte sich neben sie. Ihr gefiel die lebenslustige Frau aus Frankfurt, die daheim stets von ihren Kindern und Enkeln umringt zu sein schien. Eine lebenslustige Oma, die viel reiste.

Der Bus fuhr zurück ins Hotel, das – wie sie bald erfuhren – unter dem Management einer Firma aus Hong Kong stand. Alles klappte wie am Schnürchen. Kein Staubkorn war im gesamten Hotel zu erblicken.

Das Abendessen mundete ebenfalls vorzüglich. Die milde Hué-Küche zählt zu Recht zu den bekanntesten Vietnams. Heute verzehrten die Deutschen folgende Spezialität: mit Sojabohnen, Garnelen und Fleischscheiben gefüllte Pfannkuchen, die mit einer Erdnuss-Sesam-Soße serviert wurden.

Audrey saß im sauberen Speisesaal neben Frau Heiter. Brandolf hielt Händchen und schäkerte mit Sidonie am Nebentisch. Sidonie fiel laut in sein blechernes Gelächter mit ein. Audrey war das egal, und auch die restliche Reisegruppe hatte sich an die lauten „Turteltäubchen" gewöhnt. Die beiden waren wie eine merkwürdige Begleiterscheinung, die man zu akzeptieren hatte. In Deutschland würde sowieso jeder wieder seine eigenen Wege gehen.

Abends verspürte Audrey eine leichte Übelkeit wie bittere Medizin in sich aufsteigen. Zum ersten Mal auf dieser Reise. Wahrscheinlich hatte sie eine Magenverstimmung. Das fehlte gerade noch! Sie wünschte sich nicht, in diesem fremden Land von einer Krankheit heimgesucht zu werden.

Trank sie nicht absichtlich nur Mineralwasser, weil doch jeder wusste, wie vorsichtig man mit dem Genuss von Leitungswasser in diesen Ländern sein musste?

Vielleicht war es falsch gewesen, zum Zähneputzen Leitungswasser zu verwenden.

10. Kapitel

Nach einer ganztägigen Bootsfahrt auf dem „Fluss der Wohlgerüche" zur Thien Mu Pagode und dem Besuch der überaus sehenswerten Königsmausoleen Lang Minh Mang und Lang Tu Doc hieß es Abschied nehmen von Hué. Die Kaiserstadt entließ die deutschen Touristen mit freundlich lächelnden Asiaten, die im Hotel hilfsbereit die Koffer zum Ausgang schleiften. Dort wartete bereits der Bus zum Flughafen.

Audrey fühlte sich ein bisschen besser, sie hatte keinen Ausflug versäumt, aber dafür einen Fastentag mit Reis eingelegt. Sie war noch etwas schwach auf den Beinen, aber reisefähig.

Die deutsche Gruppe checkte ein zum Flug nach Ho-Chi-Minh-Stadt, dem ehemaligen Saigon. Es war ein Wunder, wie sicher die alte russische Maschine dort landete. Herr Minh jedoch schien die Angst der Deutschen um die Flugsicherheit der Maschine nicht zu teilen. Solange sich das Flugzeug heil in die Lüfte schwang und wieder heil landete, schien es in einem ausgezeichneten Zustand zu sein. Was brauchte man mehr?

Doch die Besichtigung Ho-Chi-Minh-Stadts sollte noch warten. Die Deutschen wurden zuerst in einen Bus geschleust, der sie nach Vinh Long im Mekong-Delta führte. Unterwegs stoppten sie im Cao Dai Tempel in Tan An. Wieder ein Tempel inmitten fruchtbarer Landstriche – groß und bunt. So stolz wie Vietnam.

Das Mekong-Delta stellte einen weiteren Höhepunkt für alle Vietnam-Reisenden dar. Diese südlichste Region Vietnams erlangte seine Berühmtheit wegen seiner Fruchtbarkeit – auf riesigen Feldern bauten einige Vietnamesen mit ihren typischen runden Strohhüten Reis, Kokosnüsse, Zuckerrohr und viele Früchte an.

Der Mekong – so hieß ein Fluss, der so genannte „Fluss der neun Drachen", der im tibetanischen Hochland entspringt. Mekong, der China, Laos und Kambodscha durchfließt und schließlich Vietnam erreicht. Von dort aus strömt er dann ins Südchinesische Meer.

Üppiges Grün zog sich wie saftige Teppiche über die zahlreichen Hügel. Dörfer, gesäumt von Palmen, träumten im Sonnenlicht. Die Reisenden sahen den schwimmenden Markt, bevölkert von schnatternden Vietnamesen, die laut ihre Fische, Früchte und Kokosnüsse anpriesen.

Am nächsten Tag stand eine Stadtrundfahrt in Ho-Chi-Minh-Stadt auf dem Programm. Audrey fühlte sich wie neugeboren und ließ sich vom munteren Geplauder von Frau Heiter einlullen. Mechanisch gab sie ihre Antworten und machte ihre Bemerkungen zu den Kommentaren der älteren Dame. Aber Lionel schwirrte durch ihre Gedanken wie ein rastloser Schmetterling. Ob er wohl etwas über ein Arbeits- und Aufenthaltsvisum für Deutsche in Australien in Erfahrung gebracht hatte? Was machte er jetzt wohl?

Sie verbrachte ihre zweite Woche in Vietnam und wollte sich anschließend noch zehn Tage lang mit Brandolf durch den Dschungel kämpfen. Wenn er nicht bereits wegen Sidonie eine andere Entscheidung getroffen hatte.

Audrey schwebte nicht der Sinn nach einem solchen Abenteuer. Brandolf interessierte sie sowieso nicht mehr. Er und Audrey wechselten nur noch die nötigsten Floskeln miteinander – wie „Guten Morgen!" und „Wie geht es dir?"

Audreys Herz bebte vor Sehnsucht nach Lionel. Sie wollte schnell nach Deutschland zurück. War eigentlich Lionel ihre Liebe, ihre Sehnsucht und ihre Gedanken noch wert? Beinahe erschrak sie wegen dieses Gedankens, der sich plötzlich ungewollt in ihren Sinn schlich.

Sie verscheuchte diesen Gedanken. War sie schon so sehr eine Sklavin von Isabellas Machenschaften geworden, dass sie auf die Stimme ihres Herzens nicht mehr hörte?

11. Kapitel

Auch Ho-Chi-Minh-Stadt war eine aufstrebende Metropole in Asien. Eine Metropole, in der riesige Hotels und Geschäftsbauten wie Pilze aus dem Boden schossen und wie große graue Felsen über der Stadt thronten.

Der Bus mit der deutschen Reisegruppe brauste vorbei an einem Gemisch mittelalterlicher Bauten, bunter Tempel und vielen baufälligen Häusern. Die Reisenden besichtigten den buddhistischen Tempel Chua Grac Lam aus dem 18. Jahrhundert. Das war ein prächtiger Tempel mit vielen bunten Figuren und Säulen, die rote Drachen mit schwarz-gemusterten Schwänzen verkörpern sollten.

Die Gruppe schlenderte weiter zum Chua Giac Vien und zum Chua Phung Son Tu, zwei weiteren Tempeln.

„Hast du ein paar Minuten Zeit?" Brandolf tippte Audrey an den Schultern.

Sie reagierte verblüfft. Abrupt wurde sie herausgerissen aus einem interessanten Gespräch mit Frau Heiter.

„Was ist denn los?", fragte Audrey ungehalten. „Findest du es nicht unhöflich, einfach in unsere Unterhaltung zu platzen?"

Brandolf lächelte nur.

„Entschuldige bitte – aber Sidonie und ich wollten dir eine Frage stellen."

Eine Frage? Vielleicht, ob sie etwas dagegen hätte, wenn er mit Sidonie seine Tour fortsetzen würde. Nein, dagegen hatte Audrey nichts. Es konnte ihr nur recht sein.

Gerade wanderten sie durch den Stadtteil Cholon. Ein Stadtteil mit vielen chinesischen Tempeln. Beinahe in jeder Straße schienen sich mehrere zu befinden. Bunt und eigenwillig kräuselten sich die Dächer nach unten. Meistens waren sie grün angestrichen. Grün – das war die Farbe des Reichtums bei den Chinesen.

„Ich habe eine grandiose Idee!" Brandolf ließ das Wort „grandios" auf seiner Zunge zerschmelzen wie ein Stück Schokolade. Schokolade, die langsam im Mund zerfließt.

„Ich weiß schon – Sidonie und du, ihr wollt alleine durch Vietnam reisen. Von mir aus dürft ihr das gerne machen!" Audrey sah ihm direkt in die Augen.

„Nein – du sollst mitkommen!", schaltete sich Sidonie ein.

„Ich werde euch Turteltäubchen nicht stören!", meinte Audrey ironisch. „Wirklich – ich will nicht euer Anhängsel ein! Ich reise wieder gerne nach Deutschland zurück!"

Audrey meinte es ehrlich, und der Gedanke, morgen aus dem behüteten Schoß der Gruppe gezogen zu werden, ließ sie erschauern. Wie schön wäre es, mit all diesen Leuten nach Deutschland zurückzufliegen! Wäre das nicht sicherer, als zu dritt durch Vietnams Dschungel zu irren?

„Warum hast du Angst? Erinnerst du dich nicht an dein Versprechen?" Brandolf stellte sich breitbeinig vor ihr auf.

„Brandolf, wir sprachen von der Gruppenreise! Aber die Tour alleine durch den Dschungel habe ich schon immer abgelehnt!"

„Audrey, bitte! Du bist für uns kein Anhängsel! Bitte begleite uns doch!" Brandolf blickte von Audrey zu Sidonie, die eifrig nickte.

Audrey brachte keine Einwände mehr heraus – diese waren erstickt wie Feuer mit Hilfe eines nassen Lappens. Irgendwie fühlte sie sich gefangen. Warum durfte sie nicht ihre Bedenken äußern und Abstand nehmen von einer Sache, die sie gefährlich fand?

Ebenso hatte sie sich ständig mit Schrecken das zärtliche Liebespaar vorgestellt, das sich neben dichten Dschungelsträuchern und Schlingpflanzen herzte, während sie – Audrey – sich alleine verbissen hindurch kämpfte. Aber anscheinend waren Sidonie und Brandolf bereit, ein Dreierteam zu bilden. Ein Dreierteam zum Wandern, in dem auch Audrey einen festen Platz hatte.

Unterdessen hatte die Reisegruppe den Chua Chan Lan Tempel erreicht, der der Göttin der Barmherzigkeit geweiht war. Keramikfiguren schmückten das grüne Dach und zeigten Szenen aus der chinesischen Geschichte, ebenso wie die Wandreliefs vor dem Eingang.

Sie traten in den Tempel, schritten vorbei an inbrünstig betenden Vietnamesen, die mit verzerrten Gesichtern Köcher mit langen Holzstäben schüttelten oder speziell für die Fürbitte gefertigte Geldscheine feierlich verbrannten. Die deutschen Touristen verhielten sich leise und rücksichtsvoll, schritten ehrfurchtsvoll an diesen andächtigen Menschen vorbei und bestaunten die bunten Altarfiguren und die weiteren Verzierungen, die sich anmutig durch den Raum wie Efeuzweige rankten.

Als sie hinaustraten, blinzelte Audrey. Sie war geblendet vom Sonnenlicht. Sie drehte sich um und sah Brandolf. Sein Haar, das er mit Gel bearbeitet hatte, sah aus wie eine Rutschbahn, in der sich Sonnenstrahlen spiegelten. Was fand eigentlich Sidonie an ihm? Sidonie allerdings wirkte ebenfalls nicht attraktiv. Ihre Haare waren blond und ungekämmt, außerdem waren einige ihrer Zähne kaputt.

„Habt ihr konkrete Pläne, wohin uns unsere Reise zu dritt führen soll?", fragte Audrey.

„Zuerst einmal wollen wir Laos besuchen!", antwortete Brandolf.

„Laos? Wie kommt ihr denn darauf?"

„Das Land interessiert uns. Ich habe einiges darüber gelesen. Wir wollen es kennen lernen." Brandolf sagte das, als ob es die selbstverständlichste Sache der Welt sei.

„Wie wollt ihr innerhalb weniger Tage noch ein Flugticket und ein Visum bekommen?", fragte Audrey und fingerte nach einem Papiertaschentuch in ihrer Hosentasche.

„Kein Problem! Wir haben alles genau recherchiert!", meinte Brandolf cool. „Morgen, nachdem unsere Reisekollegen sich von uns verabschiedet haben, buchen wir einen Flug nach Laos für übermorgen. In Laos bleiben wir dann drei oder vier Tage, und das Visum bekommen wir hier in der Botschaft innerhalb kürzester Zeit!"

Laos. Der Name dieses Landes brannte sich tief in Audreys Gehirnzellen ein. Ein gefährliches Wort, aber auch ein faszinierendes Wort. Wie war dieses Land wohl? Irgendwie war ihre Neugierde geweckt.

In Gedanken versunken, trottete sie der Reisegruppe hinterher zum wichtigsten daoistischen Tempel Chua Ngoc Hoang. Einst wurde dieser Tempel dem Jadekaiser geweiht und zeigte in der Haupthalle neben der Statue des prunkvoll gekleideten Jadekaisers weitere Statuen von Wächtern, Göttern und anderen Leuten. In der Nebenhalle betrachteten die Besucher staunend geschnitzte hölzerne Tafeln, die die Qualen der zehn Höllen zeigten.

Sie besichtigten noch etliche Tempel und Pagoden – Ho-Chi-Minh-Stadt bot davon eine ganze Menge.

Anschließend fuhr die Reisegruppe mit dem Bus am ehemaligen Präsidentenpalast vorbei.

„Leider können wir diesen Palast heute nicht besichtigen!", bedauerte Herr Minh. „Gerade finden Sitzungen statt. Dann ist der Palast natürlich für Besucher geschlossen."

Sie sahen aber eine Kathedrale an der Nguyen-Da-Straße, das französische Generalkonsulat und die ehemalige amerikanische Botschaft. Die Straße mündete in einen großen Park, in dem auch der Zoo untergebracht war. Der Zoo bot eine gute Abwechslung zum Kulturprogramm, das sie sonst auf dieser

Reise hatten. Die Reisegruppe war erstaunt, in welch gutem Zustand und wie groß dieser Zoo war!

Angestrengt sinnierte Audrey über Laos, während sie die Stimmen der anderen Personen aus der Reisegruppe ausblendete. Laos, unbekanntes, fernes Land. Ein Nichts, ein dunkler Fleck in Audreys Vorstellung.

Aber warum solle sie sich nicht auch von der Faszination dieses unbekannten Landes verzaubern lassen? Audrey fällte jetzt auf einmal die Entscheidung, mit Sidonie und Brandolf nach Laos zu fliegen.

12. Kapitel

Der Morgen dämmerte, und mit jeder Sekunde rückte der Abschied von der Gruppe näher. Man war sich einig: Vietnam war eine Reise wert. Jeder konnte dieses Land und seine Schönheit als Urlaubsziel mit gutem Gewissen weiterempfehlen.

Der Bus brachte die Gruppe zum Flughafen – lange winkend blieben Audrey, Sidonie und Brandolf zurück. Sie winkten ihren Reisekollegen zu, die sich jetzt auf den Weg nach Hause machten, während sie noch ein wenig in Asien bleiben wollten.

Anschließend machten sich Audrey, Sidonie und Brandolf auf den Weg zum Reisebüro der vietnamesischen Fluglinie „Vietnam Airlines." Einige Male während dieser Reise waren sie mit dieser Fluglinie geflogen, und alles hatte hervorragend funktioniert.

„Drei Tickets nach Laos? Kein Problem!", meinte der freundliche Vietnamese auf Englisch im Reisebüro. „Morgen um 11.50 Uhr fliegt die Maschine. Ihre Visa bekommen Sie in der Botschaft drei Straßen weiter!"

Ebenfalls war es kein Problem, die Visa zu bekommen. Gegen Zahlung einiger Dong (vietnamesische Währung) hielten die drei Deutschen in kurzer Zeit ihre Pässe mit eingestempeltem Visum in der Hand. Wieder stürmten sie ins Reisebüro, zeigten diesen Stempel und erhielten anschließend ihre Tickets.

„Guten Flug!", grinste der vietnamesische Angestellte. „Erzählen Sie mir, wie Sie Laos fanden, wenn Sie wiederkommen! Wir als Reisebüro sind selbstverständlich auf die Erfahrungen unserer Kunden angewiesen, damit sich unsere Flüge und Reisen gut verkaufen."

Laos lag in greifbarer Nähe – und natürlich wollten Audrey, Sidonie und Brandolf dem netten Angestellten im Reisebüro Bericht erstatten.

13. Kapitel

Audrey erwachte und fühlte sich wie gerädert. Die ganze Nacht hatte sie nicht geschlafen, obwohl sie, Sidonie und Brandolf immer noch den Service des guten Hotels in Ho-Chi-Minh-Stadt in Anspruch genommen hatten. Das Essen war einwandfrei, die Zimmer blitzsauber – warum also erbrach sich Audrey am frühen Morgen?

Sie fühlte sich übel, alles drehte sich. Ermattet sank sie in den Sessel neben ihrem Bett.

„Das gibt es doch nicht!", dachte sie laut. „Schon wieder eine Magenverstimmung!"

„Es geht mir mies", gestand sie den anderen beim Frühstück, von dem sie keinen Bissen essen konnte. Schweißperlen funkelten auf ihrer Stirn wie Morgentau. Ihr Puls raste.

„Du siehst aus wie ein Gespenst – bleich und unheimlich!", bemerkte Brandolf. „Ausgerechnet jetzt, wenn wir nach Laos aufbrechen."

„Ich glaube, ich kann nicht mitreisen!" Beinahe schluchzte Audrey. „Ich fühle mich so schlapp…"

„Dein Ticket wird verfallen", meinte Sidonie. „Vielleicht sollten wir versuchen, es am Flughafen zu verkaufen."

„Es tut mir leid – wirklich!" Audrey schossen die Tränen in die Augen. „Ich weiß nicht, was mit mir los ist. Ein Virus? Eine

Magenverstimmung? Gleich gehe ich ins Krankenhaus. Vielleicht gibt es dort eine ambulante Sprechstunde."

„Die Saigon-West-End-Klinik soll ganz gut sein, habe ich gehört. Ein Missionskrankenhaus mit einigen Ärzten aus Europa." Brandolf ergriff mitfühlend Audreys Hand. „Man bietet sicherlich nicht den Standard, den wir in Europa gewohnt sind. Aber man kann dir eventuell helfen."

„Fliegt ruhig nach Laos, wandert ein wenig, genießt alles", meinte Audrey matt. „Und in drei bis vier Tagen fragt ihr einfach wieder in diesem Hotel nach. Bis dahin bin ich wie neu und kann mit euch weiterreisen."

Sie glaubte ihre Worte selbst nicht, denn so schlecht wie heute hatte sie sich lange nicht mehr gefühlt. Aber sie lächelte ein wenig und schüttelte Sidonie und Brandolf die Hand. Sie fand die beiden auf einmal richtig nett. Vielleicht hätte doch eine Freundschaft zwischen ihnen entstehen können.

Besorgt sahen sie Audrey an. Wahrscheinlich ahnten sie, dass sie sie nie mehr wiedersehen würden, als sie zum Bus, der zum Flughafen fuhr, gingen.

14. Kapitel

Die Verkettung unglücklicher Umstände, die jetzt begann, konnte niemand voraussehen, sie waren von niemandem gewollt. Denn sie sollten das Leben einiger Menschen drastisch verändern.

Sidonie und Brandolf erschienen am Flughafen und checkten ein.

„Ihre Freundin kann nicht mitfliegen? Kein Problem!", meinte die hübsche Stewardess am Schalter und lächelte. „Das Ticket bekommen wir irgendwie an die Frau oder an den Mann. Leider kann ich Ihnen im Moment noch kein Geld dafür geben. Vielleicht fragen Sie nochmals nach, wenn Sie zurückkommen?

Sidonie und Brandolf waren einverstanden. Sie begaben sich zum Flugsteig 14.

Die hübsche Stewardess verkaufte unterdessen tatsächlich Audreys Ticket an einen japanischen Arzt, der in Laos auf einen Kongress wollte. Leider jedoch vergaß diese Stewardess, Audreys Namen von der Passagierliste des Fluges zu streichen. Ein verhängnisvoller Fehler, den sie allerdings schnell vergessen würde. Denn sie kämpfte mit zahlreichen privaten Problemen, und ihr fehlte die Konzentration, um sich richtig auf ihre Arbeit konzentrieren zu können.

Viele Leute flogen täglich in Asien hin und her – wie konnten die Angestellten auf dem Flughafen alle Daten und Fakten in ihren überlasteten Gehirnen speichern?

Normalerweise wäre ein solches Versehen halb so schlimm gewesen.

Normalerweise.

Aber dieses Mal waren die Folgen fatal.

15. Kapitel

Audrey ließ sich von einem Rikscha-Fahrer ins Krankenhaus bringen, denn ihre Beine versagten den Dienst.

Dann kämpfte sie sich die Treppen zum „Saigon-West-End-Hospital" hinauf. Wie eine alte Dame, die an Hüftbeschwerden litt. Sie hatte hohes Fieber, ihre Stirn glühte. Hohes Fieber, das ihr Bewusstsein langsam in ein Delirium verschwimmen ließ. Ihr Kopf hämmerte, als habe er ein Kohlebergwerk in sich, in dem Maschinen eifrig Steine klopften.

„Ich fühle mich nicht gut", sagte Audrey zu der hübschen vietnamesischen Krankenschwester in blütenweißer Tracht, die an der Anmeldung in der Eingangshalle saß. „Gibt es hier eine ambulante Sprechstunde?"

„Ja, natürlich!" Die Schwester entblößte makellose Zähne. „Kommen Sie. Ich bringe sie ins Wartezimmer!"

Audrey folgte ihr durch blitzsaubere Gänge, vorbei an vielen steril-weißen Türen. Sie fühlte sich schlapp, ihr Kopf war heiß wie ein Backofen und schmerzte wie verrückt.

Endlich öffnete die Schwester eine Tür und bat Audrey einzutreten. Müde stapfte Audrey zu den Bänken, auf denen unruhig Vietnamesen hin und her rutschten. Einige Frauen versuchten, schreiende Kinder zu beruhigen. Männer unterhielten sich oder lasen Zeitung. Einige Patienten starrten gedankenverloren vor sich hin.

„So viele Menschen", dachte Audrey entsetzt. „Und ich soll so lange warten, bis sie alle drangekommen sind."

Die Minuten rückten nur langsam weiter. Audreys Mattigkeit verschlimmerte sich.

Sah denn niemand, wie schlecht es ihr ging? Dieses Krankenhaus schien nur einen Arzt zu haben, der sich um diese Kranken in dem Wartezimmer kümmerte.

Audrey ließ ihren Blick durch den Saal schweifen. Schwer und langsam schien sich ihr Kopf zu drehen – wie eine Glühbirne, die man langsam in ein Gewinde schraubt.

Plötzlich verschwammen alle Gesichter um sie herum. Sie merkte, wie eine große und schwarze Dunkelheit sie langsam verschluckte. Eine Dunkelheit, die sie wie ein Sog in eine unheimliche Tiefe zog.

Eine Tiefe, in der es keine Wartezeiten, keine Kopfschmerzen und keine Übelkeit mehr gab.

Eine Tiefe, die unsagbar beruhigend wirkte.

Viertes Buch: Freunde

1. Kapitel

Der Flug der „Vietnam Airlines" nach Laos vollzog sich anfangs wie immer. Die Vietnamesen besaßen alte russische Maschinen, die noch funktionierten. Und mehr war auch nicht nötig, solange man von einem Ort zum anderen gelangte. Warum also sollte man sich Gedanken um die Sicherheit machen?

Hauptsache, die Maschine flog. Das Flugzeug nach Laos verkehrte täglich, und nur alle 14 Tage wurde es überprüft. In Deutschland hätte man diese Maschine schon längst aus dem Verkehr gezogen. Sie gälte dort als „fliegender Schrotthaufen".

Den rüttelnden Start waren Brandolf und Sidonie von vorhergehenden Flügen innerhalb Vietnams gewohnt. So nahmen sie diese Tatsache auch diesmal relativ gelassen hin, saßen angeschnallt auf den abgenutzten Sitzen und rissen Witze. Eifrige Stewardessen servierten Getränke und belegte Brote, den der Flug von Ho-Chi-Minh-Stadt nach Vientiane in Laos dauerte ungefähr zweieinhalb Stunden und führte über Kambodscha und Thailand.

Nach dem Aufstieg der Maschine in den tiefblauen Himmel verlief der Flug ruhig. Solange, bis das Flugzeug unversehens in eine Schlechtwetterzone über Thailand schlitterte. Der flugerfahrene Pilot versuchte, das Steuer herumzureißen und das unheilvolle Blitzen und Donnern zu umfliegen.

Plötzlich jedoch streikte der Geschwindigkeitsmesser.

„Mein Geschwindigkeitsmesser funktioniert nicht", informierte er den Co-Piloten. „Funktioniert Ihrer?"

„Ja, Sir!", antwortete dieser. Ein Mann, der eine Frau und zwei Kinder in Ho-Chi-Minh-Stadt hatte. Ein Mann, der stolz auf seine Position bei der Fluglinie war – bot diese ihm doch genug Einkommen, um seine Familie ernähren zu können. Keine Selbstverständlichkeit für Vietnamesen.

Hektisch kontrollierten die beiden Piloten ihre technischen Geräte, während der erste Pilot, der Chef-Pilot, mit allergrößter Konzentration versuchte, das Flugzeug durch ein Meer dunkler Wolken, die wie Blei am Himmel hingen, zu leiten.

Warum funktionierte die Maschine nur nicht so, wie sie sollte? Aber auch diese Schwierigkeit würde er bewältigen, schwor sich der Chef-Pilot.

Er war sich seiner Sache ziemlich sicher.

Aber er konnte den Fehler nicht finden. Irgendetwas war nicht in Ordnung.

„Hier stimmt etwas nicht. Einige Probleme sind aufgetreten. Schauen Sie, hier ist etwas Verrücktes. Sehen Sie das?" Er wandte sich wieder seinem Kollegen zu. Schweißperlen hingen wie Tautropfen an seiner Stirne.

Ach, du liebe Zeit, warum traten jetzt diese Schwierigkeiten auf? Ausgerechnet in dieser Schlechtwetterzone! Bisher hatte die Maschine doch auch ausgezeichnet funktioniert!

„Sie haben recht, Sir", pflichtete der Co-Pilot bei, während sich ein ungutes Gefühl seiner bemächtigte. „Irgendetwas stimmt hier nicht. Wir haben in diesem Augenblick gerade 200 Knoten (das sind 550 Kilometer pro Stunde) abnehmend."

„Beide Geschwindigkeitsmesser scheinen defekt zu sein!" Der Pilot versuchte, ruhig zu klingen, ruhig zu bleiben. Jedoch konnte er nicht verhindern, dass sich ein wenig Panik in seine Stimme mischte. „Was können wir tun? Überprüfen wir Ihre Schalter!"

„Ja, Sir!"

Sie kamen überein, dass ihre Geschwindigkeitsmesser nicht übereinstimmten. Plötzlich ertönte ein Alarmsignal. Ein schrilles, ohrenbetäubendes Zeichen, das anzeigte, dass die Maschine zu schnell flog.

„Wir müssen dieses Problem unbedingt lösen!" Der Chef-Pilot klang zuversichtlich. Er hatte eine Idee, und er war so sicher, dass diese funktionieren würde. Bald schon würde die Maschine wieder vorschriftsgemäß fliegen. Bald.

„Die Geschwindigkeit drosseln, bitte! Dann sehen wir weiter!"

Der Alarm stoppte, was jedoch kein Grund zum Aufatmen war. Die Schwierigkeiten schienen noch lange nicht gelöst. Die Piloten schafften es, die Geschwindigkeit für einige Minuten in einem annehmbaren Rahmen zu halten, aber im nächsten Moment flog die Maschine doch wieder zu langsam und sackte plötzlich ab.

Die 200 Passagiere stutzten, als sie auf einmal ein rapides Absacken spürten. Dann wieder ein Hochreißen. So ging es einige Male – jeder fühlte sich wie in einer Achterbahn. Einige Passagiere schrien vor Schrecken laut auf.

Aber dies hier war keine Achterbahn. Das war bittere Realität. Alle spürten, dass irgendetwas nicht in Ordnung war. Sie fühlten nicht den wohligen Nervenkitzel, den man verspürt, wenn man mit einem schnellen Fahrgeschäft auf einem Rummelplatz fährt. Nein, das hier war anders!

Und dann ging alles plötzlich sehr schnell.

Auf einmal blinkte das Zeichen zum Anschnallen auf. Gasmasken und Schwimmwesten purzelten aus den Klappen über den Sitzen auf die Passagiere. Stimmengewirr ertönte, Panik packte jedermann – die Leute schienen herausgerissen aus ihrer heilen Welt.

Einige beteten laut, aber das half nichts mehr. Das Flugzeug befand sich in ernsthaften Schwierigkeiten.

Jedermann streifte sich in Windeseile die Schwimmweste über, setzte die Atemschutzmaske auf, schnallte sich an und lehnte sich nach vorne – den Kopf in die Hände gestützt.

„Das Flugzeug steigt nicht! Was soll ich tun?" Der Chef-Pilot kämpfte im Cockpit immer noch einen aussichtslosen Kampf. Einen Kampf mit Schaltern und Hebeln, während das Flugzeug erbarmungslos in die Tiefe gerissen wurde.

„Ich werde den Höhenbegrenzer wählen, Sir!" Der Co-Pilot reagierte schnell und besonnen und versuchte, die Maschine zu beschleunigen. Aber sie sprach nicht mehr an. Es schien, als seien alle benötigten Hebel und Schalter auf einmal tot.

Das Flugzeug knallte in der Nähe von Udon Thani in Thailand auf den Boden und explodierte. Etliche Wrackteile flogen umher, als die Maschine in Flammen aufging.

Keiner der Flugzeuginsassen überlebte.

Herr Dr. Bernd Thorpe starrte auf die junge Deutsche, die totenbleich im Krankenbett auf der Intensivstation lag. In ihrer Armbeuge steckte eine Infusionsnadel. Ständig tropfte Traubenzuckerlösung aus einer großen Flasche in ihre Vene.

Wie lange war es her, dass er jemanden aus seinem Heimatland gesehen hatte? Er konnte sich nicht erinnern. Vor fünf Jahren hatte er seinen Dienst in Vietnam angetreten. Trotz der großen Hektik liebte er seine Arbeit in diesem Krankenhaus. Bis heute hatte er seine Entscheidung, Leuten in Vietnam zu helfen, nicht bereut.

Audrey litt an „Malaria tropica", einer ernstzunehmenden Krankheit. Fieberanfälle, Hitzewallungen und Schüttelfröste quälten sie abwechselnd. Sie lebte zwischen Tag und Traum, meistens in tiefer Bewusstlosigkeit.

Manchmal flüsterte sie „Lionel", aber niemand wusste, wer gemeint war.

Wie hießen ihre Angehörigen? In ihrem Rucksack, den sie bei sich trug, hatte man nur den Hotelzimmerschlüssel und eine Scheckkarte gefunden. Es war einfach, ihr Gepäck vom Hotel ins Krankenhaus bringen zu lassen. Denn sie würde noch einige Wochen hier bleiben müssen.

Rund um die Uhr wurde sie bewacht, denn das hohe Fieber wollte trotz Chinin-Gaben und der Anwendung anderer Medikamente nicht sinken, Immer wieder zeigte das Thermometer 40 Grad Fieber und hielt Audrey in einem Delirium. Und wenn sie doch einmal die Augen öffnete, wusste sie nicht, wo sie war.

Herr Dr. Thorpe prüfte die Infusion an Audreys Arm, bevor er sich anderen Aufgaben widmete.

Audrey träumte von Lionel. Das waren gute Träume. Träume, die nach langen, dunklen und grässlichen Träumen kamen. Alpträume, in denen ein Flugzeugabsturz passierte.

Die Träume, in denen Lionel vorkam, verliehen ihr Auftrieb und trugen sie durch ihre Krankheit. Sie verliehen ihr die Energie, die sie zum Überleben brauchte.

Sie wollte durchhalten. Sie wollte die tückische Malaria überwinden und irgendwann als Genesene in Lionels Armen liegen. Lionel, der ihr hoch und heilig versprochen hatte, er werde eine Lösung finden. Eine Lösung, die sie beide für immer zusammenbringen würde.

Deshalb wollte sie gesund werden.

3. Kapitel

Die Nachricht über den Absturz einer vietnamesischen Linienmaschine nach Laos über Thailand verbreitete sich wie ein Lauffeuer in der ganzen Welt.

„Bei einem Flugzeugabsturz im Norden Thailands, in der Nähe von Udon Thani, kamen gestern alle 200 Insassen ums Leben, darunter auch drei Deutsche", meldeten die Medien in Deutschland.

Das „Rote Kreuz" gab – auf Anfrage – Auskunft über die Identität der drei deutschen Absturzopfer: Audrey Hoffmann, Sidonie Nagel, Brandolf Frank.

Die vietnamesische Nachrichtenagentur meldete, es handle sich bei den Deutschen um zwei Frauen und einen Mann. Glücklicherweise besaß man ja die Passagierliste, die die Stewardess am Schalter im Flughafen den Behörden hilfsbereit aushändigte.

Das Flugzeug war auf einen Berg geprallt und explodiert. Wrackteile, Gepäckstücke und Leichenteile wurden in alle Richtungen geschleudert. Natürlich waren die Leichen zur Unkenntlichkeit verbrannt. Aber dank der Passagierliste konnte man ihre Identität leicht feststellen.

Die Absturzursache blieb einige Wochen ein Rätsel. Endlich fand man den Flugschreiber. Der Flugschreiber, der auch das Gespräch der beiden Piloten haargenau wiedergab.

4. Kapitel

Während diese Nachrichten in der ganzen Welt verbreitet wurden, versuchte das „Internationale Rote Kreuz", die Angehörigen der Absturzopfer ausfindig zu machen und zu benachrichtigen. Viele Menschen jedoch riefen selbst beim „Roten Kreuz" an und fragten, ob Verwandte oder Freunde unter den Opfern seien.

Die vietnamesische Fluglinie „Vietnam Airlines" zeigte sich zu Recht stolz über ihre sauber geführten Passagierlisten. Niemand ahnte jedoch, dass ein Name darauf diesmal falsch war: der Name Audrey Hoffmann.

Audrey lebte – in einem sterilen Zimmer auf der Intensivstation in einem Krankenhaus in Ho-Chi-Minh-Stadt in Vietnam. Sie kämpfte gegen die Malaria, als ihre Eltern in Deutschland von ihrem vermeintlichen Tod erfuhren.

Die Nachricht wurde durchs Telefon übermittelt. Später sollten die Hoffmanns einen Brief erhalten, auf dem bestätigt war, dass Audrey bei einem Flugzeugabsturz über Thailand ums Leben gekommen war.

Frau Hoffmann erhielt die Hiobsbotschaft an einem strahlenden Montagmorgen. Langsam ließ sie den Hörer sinken, nachdem sie ein „Danke für Ihren Anruf!" gestammelt hatte. Ein Dank für den Mann, der die traurige Aufgabe hatte, Familienangehörige zu benachrichtigen.

Frau Hoffmann drehte sich um zu ihrem Mann, der im Türrahmen stand – beinahe wie in Zeitlupe waren ihre Bewegungen. Audrey tot? Nein, das durfte nicht sein!

Frau Hoffmann fühlte sich, als sei sie nicht in der Wirklichkeit, als spielte sie die Rolle in einem bösen Alptraum.

„Siegfried, Audrey ist tot!"

Herr Hoffmann nickte unmerklich. Seine Schultern sackten herunter. Traurig stand er vor seiner Frau. Wie konnte das Schicksal so grausam sein, einfach ein junges Leben ganz plötzlich auszulöschen!

Audrey hatte immer voller Leben gesprüht, sie hatte noch so viel vor. Und das sollte mit einem Schlag vorbei sein?

Eine dicke Träne löste sich aus Herrn Hoffmanns Augenwinkeln. Eine Träne, die langsam seine Backen hinunter rann wie ein Rinnsal.

„Sie war in dem Flugzeug nach Laos, nicht wahr? Warum musste sie nur ihre Reisepläne ändern?", flüsterte er.

„Ja, sie nahm diesen Flug – leider!", schluchzte seine Frau.

„Warum konnte sie nicht in Vietnam bleiben? Oder gleich mit der Reisegruppe nach Deutschland zurückkehren?"

Eine Antwort darauf wussten sie nicht. Es half jedoch nicht, in der Vergangenheit zu wühlen.

Frau und Herr Hoffmann nahmen auf den mit Brokatstoff überzogenen Sesseln im Wohnzimmer Platz. Schweigend stierten sie Löcher in die Luft. Jeder von ihnen trauerte, auf seine ganz eigene Art und Weise. Keiner von ihnen wollten in seiner Trauer alleingelassen sein.

Sie weinten um ihre Tochter, die im fernen Thailand ihr Leben verloren hatten. Ihre Tochter, von der sie glaubten, dass sie sie nie wiedersehen würden.

Sie waren froh, dass sie einander hatten.

5. Kapitel

Das Leben floss weiter wie ein unaufhörlicher Strom. Ein Strom, der kaum Rücksicht auf Trauer und Gefühle nahm.

So rissen sich Audreys Eltern zusammen und erledigten, was sie erledigen mussten. Audrey war tot – und deshalb unterrichteten sie die Firma, in der sie in der Buchhaltung gearbeitet hatte. Der Textilbetrieb in Aalen, dem es ohnehin schlecht ging und dem das Ausscheiden einer Beschäftigten nichts ausmachte.

Audreys Stelle wurde gestrichen und die Arbeit einer Kollegin übertragen.

Natürlich waren die Kolleginnen und Kollegen betroffen – sie alle hatten Audrey gemocht, ihre lockere, unbeschwerte Art und ihren Fleiß.

Schließlich unterrichteten Audreys Eltern Audreys Freunde und Brieffreunde. Sie ließen die Todesnachricht in Englisch und Französisch übersetzen und sandten diese in alle Welt.

Lionel erhielt einen besonderen Brief, da er doch Audreys ferner Liebhaber war.

Ebenso getraute sich niemand, Audreys Wohnung aufzulösen. Damit würde man ein halbes Jahr warten. Denn noch immer hoffte Ihre Mutter, dass Audrey doch auftauchen würde. Auch wenn ihr der Verstand täglich einhämmerte, sie sollte endlich Audreys Tod akzeptieren.

„Du wirst spätestens dann daran glauben, wenn Audreys Leichnam nach Deutschland überführt worden sein wird", versuchte Herr Hoffmann seine Frau zu überzeugen.

„Wenn sie überhaupt herausfinden, welcher der vielen Toten genau Audrey ist", berichtigte ihn Frau Hoffmann. „Bisher stammen alle Angaben, die wir haben, nur aus der Passagierliste!"

„Der Passagierliste, die – laut ‚Vietnam Airlines' - vorbildlich geführt wurde", meinte ihr Mann. „Audrey wurde aus unserer Mitte gerissen. Sie wird nicht mehr zurückkehren – leider. Akzeptiere diesen Gedanken, er ist unvermeidlich."

„Vielleicht hast du recht!" Seine Frau seufzte.

Völlig überzeugt war sie noch nicht.

6. Kapitel

„Lieber Lionel,

leider müssen wir Ihnen mitteilen, dass unsere Tochter Audrey bei dem Flugzeugabsturz über Thailand ums Leben kam.

Wir wissen, was Ihnen Audrey bedeutet hat. Für uns war sie unsere geliebte Tochter, für Sie Ihre Freundin. Vielleicht auch die Frau, die Sie eines Tages heiraten wollten.

Fassungslos stehen wir vor dieser Nachricht, den Trümmern eines blühenden, jungen Lebens, das so plötzlich mit aller Gewalt von dieser Welt geraubt wurde. Unsere Tochter lebt nicht mehr, nie wieder wird sie uns begrüßen, uns ein Lächeln oder ein nettes Wort schenken.

Wir hoffen jedoch, dass ihr es dort, wo sie jetzt ist, gut geht. Dass sie dort keine Schmerzen leidet.

Lieber Lionel, wir alle versuchen zu begreifen, was geschehen ist, was uns entrissen wurde, wie grausam das Schicksal sein kann.

Wir wünschen Ihnen weiterhin alles Gute. Sollten Sie wieder einmal nach Deutschland reisen, dann zögern Sie bitte nicht, bei uns vorbeizuschauen. Sie sind bei uns jederzeit herzlich willkommen.

Freundliche Grüße – Lisbeth und Siegfried Hoffmann."

Lionel ließ den Brief sinken. Um ihn drehte sich alles. Audrey war tot. Er hatte das befürchtet, als er von dem Flugzeugabsturz über Thailand hörte und den drei deutschen Todesopfern.

Nun aber las er es schwarz auf weiß – und das war viel härter. Audrey, seine Geliebte, war tot. Schuld überkam ihn, wie eine Überschwemmung, die sein Herz gnadenlos überflutete. Warum hatte er gezögert, Audrey, der Frau, die er liebte, eine Zukunft zu bieten? Hier in Australien, an seiner Seite. Warum hatte er so langsam reagiert, warum war er nicht willig, Verantwortung auf sich zu nehmen?

Was war los mit ihm?

Er war immer noch ein typischer Nesthocker, und er hatte nicht gemerkt, wie eine Lauheit von ihm Besitz ergriff. Eine Lauheit, die ihn vor dem Fernseher fast schon vergammeln ließ. Eine Lauheit, die ihn zwang, größere Entscheidungen einfach von sich abzuschütteln – wie Wassertropfen.

Jetzt endlich ging ihm ein Licht auf, aber es war zu spät. Zu spät für ihn und Audrey. Zu spät für eine gemeinsame Zukunft.

„Audrey ist tot!" Diese Worte klangen düster in seinem Verstand und ließen seine Schuldgefühle nur noch anwachsen.

Audrey lebte nicht mehr – und auch seine Eltern würden ihn bald verlassen. Gerade waren sie dabei, ein Wohnmobil zu kaufen. Ein Wohnmobil, mit dem sie Australien auf eigene Faust erkunden wollten.

„Wir haben genug gearbeitet", verkündete Lionels Vater, als er endlich seinen wohlverdienten Ruhestand antrat. „Mutter und ich möchten mit dem Wohnmobil durch Australien reisen. Einige Jahre wird das sicherlich dauern. Viele Australier tun das doch auch! Ich hoffe, du hast nichts dagegen, Lionel?"

Herr Norton hatte seinen Sohn lange angesehen. Seinen hoffnungslosen Sohn, der auf die Anwesenheit seiner Eltern vertraute wie ein Baby auf seine Milchflasche. Aber warum sollte sich das Ehepaar Norton nicht die kleine Freude eines Abenteuers gönnen und den Traum verwirklichen, den viele Australier träumten, aber nur wenige realisierten?

Endlich musste sich Lionel lösen aus dem warmen Schutz seiner Eltern. Sie hatten ihn lange genug bedient, hatten alles Notwendige erledigt mit einer Selbstverständlichkeit. Lionel wurde endlich selbständig werden – wenn nötig, mit Gewalt.

Lange unterhielt sich Herr Norton darüber mit seiner Frau. Zuerst zögerte sie:

„Können wir Lionel das antun? Können wir ihn alleine lassen?"

Sie war sich nicht sicher – aber andererseits wünschte sie sich schon lange, aus dem täglichen Einerlei des Hausfrauenlebens auszubrechen und mit ihrem Mann auf Abenteuertour zu gehen. Denn wie lange würden beide gesund genug sein, um reisen zu können? Die Jahre flogen vorbei, das Alter zehrte an der Gesundheit, dem Leib und dem Geist.

Sie hatte schließlich eingewilligt und ihren Entschluss nie bereut. Lionel musste lernen, auf eigenen Füßen zu stehen. Endlich – mit 39 Jahren.

Zurück blieb ein nachdenklicher Lionel, ein fast hoffnungsloser Fall, der jetzt sogar seine Geliebte aus Deutschland verloren hatte.

Wie einen bedrohlichen Schatten fühlte er die Einsamkeit.

Schwer ließ er sich auf einen Sessel im Wohnzimmer fallen, vergrub seinen Kopf in den Händen und weinte bitterlich.

Das Fernsehgerät blieb an diesem Tag ausgeschaltet.

7. Kapitel

Isabella von Schlichting fühlte sich gerade sehr gut. Sie hatte ihr Leben im Griff – und auch das Leben vieler anderer Menschen. Mit diesem Triumphgefühl fuhr sie von einem Gottesdienst nach Hause.

Sie hatte nicht nur Audrey beinahe von einem oberflächlichen Australier erlöst und auf den rechten Weg gewiesen. Sie war auch in anderer Hinsicht eine perfekte Christin. Beispielsweise gab sie vorschriftsmäßig ihren „Zehnten", also den zehnten Teil ihres Einkommens, in ihre Gemeinde.

Geschickt parkte sie ihr Auto vor ihrem Eigenheim und schritt durch die Haustüre. Nanu – niemand da? Wo steckten Roberto und ihre Kinder?

Plötzlich fand sie einen Zettel auf dem Küchentisch:

„Wir sind spazieren gegangen. Gegen 13 Uhr sind wir wieder zu Hause. Gruß, Roberto."

Isabella lächelte. Eine gute Idee von Roberto, mit ihren lebhaften Jungs einen kleinen Spaziergang zu machen. So blieb ihr genug Zeit, das Mittagessen – heute „Wiener Schnitzel" mit Pommes Frites – zuzubereiten. Lächelnd holte sie eine schwarze Pfanne aus dem Küchenschrank, warf etwas Margarine hinein und ließ bei kleiner Flamme das Fett langsam zergehen.

Isabella schaltete das Radiogerät ein. Während sie gedankenverloren Kartoffeln schälte und die goldgelben Kugeln in einem Schnellkochtopf aufschichtete, dachte sie, dass sie dazu Lauchgemüse garen würde. Roberto liebte Gemüsegerichte.

Munter trällernd lauschte sie der Musik und hielt automatisch inne, als die Nachrichten gesendet wurden. Über Steuererhöhungen und Lohnkürzungen im Krankheitsfall hörte man täglich. Der Außenminister weilte gerade in China, um Annäherungsversuche zu starten. Vielleicht würde das den Beziehungen zwischen Deutschland und China helfen und ebenfalls die Wirtschaft fördern.

„Unterdessen ist auch die Identität der drei Deutschen bekannt, die bei einem Flugzeugabsturz in Thailand ums Leben kamen", sagte der Radiosprecher von „Antenne 7 – Stuttgart", einem Privatradiosender, den Isabella gerne hörte.

Isabella stutzte. Handelte es sich nicht um die Maschine von Vietnam nach Laos? Sie erinnerte sich nur zu deutlich an diese Meldung. Wie viele Leute reagierte sie allerdings zunächst fassungslos, dann vergaß sie diese Nachricht. Weil sie der Alltag einholte. Ein gnadenloser Alltag, der für Gefühle keine Zeit aufkommen ließ. Warum auch sollte sie einer solchen Meldung in ihrem Gehirn mehr Platz einräumen? Hier ging es doch um Leute, die sie nicht kannte.

Aber nun stutzte sie. Ihre Ohren standen auf Empfang. Drei Deutsche?

„Die Namen der drei Personen lauten…" Einen Namen hörte sie, den sie nicht kannte. Sidonie Nagel.

Aber halt – hatte sie nicht gerade den Namen Brandolf Frank gehört? Brandolf kannte sie. Er frönte doch genauso gerne dem hiesigen Dorftratsch wie sie. Nun war er tot. Sie erschauerte.

Der dritte Name, der genannt wurde, brachte sie endgültig aus der Fassung. Audrey Hoffmann.

Wie bitte – Audrey zählte zu den Absturzopfern?

Isabella warf das Messer aus der Hand. So als wäre es auf einmal aus glühendem Eisen, das ihr die Haut verbrannte.

Audrey!

Isabella ließ sich auf den Stuhl fallen, ihre Hände fielen in den Schoß wie schwere Gewichte.

Audrey!

Isabella fühlte sich auf einmal schuldig. Die Schuld bohrte sich in ihr Herz wie tausend Messerspitzen. Audrey und Brandolf waren in Vietnam gewesen. Das wusste sie. Die dritte Person kannte sie nicht – aber das war ihr jetzt auch egal.

Vielleicht wäre – ohne Isabellas Einmischung – Audrey bereits wieder glücklich bei ihrem Lionel in Australien gelandet. Vielleicht wären die beiden glücklich miteinander. Vielleicht wäre Audrey noch am Leben...

Isabella wurde auf einmal schlecht. Sie fühlte sich, als müsse sie sich jeden Augenblick übergeben.

Wie eine Betrunkene torkelte sie zum Radiogerät und schaltete es aus.

Die Kartoffeln stapelten sich vergessen im großen Schnellkochtopf. Das Messer flog achtlos daneben.

Isabella war die Lust am Kochen für heute schlagartig vergangen.

8. Kapitel

Isabella hatte sich nicht mehr in der Gewalt. Wie eine Schlafwandlerin schritt sie zu dem blauen Audi. Wie ein Roboter schloss sie die Türe auf, mit der Bibel unter dem Arm.

Der Bibel, dem Buch, das ihr bisher Trost und Hilfe gespendet hatte. Besonders dann, wenn eine Situation verfahren war.

Aber noch nie war eine Situation so verfahren wie jetzt gerade.

Isabella wollte hinausfahren in den Wald, in der stillen Natur Trost bei Gott suchen und einen klaren Kopf bekommen.

Sie fühlte sich schuldig. Schuldig am Tod ihrer Freundin Audrey.

Vergessen war ihr Hochgefühl darüber, dass sie sich in das Leben anderer sehr gut einmischen konnte. Vergessen waren Roberto und ihre Jungs, die sich während eines Spaziergangs den kalten Wind um die Nase blasen ließen und sicherlich bald heimkehren würden.

Vergessen waren Kartoffeln und Lauch – das Gemüse, das auf die Zubereitung zu einem Mittagessen wartete und sich auf dem Küchentisch langweilte.

Isabella ließ mit zittrigen Fingern den Motor an. Sie legte den Rückwärtsgang ein und steuerte das Auto aus der Einfahrt.

Den Weg durch Esslingen fand sie im Schlaf. Sie ließ die Stadt hinter sich. Die Stadt mit sattroten Hausdächern, die im Sonnenlicht glänzten. Vorbei brauste sie an Weinbergen, die wie in Etagen sorgfältig angelegt waren.

Isabella fuhr vorbei – aber sie nahm die Landschaft nicht wirklich wahr. Zu sehr nagte ein Schuldbewusstsein an ihr. Sie brauchte Ruhe und Klarheit, um zu wissen, was sie tun sollte. Die Ruhe und Klarheit, die sie außer Acht gelassen hatte, als sie Audreys und Lionels Beziehung zu zerstören versuchte.

Das war ihr gelungen – aber auf eine andere Art und Weise, als geplant. Die Ereignisse waren ihr aus der Hand geglitten. Das Schicksal hatte sie eingeholt- hart und unerbittlich.

Es hatte Audreys Leben gekostet.

Isabella brauste vorbei an Baumalleen, die rechts und links von der Straße in Felder und Wiesen übergingen. Es war ein perfekter Februartag. Die Natur wartete auf den Frühling. Sie wartete darauf, dass sich der Winter verabschiedete.

Isabella raste, und unmerklich beschleunigte das Auto. Sie lenkte das Gefährt über Kurven, sie wartete auf einen Waldweg, in den sie abbiegen konnte. Einen Waldweg, der sie in den tröstenden Schutz der Bäume leiten würde. Die Bäume, die ihr Trost und Ruhe spenden würden für ein Gespräch mit Gott.

Aber Isabella übersah eine Kurve. Sie erkannte die große, mächtige Eiche zu spät. Die Eiche, die sich ihr auf einmal in den Weg stellte.

Sie hörte nur noch einen lauten Knall, bevor ihr Verstand in ein großes, schwarzes Loch fiel.

9. Kapitel

„Fatima wird nächste Woche leider abreisen müssen!", bemerkte Sami Eloy und schaute mitfühlend auf Aleynas Cousine, die stillschweigend die köstliche Gemüsesuppe in sich hineinlöffelte. Die Gemüsesuppe, die Aleyna zum Abendessen mit Lionel zubereitet hatte.

Lionel saß nur da wie ein begossener Pudel und starrte an die Wand. Audrey war tot. Gab es etwas Schlimmeres? Er war fast so bleich wie eine Wand. Seine Gemüsesuppe kühlte langsam ab.

„Hast du nicht gehört, Lionel?" Sami blickte seinen Freund besorgt an. „Wir werden Fatima verlieren. Sie wird in den Libanon zurückkehren – in eine unsichere Zukunft!"

„Warum sagt ihr mir das?", fragte Lionel. Er sah, als ob er aus einer Totenstarre erwachte. Hastig schaufelte er die Hälfte seiner kalten Gemüsesuppe in sich hinein und warf den Löffel scheppernd auf den Tisch.

„Audrey ist tot – und ihr sagt mir nur, dass Fatima in den Libanon zurückkehren wird. Was soll das?"

Wütend sprang er auf. Die Eloys schauten erschrocken, und sogar Fatima merkte, dass etwas nicht stimmte Wie vom Blitz getroffen zuckte sie zusammen.

„Audrey ist tot?", fragten die beiden Eloys wie aus einem Munde. „Das wussten wir nicht!"

„Sie verlor ihr Leben bei dem Flugzeugabsturz über Thailand." Lionel sprach zu schnell, seine Worte überschlugen sich, und er verhaspelte sich beinahe. „Sie ist eine der drei Deutschen, die verunglückten."

„Ach – du liebe Zeit!", murmelte Sami. „Audrey war wirklich ein nettes Mädchen. Sie besaß stets ein offenes Herz für andere."

„Das ist richtig!", pflichtete Lionel bei. Seine Stimme zitterte. „Sie war eine großartige Frau, und ich hätte sie heiraten sollen, ungeachtet aller Bedenken." Schmerzlich zog sich sein Gesicht zusammen. „Sie verdiente eine Heirat und nicht, so lange hingehalten zu werden. Ich bin einfach ein schlechter Mann!"

„Das bist du nicht!" Aleyna legte beruhigend ihre Hand auf Lionels Arme. „Ein Versäumnis hast du begangen – das ist richtig -, aber es gibt noch genug Chancen im Leben, anderen Leuten zu helfen. Genug Chancen, das Versäumte wiedergutzumachen."

„Wie meinst du das?" Lionel nahm einen Schluck Bier.

„Du könntest zum Beispiel Fatima heiraten und ihr hier ein gutes Leben in Australien bieten. Einen Menschen konntest du schon nicht glücklich machen. Es war deine Audrey." Aleyna blickte interessiert von Lionel zu Fatima, dann wieder von Fatima zu Lionel. Geschickt legte sie ihre Netze aus wie eine Spinne, die eine Fliege fängt. Und hier saß ihre Beute. Lionel, hoffnungslos, aber vermögend. Lionel, der ihrer Cousine ein gutes Leben sichern konnte.

Lionel saß da – stumm wie eine Schaufensterpuppe. Eindringlich wählte Aleyna ihre Worte. Das war eine reelle Chance für Fatima, und dies war der richtige Moment, Lionel davon zu überzeugen.

Irgendwie spürte sie, dass es ihr diesmal gelingen würde. An jedem anderen Tag wäre ihr Lionel ins Gesicht gesprungen, sie hätte sich in Sicherheit bringen müssen, damit er ihr nichts antat. Aber das Blatt hatte sich gewendet – Lionel schleppte auf einmal ein schuldbeladenes Gewissen mit sich herum wie schweren Ballast.

„Lionel, Fatima braucht deine Hilfe. Jetzt! Sie hat ein besseres Leben verdient als das im Libanon. Ein Leben, das ihr Australien bieten kann. Aber ohne weiteres darf sie nicht hier bleiben. Jemand muss sie heiraten. Vergiss nicht, Lionel, Fatima ist eine hervorragende Hausfrau und Köchin. Du wirst deine Entscheidung, ihr zu helfen und sie zu heiraten, niemals bereuen!"

Aleyna holte tief Luft. Sie hatte ihre Rede beendet. Nun war sie auf das Ergebnis gespannt. Schweigen herrschte, denn Lionel versuchte, Aleynas Worte zu begreifen. Er kauerte auf seinem Stuhl wie ein verschrecktes Kaninchen. Schließlich meinte er:

„Ich werde es mir überlegen! Bitte gebt mir Zeit! Immerhin habe ich gerade jemanden verloren, an der mir mehr lag, als ich mir eingestehen wollte. Übermorgen werde ich euch sagen, wie ich mich entschieden habe!"

Noch immer fühlte er sich schuldig. Bot sich ihm hier die Chance, etwas Gutes zu tun?

10. Kapitel

Die Eloys organisierten eine Trauung in einer der beiden Moscheen in Sydney. Sie nahmen Lionel alle erdenkliche Arbeit ab, was ihm nur recht sein konnte.

Er wollte alleine bleiben und versuchte, sein schlechtes Gewissen in einer Menge australischen Biere und etlichen Fernsehsendungen zu ertränken.

Eigentlich stand er nicht hinter seiner Entscheidung, Fatima zu heiraten. Aber er getraute sich nicht, es irgendjemandem mitzuteilen.

An einem Sonntagvormittag war es soweit. Lionel heiratete im Alter von 39 Jahren eine Frau, die vom Alter her seine Tochter sein konnte. Fatima war gerade 17 Jahre alt.

Die Vermählung vollzog sich in aller Stille, denn selbst Roger hatte abgesagt, als Gast zu erscheinen. Und Lionels Eltern weilten irgendwo im australischen Bundesstaat Queensland. Sie waren also zu weit entfernt, um zur Trauung kommen zu können.

Lionel fühlte sich überaus erleichtert, als er die Trauung hinter sich hatte. Auf eine anschließende Feier bei den Eloys verzichtete er. Fatima jedoch nahm daran teil.

Sie übernachtete auch bei den Eloys.

11. Kapitel

„Liebes Ehepaar Hoffmann,

ich kann Ihnen nicht beschreiben, wie sehr mich die Nachricht von Audreys Tod getroffen hat!

Erst jetzt spüre ich, wie sehr ich sie geliebt habe. Ich könnte mich dafür ohrfeigen, dass ich sie alleine ließ, dass ich mein

Versprechen für eine gemeinsame Zukunft mit ihr nicht einge-
löst habe. Ich liebte sie – wir beide gehörten zusammen, aber
ich war zu blind, um mir das einzugestehen.

Ein Zögern gewann die Oberhand, eine Angst und tausend
Ausreden. Dabei wusste ich längst, dass sich Audrey schnell in
Australien eingelebt hätte. Sie war prädestiniert für ein Leben
hier wie sonst niemand anderes.

All das wird mir erst jetzt klar, aber es ist zu spät. Zu spät
für Audrey und mich – zu spät für unsere Liebe.

Ich drücke Ihnen mein herzlichstes Beileid aus. Aber seien
Sie sicher: Nicht nur Sie in Deutschland leiden, auch ich hier in
Sydney. Mein Leben hat seinen Glanz verloren. Audrey war ein
sehr wertvoller Mensch, und sie wird ewig in unseren Herzen
weiterleben.

Ich muss Ihnen noch erzählen, dass ich meinen Grundsatz,
nie zu heiraten, gebrochen habe. Seit einer Woche ist Fatima
aus dem Libanon meine Frau. Ich dachte an Audrey, als ich
Fatima heiratete. Hat nicht Audrey auch immer stets das Beste
für alle Leute im Sinn gehabt? Diesem libanesischen Mädchen
kann ich eine gute Zukunft bieten. Eine Zukunft, die ihr im
Libanon versagt bliebe. So kann ich wenigstens jemandem
etwas Gutes tun – etwas, das ich bei Audrey verpasst habe.

Nein, glücklich bin ich nicht. Die Trauer um Audrey ist immer noch tief in meinem Herzen. Es wird lange dauern, bis ich
diesen Schmerz überwunden habe.

Ihnen wünsche ich weiterhin alles erdenklich Gute,
Ihr Lionel Norton.“

12. Kapitel

Audrey wurde unter der rührenden Fürsorge im „Saigon
West End Hospital“ wieder gesund. Und Herrn Dr. Thorpe fand
sie ebenfalls sympathisch. Warum nur arbeitete er in Vietnam
und nicht in Deutschland?

Die vegetarische Kost der Vietnamesen gab Audrey ihre Kräfte und Energie wieder zurück. Außerdem den Willen zum Weiterleben. Weiterleben mit Lionel.

Sicherlich hatte er sich etwas einfallen lassen. Gab es einen Weg für sie beide, in Australien legal zusammenleben zu können?

Wo aber steckten Sidonie und Brandolf? Über sie konnte Audrey niemand Auskunft geben. Sie wusste nichts von dem Flugzeugabsturz.

Vielleicht schwebten die beiden im „Siebenten Liebeshimmel". Das war eine einleuchtende Erklärung. Wahrscheinlich waren sie ganz froh, als man ihnen im Hotel ausgerichtet hatte, dass Audrey im Krankenhaus behandelt wurde. Ein Aufenthalt, der fast schon sechs Wochen dauerte. Sicherlich hatten die beiden unterdessen den Dschungel erkundet und waren anschließend nach Deutschland zurückgekehrt.

Zurückgekehrt, ohne ihr – Audrey – „auf Wiedersehen!" zu sagen. Audrey fand das unhöflich, auch wenn sie wusste, dass sich in Deutschland ihre Wege getrennt hätten.

Nun lag sie hier im Krankenhaus. Daran trug Vietnam allerdings keine Schuld, sondern lediglich die Tatsache, dass die Malariatabletten, die sie vorsorglich geschluckt hatte, in ihrem Körper keinerlei Wirkung gezeigt hatten.

Mit Grauen dachte sie an ihre Fieberanfälle. Fieberanfälle mit schlimmen Krämpfen. Anfälle, die sie wochenlang jeden Tag begleitet hatten.

Die Tür knarrte und riss Audrey aus ihren Gedanken. Herr Dr. Thorpe trat ein.

„Wie fühlen Sie sich heute?"

Er lächelte. Obwohl er in Arbeit beinahe versank, ließ er es sich nicht nehmen, jeden Tag nach Audrey zu sehen.

„Es geht mir gut, danke!" Sie strahlte. „Wann werde ich nach Deutschland zurückkehren können?"

„Sie haben es ja wirklich eilig!" Scherzhaft fuchtelte er mit seinem Zeigefinger hin und her – wie eine Drohgebärde. Eine Drohgebärde, die Audrey nicht ernst nehmen sollte.

„Warum?", fragte sie. „Ich bin schon lange genug in diesem Krankenhaus. Meinen Sie nicht auch, dass ich bald wieder meine Freiheit genießen sollte?"

„Freiheit?" Er lachte. „Na, wenn Sie es so sehen! Aber im Ernst: Sie waren schlimm dran, und es gab Tage, an denen ich mir nicht sicher war, ob sie jemals die Krankheit besiegen würden. Sie haben jedoch einen eisernen Lebenswillen!"

„Ja, das stimmt!"

„Das Rezept für Ihren Überlebenswillen würde ich gerne erfahren. Vielleicht kann ich damit anderen Menschen helfen!"

Sie lächelte.

„Mein Rezept ist ganz einfach. Ich bin verliebt. In den besten Mann der Welt!"

„So stimmt es doch, dass Liebe Großartiges bewirken kann!", meinte der Arzt. „Ich denke, dass Sie Anfang nächster Woche wieder nach Deutschland reisen können!"

Audrey seufzte erleichtert.

„Das ist eine gute Nachricht! Sonst sind meine Geldreserven bald erschöpft. Der Aufenthalt in diesem Krankenhaus kostet sicherlich ein Vermögen!"

Herr Dr. Thorpe winkte ab. „Die Krankenhaus-Kosten sind lange nicht so hoch wie in Deutschland. Sie hatten sicherlich eine Reisekrankenversicherung abgeschlossen. Diese wird Ihnen in Deutschland umgehend das Geld erstatten."

Audrey lehnte sich beruhigt in die Kissen zurück. Sie konnte es nicht erwarten, endlich wieder nach Deutschland zurückzukehren.

Dort wollte sie sofort Lionel schreiben.

Ihren Eltern hatte sie bereits eine Nachricht zukommen lassen. Aber sie wusste nicht, dass dieser Brief verlorengegangen war.

13. Kapitel

Nach beinahe acht Wochen in Vietnam flog Audrey wieder zurück nach Deutschland.

„Lassen Sie von sich hören!", hatte ihr Herr Dr. Thorpe zum Abschied gesagt. „Nachrichten aus der Heimat sind hier immer willkommen!"

Audrey versprach ihm einen Brief. Sie fand Herrn Dr. Thorpe sympathisch, und er hatte ihr wirklich geholfen.

Sie brannte darauf, Lionel zu schreiben und ihm ihre Krankheit zu schildern. Hatte er sich nicht auch in den letzten Monaten stets Zeit mit dem Beantworten ihrer Briefe gelassen? Aus Vietnam hatte er einen langen Brief zu Anfang ihrer Reise erhalten. Mehr nicht.

Das Flugzeug landete gegen fünf Uhr morgens in Frankfurt am Main. Unterdessen war der April gekommen, aber das Wetter war immer noch so unfreundlich wie im Winter. Graue Regenwolken verdunkelten die Sonne wie dicke Daunendecken. Und ab und zu prasselte ein Schauer über das Land, benetzte die Erde, überflutete Wiesen und Felder und trieb etliche Schnecken aus ihren Verstecken.

Audrey schritt die Gangway hinunter. Sie blickte auf Frankfurt und den Flughafen. Mit einem Male erschien ihr alles so fremd.

Nein, sie gehörte nicht mehr in dieses Land! Aber wohin gehörte sie dann?

Die Bahn brachte sie nach Aalen, zurück in die Umgebung, in der sie aufgewachsen war. Endlich stand sie vor der Türe ihres Elternhauses, den Koffer in der Hand, den Rucksack über der Schulter. Als Überraschung, so dachte sie. Obwohl sie ihre Eltern in einem Brief über die Malaria unterrichtet hatte.

Frau Hoffmann öffnete und erstarrte.

„Audrey – du hier?"

„Ja, ich!", meinte Audrey bestimmt. „Darf ich reinkommen?"

„Natürlich!" Ihre Mutter schien aus einer Starre zu erwachen. Kreidebleich war sie, sie wirkte irgendwie älter als sonst.

Audrey ging in die Wärme ihres Elternhauses, hinein in den vertrauten Flur und zog sich die Schuhe aus. Ihre Mutter liebte peinliche Ordnung, und Audrey wollte sie nicht verärgern.

Frau Hoffmann folgte ihrer Tochter. Sie berührte sie mehrmals in der Angst, sie könne sich in Luft auflösen.

Audrey war erstaunt.

„Setz dich doch, Audrey! Willst du Kaffee trinken?", fragte ihre Mutter.

Audrey nickte. Ja, eine Tasse Kaffee würde ihr guttun, denn sie fühlte sich etwas müde. Aufatmend ließ sie sich in einen Wohnzimmerstuhl fallen.

Frau Hoffmann ging in die Küche und brachte eine Kanne mit Kaffee mit. Tassen gab es im Wohnzimmer. Schweigend schenkte sie ihrer Tochter und sich jeweils eine Tasse Kaffee ein.

Sie hatte nie gezweifelt, dass Audrey noch am Leben war. Und hier saß die Bestätigung ihrer Vermutung leibhaftig auf dem Wohnzimmerstuhl.

„Erzähle mir doch bitte, woher du kommst!" Frau Hoffmann blickte ihre Tochter an, als sähe sie einen Geist.

„Ich komme aus Vietnam. Habt ihr meinen Brief nicht bekommen?" Ungläubig schüttelte Audrey ihren Kopf. „Ich litt an schwerer Malaria und war ungefähr sechs Wochen im Krankenhaus. Aber das habe ich euch geschrieben!"

„Du hast uns einen Brief geschrieben?" Ihre Mutter war erstaunt. „Nein, Audrey, wir haben nie einen Brief von dir aus Vietnam erhalten. Dafür jedoch einen Anruf vom Roten Kreuz. Man sagte uns, du seist bei dem Flugzeugabsturz über Thailand tödlich verunglückt!"

„Wie bitte? Ein Flugzeugabsturz?"

„Ja, eine Maschine von Vietnam auf dem Flug nach Laos stürzte über Thailand ab. Die Behörden meldeten drei Deutsche unter den Absturzopfern…"

„Nein!" Audrey schrie das Wort laut in den Raum. „Das kann doch nicht wahr sein! Jetzt verstehe ich: Sidonie und

Brandolf sind tot." Die letzten Worte hauchte sie, denn nun wurde ihr einiges klar.

Deswegen also waren Sidonie und Brandolf nie im Krankenhaus erschienen. Sie hatten sich während dieser Reise gefunden – zwei Menschen, die zusammengehörten - und sie waren miteinander gestorben.

Audrey weinte bitterlich um zwei Personen, die ihr oft auf die Nerven gegangen waren, die aber auch oft nett zu ihr gewesen waren.

Sidonie und Brandolf, die ihr Leben verloren. Nur, weil sie einmal im Leben Laos sehen wollten.

„Man sagte uns, du seist unter den Absturzopfern!" Ihre Mutter schluchzte.

Audrey verstand ihre Mutter nur zu gut. Dank einer Verkettung unglücklicher Umstände hatte ihre Mutter geglaubt, sie sei tot und sähe jetzt ein Gespenst vor sich.

„Ich habe den Flug nach Laos kurzfristig absagen müssen", versuchte Audrey zu erklären. „Ich fühlte mich fürchterlich. Noch am selben Tag ging ich in ein Krankenhaus nach Ho-Chi-Minh-Stadt. Ich hatte wochenlang hohes Fieber, ich schwebte zwischen Leben und Tod."

„Aber wie können die Behörden eine falsche Nachricht in die Welt setzen?" Frau Hoffmann setzte ihre Kaffeetasse, aus der sie gerade getrunken hatte, abrupt ab.

„Wahrscheinlich stand ich noch auf der Passagierliste!" Audrey nahm einen Schluck köstlichen Kaffees. „Alles geschah so plötzlich. Sidonie und Brandolf nahmen mein Flugticket mit. Sie wollten es auf dem Flughafen verkaufen. Ob ihnen das gelungen ist, weiß ich nicht."

„Audrey, ich habe nie daran gezweifelt, dass du noch am Leben bist!" Ein Strahlen überzog plötzlich Frau Hoffmanns Gesicht. „Es ist ein Wunder!"

„Ja, ich lebe, und ich habe mich so sehr auf euch alle gefreut. Und jetzt höre ich, dass man glaubte, ich sei tot!" Wieder nahm Audrey einen Schluck Kaffee. „Ihr wisst gar nicht, wie schrecklich Malaria ist. Man wird von Fieberkrämpfen geschüttelt, von Alpträumen geplagt, und man lebt zwischen Realität und Delirium." Sie erschauerte. „Dabei hatte ich Tabletten zur Vorbeugung genommen. Aber diese blieben ohne Wirkung. Ich werde das Lionel schreiben."

„Audrey, Lionel ist…." Ihrer Mutter blieben die Worte im Halse stecken wie ein dicker Kloß.

„Was ist mit Lionel?" Audrey sprang ungeduldig auf.

„Er denkt ebenfalls, dass du bei dem Flugzeugabsturz ums Leben gekommen seist!"

„Wie bitte? Ging diese falsche Nachricht tatsächlich um die ganze Welt?"

„Ja, und jeder glaubte sie. Weil sie im Fernsehen verbreitet wurde und in der Zeitung stand."

„Lionel wird trotzdem staunen, wenn ich ihm schreibe, dass ich noch lebe! Das wird eine Überraschung!" Audreys Humor hatte wieder Besitz von ihr ergriffen, und sie setzte sich.

„Audrey, bevor du ihm schreibst, lies bitte zuerst seinen Brief!"

„Einen Brief an euch?", fragte Audrey.

„Ja!" Frau Hoffmann erhob sich, ging zur Kommode und zog einen Brief aus der Schublade.

„Bitte, lies ihn!" Sie hielt ihrer Tochter einen Luftpostbrief mit einer bunten australischen Marke hin.

Zitternd zog Audrey zwei dicht beschriebene Briefbögen heraus. So als ahne sie innerlich, was in diesem Brief stehe. Sie erkannte Lionels saubere Handschrift.

Atemlos nahm sie die Zeilen in sich auf – und erstarrte.

Lionel hatte geheiratet – plötzlich und unerwartet. Er hatte einem libanesischen Mädchen die Chance geboten, an seiner Seite in Australien zu leben. Einem Mädchen, das er nicht liebte und nie lieben würde.

Warum aber hatte er eine Heirat mit ihr – Audrey – so hinausgezögert?

Sie fühlte die Enttäuschung in ihrem Herzen, in ihrer Seele. Der Schock über diese Nachricht drohte fast, sie zu ersticken.

Aber sie weinte nicht – irgendwie schienen ihre Tränen wie festgefroren, wie zu Eis erstarrt.

„Warum hat er das getan?", flüsterte sie schließlich verzweifelt und gab ihrer Mutter den Brief zurück. „Ich habe eine schwere Malaria-Erkrankung in Vietnam überlebt, nur, weil ich Lionel vor Augen hatte! Dabei liebäugelte er bereits mit einem anderen Mädchen!"

In nur wenigen Minuten war ihr Traum zerbrochen. Der Traum, den sie sich in fast drei Jahren aufgebaut hatte. Den Traum, den sie leben wollte. Mit Lionel in Australien leben…

Ihren Liebhaber, der ihr ewige Treue schwor – Lionel – gab es nicht mehr. Auf jeden Fall nicht mehr für sie. Ihr Kopf schien wie ausgehöhlt. In ihrer Seele klaffte eine tiefe Wunde, und sie spürte Schwindel wie Trunkenheit in sich aufsteigen. Ihr Gesicht wurde weiß wie ein Bettlaken.

„Audrey – bitte!" Ihre Mutter sah sie besorgt an. „Du kannst Lionel schreiben. Vielleicht lässt er sich scheiden. Er konnte doch nicht wissen, dass du noch lebst!"

„Warum hat er diese Libanesin so schnell geheiratet?", brach es aus Audrey heraus. Und endlich schossen ihr befreiende Tränen aus den Augen. Sie weinte bitterlich – um Lionel und ihre verlorene Liebe.

„In unserer Beziehung hat er immer so lange nachgedacht, so lange gezögert!", schluchzte sie. „Länger, als mir lieb war. Und jetzt heiratet er so mir nichts, dir nichts eine Libanesin!"

„Du kannst ihm schreiben! Er ist nicht glücklich! Hast du das nicht in seinem Brief gelesen?"

„Ich habe es gelesen, aber ich werde ihm nicht schreiben!" Audrey wischte die Tränen von ihren Wangen. „Er soll weiterhin denken, ich sei tot! Es ist sowieso alles egal!"

„Das ist es nicht!", rief Frau Hoffmann. „Bitte, Audrey, gib dich nicht auf – und schreibe Lionel!"

„Ich werde ihm nicht schreiben", wiederholte Audrey bestimmt. „Und ihr werdet es auch nicht tun. Das heißt", sie zögerte, „schreiben könnt ihr ihm, aber ihr dürft kein Sterbenswörtchen über mich erwähnen!"

„Audrey, bitte sei nicht so stur! Er liebt dich immer noch!"
Aber Audrey hatte ihren Entschluss gefasst.
„Ich dränge mich in keine Ehe!", sagte sie.
„Wie du willst", meinte ihre Mutter.

14. Kapitel

Ein warmer Sonntagabend brach an, und Lionel parkte aufatmend seinen schwarzen Datsun vor dem Reihenhaus, in dem die Eloys wohnten.

Wieder ein Sonntagabend, an dem sie ihn zum Essen eingeladen hatten. Wie so oft in letzter Zeit. Es schien fast, als habe ihn seine Hochzeit mit Fatima enger an die Eloys geschweißt. Sie waren herzliche Freunde geworden. Und plötzlich hatte Sami Lionel den Rest der Schulden zurückbezahlt. Denn Samis Geschäfte entwickelten sich blendend.

Lionel bedankte sich überschwänglich und legte das Geld in Aktien an. Vielversprechende Aktien, denn das Aktiengeschäft in Australien lief gut.

Langsam stieg Sami die Treppenstufen im Gang zu Samis Wohnung empor. Fatima folgte ihm wie ein gehorsamer Pudel.

Aleyna öffnete den beiden. Sie strahlte:

„Wie schön, dass ihr da seid! In zehn Minuten können wir essen!"

Eifrig schüttelte sie Lionel die Hand und umarmte Fatima, die sich wie ein Äffchen an sie klammerte.

Aleyna und Fatima plapperten munter drauflos – wie zwei enge Freundinnen, die sich schon jahrelang nicht mehr gesehen hatten. Sie plapperten in einer Sprache, die Lionel nicht verstand und die er nie verstehen würde. Und das ärgerte ihn.

„Was habt ihr gesagt?", fragte er ungeduldig.

„Wir haben uns gerade begrüßt", antwortete Aleyna. „Fatima bestätigte mir, dass es ihr gut gehe."

Lionel atmete auf.

„Ich werde nie begreifen, warum meine Frau nicht die englische Sprache lernen will", bemerkte er frustriert. Wie so oft bei diesen Abendessen mit den Eloys.

„Hast du Grund zur Klage?" Aleynas Augen schauten auf einmal frostig wie zwei Eisberge. „Putzt Fatima nicht richtig? Oder kocht sie nicht gut?"

„Nein – das ist es nicht!" Lionel machte eine abwehrende Handbewegung. „Fatima kocht und putzt hervorragend. Aber warum kann ich mich nie mit meiner eigenen Frau unterhalten? Ohne, dass jemand dolmetscht – wie ihr es gerade tut."

Aleyna schüttelte den Kopf und strich Fatima beruhigend über das lange, dichte schwarze Haar, das unter dem orientalisch gemusterten Kopftuch herausquoll. Fatima blickte ängstlich – offensichtlich war ihr Ehemann verärgert. Hatte sie etwas falsch gemacht?

„Du verstehst das nicht, Lionel!", meinte Aleyna frostig. Sie klang, als ob sie sich mit einem begriffsstutzigen Menschen unterhielte. „Warum klagst du? Deine Frau ist eine perfekte Haushälterin, sie sorgt für dich. So, dass du es dir nach der Arbeit bequem machen kannst! Was willst du mehr?"

„Mich mit meiner Frau in Englisch unterhalten!", knurrte Lionel. Er begann, diese Unterhaltung zu hassen. Diese Unterhaltung, die er bereits gefühlte hundert Male geführt hatte. Jedes Mal ohne Erfolg.

„Was ist los mit dir, Lionel?", fragte Aleyna. „Nie kann man es dir recht machen! Es reicht, wenn eine Frau putzen und kochen kann. Und natürlich muss sie gut im Bett sein!" Laut hallte ihre Stimme, als sie in die Küche ging und die letzten Handgriffe erledigte, bevor sie das köstliche Abendessen servieren konnte. „Befriedigt dich Fatima etwa nicht?"

Lionel zuckte zusammen. Es hatte keinen Wert, Aleyna zu gestehen, wie wenig Fatima ihn erregte. Dass er sich oft selbst befriedigte. Dass sie getrennte Schlafzimmer hatten. Er wusste nur zu gut, dass das daran lag, weil er sie nicht liebte. Er konnte auch intellektuell nichts mit Fatima anfangen. Sie war in seinen Augen „nur" seine Hausangestellte. Unter einer Ehefrau stellte er sich etwas anderes vor.

Fatima war seine „Hausangestellte" -, die nur durch einen Trauschein mit ihm verbunden war und einfach ihren Job erledigte. In Wirklichkeit lebte Fatima in ihrer eigenen Welt – in ihrer eigenen Sprache, in ihrer eigenen Kultur, in einer eigenen Traumwelt, zu der er keinen Zugang hatte.

Der Trauschein war für ihn ein Blatt Papier, auf das er gut und gerne verzichten konnte. Für Fatima jedoch war der Trauschein von unschätzbarem Wert…

„Es ist alles in Ordnung zwischen Fatima und mir", meinte Lionel schließlich resigniert, obwohl seine Aussage nicht der Wahrheit entsprach.

Sami teilte uneingeschränkt die Meinung seiner Frau Aleyna. Gerade stürmte er zur Tür hinein und begrüßte Lionel mit leuchtenden Augen:

„Hallo Lionel, wie geht es dir?"

„Danke – gut!", antwortete Lionel ausweichend. Die Unterhaltung von vorhin hallte immer noch in ihm nach. Er hatte keine Lust mehr, sich weiter über seine Beziehung zu Fatima auszulassen.

Sami umarmte Fatima, presste sie liebevoll an sich wie eine Mutter ihr Kind und küsste sie auf beide Wangen. Ein Gruß, wie er zwischen ihnen üblich war.

Alle nahmen am Tisch Platz und verzehrten mit Genuss die libanesische Pizza mit Fladenbrot und scharfer Sauce. Aleyna hatte sich mit diesem Gericht einmal wieder selbst übertroffen.

Anschließend saßen die beiden Ehepaare noch gemütlich bei einer Tasse Schwarztee zusammen. Lionel verstrickte sich in eine interessante Diskussion mit Sami, während Aleyna und Fatima eifrig über Frauenfragen in Arabisch diskutierten. Genauso liefen ihre Gespräche immer ab. Manchmal allerdings geschah es, dass Lionel seiner Frau eine Frage stellte, die einer der Eloys übersetzte.

Jedoch wurde Fatima von den Eloys darin unterstützt, nicht die englische Sprache erlernen zu wollen.

Um 22 Uhr trafen Lionel und Fatima wieder zu Hause in Concord ein. Dunkelheit verhüllte Sydney wie ein sanftes Tuch, und die Stadtteile träumten friedlich vor sich hin.

Lionel sperrte die Haustüre auf und trat ein. Hinter ihm huschte seine Frau vorbei, verbeugte sich artig und verschwand in ihrem Zimmer.

Versonnen sperrte Lionel die Haustüre zu und ging in sein Schlafzimmer. Auf dem Schreibtisch lag eine Postkarte seiner Eltern, die vor einigen Tagen angekommen war:

„Wir sind gut in Perth angekommen. Die Landschaft ist traumhaft, die Menschen sehr freundlich. Wir planen, mindestens zwei Wochen in Perth zu bleiben.

Diese Wohnwagentour war wirklich eine sehr gute Idee, die wir bisher noch nicht bereut haben. Erst jetzt lernen wir unseren faszinierenden ‚Fünften Kontinent' richtig kennen und lieben!"

Lionel freute sich, dass es seinen Eltern gutging. Wenigstens sie schwelgten im Glück, während sein Alltag eintönig war. Eintönig und gefesselt an eine ungeliebte Frau, mit der er nicht einmal die einfachsten Unterhaltungen führen konnte.

Traurig schlüpfte er in seinen Sommerpyjama, kroch unter die dünne Decke und löschte das Licht.

Wie gerne hätte auch er einmal mit einem Wohnmobil seine Heimat Australien erkundet. Zusammen mit Audrey.

15. Kapitel

„Ihre Frau hat die Folgen des Unfalls erstaunlicherweise gut überlebt", meinte Herr Dr. Mühlenraiter zu Roberto. „Der Schädelbruch heilt. Ebenfalls der Leberriss, den wir sofort operiert haben."

„Warum liegt Isabella dann aber immer noch im Koma?" Roberto schüttelte verständnislos seinen Kopf.

Herr Dr. Mühlenraiter strich sich verlegen über seinen braunen Bart, in dem einige Silberfäden wie Lametta im Sonnenlicht glänzten. „Diese Frage können wir nicht beantworten. Manche Leute erwachen nach Tagen aus einem Koma – manche erst nach Monaten oder Jahren. Andere nie…"

„ich verstehe nicht ganz", meinte Roberto ungehalten. „Sie hat doch ihre Mutterpflichten. Unsere Söhne brauchen sie. Ich bin ja froh, dass ich eine gute Kindertagesstätte ausfindig machen konnte. Aber das kann doch kein Dauerzustand sein!"

Der Arzt zuckte mit den Schultern.

„Mehr kann ich leider nicht sagen. Aber geben Sie die Hoffnung nicht auf. Besuchen Sie Ihre Frau und reden Sie mit ihr!"

„Meinen Sie, dass sie mich hören kann?"

„Menschen im Koma bekommen meistens mehr mit, als wir denken. Sie können nur nicht reagieren, weil das Koma viele oder alle ihre Reaktionen lähmt."

„Ich verstehe."

„Irgendwann wird Ihre Frau vielleicht die Augen öffnen." Der Arzt blickte ernst. „Beim nächsten Mal bewegt sie möglicherweise die Hände – und das Leben strömt langsam in ihren Körper zurück. Versuchen Sie es – reden Sie mit ihr. So, wie sie immer mit ihr geredet haben. Sagen Sie ihr, dass Sie und Ihre Kinder sie brauchen."

„Ich werde es versuchen." Roberto stand auf und schüttelte dem Arzt die Hand.

„Wir können in diesem Krankenhaus alles Menschenmögliche tun, wir werden Ihre Frau weiterhin künstlich ernähren und ihren Heilungsprozess kontrollieren. Aber für Wunder sind wir nicht zuständig!" Herr Dr. Mühlenraiter lächelte.

Roberto erwiderte dieses warme Lächeln.

„Ich verstehe, was Sie meinen", sagte er. „Wunder liegen nicht in unserer Hand. Aber ich kann versuchen, Isabella die Liebe zu vermitteln, die sie braucht. Die Liebe, die sie vielleicht wieder zum Leben erweckt."

„Sie haben die Situation richtig erfasst." Der Arzt schritt zur Tür und öffnete sie. „Geben Sie nie auf! Auch wenn es ein langer und steiniger Weg wird, bis sich Fortschritte zeigen!"

Roberto ging durch die weißgetünchten Krankenhausflure. Wollte vielleicht Isabella aus dem Koma nicht erwachen? Hatte das vielleicht mit Audreys Tod zu tun?

Er wusste es nicht, aber er beschloss zu kämpfen. Zu kämpfen um seine Frau. Er wollte ihr das Gefühl geben, dass sie gebraucht und geliebt wurde. Er wollte, dass das Leben in ihren Körper zurückkehrte. Den Körper, der wie eine starre Schaufensterpuppe zwischen blütenweißen Bettlaken in einem Einzelzimmer im Krankenhaus ruhte. Ihren Körper, der zwar atmete, aber innerlich abgestorben zu sein schien.

Roberto zog die Schultern hoch und trat in das sterile Zimmer, in dem seine Frau lag. Einige Apparaturen und Schläuche führten ihr lebenswichtige Substanzen zu.

Langsam schritt er zum Bett, setzte sich auf einen Stuhl und ergriff Isabellas rechte Hand, die schlaff auf der Bettdecke lag.

„ich liebe dich, Isabella!" Er zögerte. „Egal, was du gemacht hast – ich werde dir helfen! Ich lasse dich nicht alleine. Denn ich brauche dich, isabella!"

Auf einmal hatte er das Gefühl, dass sie seine Hand leicht drückte.

Epilog: Danach

1. Kapitel

Es regnete, als Audrey im März 2000 durch die Pforzheimer Innenstadt lief. Endlich Feierabend, da wollte sie noch einige Einkäufe tätigen.

Audrey mochte Pforzheim. Für sie war diese Stadt ideal, um ein neues Leben anzufangen.

Ja, ein neues Leben! Sie seufzte. Vielleicht gehörte sie doch nach Deutschland, also hatte sie sich in einer deutschen Großstadt nach ihrer Ankunft aus Vietnam wieder einen Job gesucht. Sie hatte bald einen Job in der Buchhaltung einer großen Firma in Pforzheim gefunden. Einer Firma, in der ihr die Arbeit Freude machte.

Die Erinnerung an Lionel verblasste immer mehr. Audrey hatte sich entschieden und zu ihm keinen Kontakt mehr aufgenommen. Anfangs tat das weh – aber je mehr Zeit verstrich, desto leichter konnte Audrey diesen Verlust verkraften.

Nach Aalen fuhr sie einmal im Monat – um ihre Eltern und Geschwister zu treffen. Ansonsten befand sich ihr Lebensmittelpunkt in Pforzheim, wo sie schnell einige liebe Freunde gefunden hatte. Sie erzählte nicht viel von ihrer Vergangenheit. Dass sie einst einen Australier geliebt hatte, erwähnte sie nie.

Einige ihrer „alten" Kontakte pflegte sie noch. Beispielsweise die Freundschaft zu ihrer Freundin Monika aus Wien, die Audreys Geschichte zu einem Roman verarbeiten wollte.

„Soll sie das doch tun!", dachte Audrey amüsiert. Solange Monika die Namen aller beteiligten Personen änderte, hatte sie nichts gegen einen solchen Roman einzuwenden.

Was Audrey sehr freute, war, dass sie zu Herrn Dr. Bernd Thorpe eine gute Freundschaft aufgebaut hatte. Ihr Briefwechsel war regelmäßig. Unterdessen schrieben sie sich auch E-Mails, denn beide hatten Internet-Anschluss. Das war modern und zeitgemäß.

Einmal hatte Audrey Dr. Thorpe sogar in Vietnam besucht, obwohl sie in dieses Land nicht mehr reisen wollte – wegen der schlechten Erinnerungen. Aber ihr zweiter Besuch dort war interessant und harmonisch verlaufen und hatte sie ein Stück weit mit dem Land versöhnt.

Demnächst würde Herr Dr. Thorpe nach Pforzheim ziehen. Nach neun Jahren in Vietnam meinte er, es wäre Zeit, wieder in Deutschland zu arbeiten. In einem Pforzheimer Krankenhaus hatte er einen Job gefunden, der ihn interessierte.

War das Zufall oder Vorsehung? Vielleicht beides, dachte Audrey. Auf jeden Fall würde sie dann Herrn Dr. Thorpe öfter treffen. Sie würden beide in verschiedenen Wohnungen leben. Vielleicht würde sich aus dieser Freundschaft mehr entwickeln. Vielleicht.

Oder auch nicht. Audrey war bereit, die Ereignisse auf sich zukommen zu lassen. Erzwingen konnte und wollte sie nichts.

Sie wartete gespannt auf die Zukunft. Und sie freute sich darauf.

2. Kapitel

An einem Vormittag im März 2000 stand Lionel an der Tower Bridge in London und dachte nach.

Es war sein erster Urlaub seit langem, und er hatte Fatima mitgenommen. Aber eigentlich fühlte er sich so, als ob er alleine reise. Fatima war so still und unauffällig, dass er immer wieder dachte, dass sie gar nicht da sei.

Die London-Reise hatte er über sein Lieblingsreisebüro in Strathfield gebucht. Der Abflug fand ab dem Flughafen in Sydney statt und ging zum Zielflughafen London-Heathrow. London hat vier Flughäfen, von denen er drei bereits kannte. In London-Stansted und London-Gatwick kamen viele Flüge aus Europa an. Die internationalen Flüge allerdings landeten meistens in London-Heathrow. Das war ein sehr großer Flughafen.

Sie waren über Nacht geflogen und Lionel hatte alles recht gut ausgetüftelt. Auch, wie man Flughafen Heathrow nach Croydon kam, wo er und Fatima in einem Hotel in zwei Einzelzimmern wohnten. Er und Fatima mussten mit der U-Bahn vom Flughafen Heathrow zum Bahnhof Victoria-Station kommen. Von da aus verkehrten viele Züge nach Croydon.

Vielleicht geschah es in der Hektik oder aufgrund seiner Gedankenlosigkeit, dass Lionel seinen Rucksack in einer U-Bahn liegen ließ. Zum Glück waren kein Geld, keine Geldkarte, keine Reiseunterlagen drin. Der Verlust schmerzte dennoch, denn es war eine Fotokamera darin, mit der er 1995 viele Fotos von Audrey geschossen hatte. Er hatte diese Kamera immer noch aufbewahrt, sie oft fast zärtlich angefasst – und nun war sie weg. Den Verlust diverser Zeitschriften und Tabletten gegen Erkältung würde er verschmerzen. Auch sein Schirm war weg. Er hatte sich am nächsten Tag einen neuen gekauft.

Natürlich hatte er den Verlust gleich am nächsten Tag telefonisch an eine Stelle in London, in der man verlorengegangene Dinge melden kann, gemeldet. Aber die Wahrscheinlichkeit, diese Sachen wieder zu bekommen, lag bei null. Zum Glück waren auf dem Film in der Fotokamera noch keine Bilder drauf, aber dennoch ärgerte er sich über seine Schussligkeit.

In Croydon in einem Einkaufszentrum fand er nicht nur einen preisgünstigen Schirm, sondern auch einen neuen Rucksack. Dieser neue Rucksack und der Schirm begleiteten ihn seitdem durch London.

London war wie immer faszinierend, aber er genoss auch Croydon. Croydon ist einer der zahlreichen Vororte von London. Er empfand Croydon als ganz reizvolle, typische englische Kleinstadt. Vom Hotel aus konnten Fatima und er zum Bahnhof laufen und dann mit dem Zug in das Stadtzentrum Londons fahren. Entweder zum Bahnhof Victoria Station oder zum Bahnhof London Bridge. Das dauerte 15 bis 20 Minuten. Von dort aus konnten sie in der Innenstadt viel unternehmen.

Sie liefen viel herum. Das heißt, er lief meistens alleine auf dem Bürgersteig, und seine Frau folgte ihm in einiger Entfernung. Nie liefen sie nebeneinander. Das hatte ihn am Anfang gestört, aber er konnte es Fatima nicht abgewöhnen. Wie so vieles nicht.

Sie sahen den Glockenturm BIG BEN. Anschließend gingen sie an Westminster Abbey und den Houses of Parliament (dort tagt das britische Parlament) vorbei. Auch sahen sie den Buckingham-Palast von außen. London ist eine schöne Stadt, und Lionel fühlte sich sicher.

An einem Tag besuchten sie das Wachsfigurenkabinett von Madame Tussauds. Einige Wachsfiguren blieben dort immer – die Beatles-Figuren beispielsweise. Andere Figuren wurden immer wieder ausgetauscht. Beispielsweise die Figuren einiger Staatschefs.

Ebenfalls besichtigten sie zwei Museen. Das „Museum of London" gefiel Lionel ausgezeichnet. Das „British Museum" empfand er als zu groß – hier hätte er fast Fatima verloren. Aber hätte ihm das etwas ausgemacht? Ihm war sie ja fast egal – aber er wollte sich nicht ausmalen, wie viel Ärger er dann mit den Eloys bekommen würde, wenn er Fatima in London verlöre….

Er lief mit Fatima in die großen Shoppingstraßen, beispielsweise die Oxford Street und die Piccadilly-Street. Und er beobachtete Fatimas Gesichtsausdruck. Hegte sie irgendwelche Wünsche? Wollte sie, dass er ihr eine Freude machte? Ihm hätte das gefallen. Aber Fatima lief hinter ihm her. Und manchmal hatte er den Eindruck, dass ihr London egal war.

Ihm gefiel die Piccadilly-Street als Einkaufsstraße am besten, da er dort viele alte und interessante Häuser sah.

Er spazierte mit Fatima zur St. Paul's Cathedral und zum „London Eye". „London Eye" – so nannte sich das neue Riesenrad, das zum Anlass des Jahrtausendwechsels gebaut wurde. Um Fatima eine Freude zu machen, stand er mit ihr in der Menschenmenge vor den Kassen. Man stand stundenlang an, bis man in eine der 32 durchsichtigen Kabinen hineinkommen konnte. Preisgünstig war eine solche Fahrt nicht, immerhin kostete sie 20 britische Pfund pro Person.

Endlich konnte er mit Fatima in einer Kabine Platz nehmen. 23 weitere Personen – er hatte sie gezählt – waren auch noch in der Kabine. Glücklicherweise sprach ihn ein Amerikaner aus Los Angeles an, mit dem er sofort ins Gespräch kam. Es war so schön, wieder mit einem Menschen reden zu können! Sie unterhielten sich über London und über Sydney.

Und so verging die halbe Stunde, die es dauert, bis man einmal in dieser Kabine im Kreis herumgefahren war, schnell. So schnell, dass Lionel traurig war, als die Fahrt zu Ende war. Aber er hatte sich mit dem Amerikaner verabredet.

Deswegen war er ganz entspannt, als er mit Fatima an der Themse spazieren ging. In der Nähe des „London Eye" gab es immer Vorführungen von Straßenkünstlern. Er lachte entspannt, als er einen sehr beweglichen Afrikaner sah, der sich in eine enge Kiste verkriechen konnte. Auch Fatima schien das zu gefallen.

Mit James, dem Amerikaner, wollte er den Tower besichtigen. Während vieler London-Besuche hatte er es nicht geschafft, den Tower zu besichtigen. Immer hatten ihm einige Leute den Besuch madig gemacht. Nach dem Motto: „Da gibt es nicht viel zu sehen, nur die Kronjuwelen…"

Aber James hatte ihm im „London Eye" erzählt, dass sich ein Besuch des Towers absolut lohne. Man könne sich den ganzen Tag im Tower aufhalten. Es gäbe etliche Türme, die man besichtigen könne. In einem davon sähe man ein Schlafzimmer eines Königs und diverse Kronjuwelen.

Weiterhin gäbe es Museen, die zum Tower gehörten. Man könne da Ritterrüstungen, Maschinen zum Prägen von Geldmünzen und vieles mehr bestaunen. Außerdem bekäme man viele Informationen über britische Geschichte. Und genau das interessierte Lionel, denn seine Vorfahren stammten aus Großbritannien.

Deswegen freute sich Lionel auf die Besichtigung des Towers mit James. Es war kurz vor elf Uhr am Morgen, Fatima und er hatten fast den Eingang des Towers erreicht. Da erblickte er James und winkte ihm.

„Hallo James!", rief er erfreut. „Hier sind wir!"

Die Zeit der vielen Gedanken, der oft unerträglichen Stille würde für einige Stunden vorbei sein. Hier stand James, mit dem er sich auf Englisch unterhalten konnte.

Endlich!

Wollen Sie wissen, wie die Geschichte mit Audrey und Lionel begann?

Dann lesen Sie das Buch

Blätterrauschen, weit weg

der Autorin

Elaine Laurae Weolke.

Inhalt:
Audrey aus Deutschland und Lionel aus Australien beginnen einen Briefwechsel. Nach einigen Treffen verlieben sie sich ineinander und schmieden Pläne für eine gemeinsame Zukunft.
Jedoch gibt es einige Schwierigkeiten und unvorhergesehene Ereignisse...

Verlag: Books on Demand (BoD), Norderstedt
244 Seiten
ISBN-Nummer: 978-3-7448-1858-2

Das Buch ist sowohl als E-Book, als auch als Taschenbuchausgabe erhältlich.